아무도
기억하지 않았다

아무도
기억하지 않았다

안재성 장편소설

창비

차 례

1장
불타는 평양

정찬우는 학교에 출근하자마자 전화를 받았다. 조선노동당 부위원장 허가이의 전화였다. 허가이는 5년 전인 1945년 조선이 해방되었을 때 소련공산당으로부터 파견된 고문단의 총책임자로, 직책은 당 부위원장이지만 사실상 공화국 전체를 지도해온 실권자 중 한 명이었다. 작년에 노동당에 가입한 정찬우도 몇번 만나 인사를 한 사이이지만 전화 통화는 처음이었다.

"정찬우 동무! 지금 즉시 중앙당 내 사무실에 와서 임명장을 수령한 후 인민군 전선사령부로 가서 김책 사령관을 만나시오."

무슨 임명장인가는 말해주지 않았다. 1950년 7월 4일, 전쟁이 발발한 지 열흘째 되던 날이었다.

어떤 임명장을 받게 될 것인가보다는, 김책을 만나라는 말이 마음에 걸렸다. 김일성대학 역사학과를 갓 졸업하고 스물두살의 나이에 여학교 교사로 부임한 지 몇달 되지도 않았을 때였다. 역사 선생에 불과한 자신을 전선의 인민군을 총지휘하는 김책 사령관이 만나자는 게 어쩐지 불안했다.

양복 차림의 정찬우는 교장에게 사유를 말하고 학교 업무용 승용차에 올라 노동당 중앙당사로 향했다.

지난 며칠 사이 평양 시가지는 살풍경하게 변해 있었다. 매일 예고 없이 날아온 미군 폭격기들이 주요 시설마다 폭탄을 퍼붓고 기총소사를 가해 시내 곳곳이 엉망이 되어버렸다. 비행장과 대동교는 벌써 파괴되었고 평양역, 민주조선사 건물도 무너졌다. 내무부, 종연방직, 군수품 제조공장인 95공장, 사동탄광 건물도 부서져버렸다. 이대로 가다가는 여름이 지나기 전에 평양시 전체가 잿더미가 될 것 같았다.

육중한 몸에 우렁우렁한 음성을 가진 허가이는 정찬우가 들어서자 서둘러 임명장을 건넸다.

"축하하오! 정찬우 동무는 오늘부로 영남지방 교육위원으로 임명되었소. 약관 스물두살에 이런 중차대한 임무를 맡은 것은 대단한 일이오. 전도가 유망한 인재이기에 공화국의 영광스러운 부름을 받게 된 거요."

허가이의 호통한 웃음소리를 들으며 임명장을 받아드는 정찬우의 얼굴에 핏기가 사라졌다.

"남조선으로 내려가라는 말입니까?"

"그렇소. 파죽지세로 남반부 전역을 해방시키고 있는 우리 영용한 인민군대를 지휘해 경상남북도의 교육체계를 사회주의식으로 바꿔놓으라는 당 중앙의 결정이오."

당 중앙은 김일성 수상을 뜻했다. 당혹해하는 정찬우의 기색을 아는지 모르는지 허가이는 여전히 사람 좋은 웃음을 띤 채 두꺼운 손을 내밀었다.

"차를 대기시켜놨으니 지금 곧 김책 사령관을 만나보시오. 오늘 당장 출발해야 할 거요."

정찬우는 잠깐의 여유도 주지 않는 허가이와 악수를 나눈 후 층 층대를 내려오는데 머릿속에 아무 생각도 나지 않았다. 무장한 인 민군이 도열해 있는 복도를 지나 기다리고 있던 부위원장 전용차 에 타서도 꿈을 꾸는 것 같았다.

"만세! 인민군 만세!"

탱크와 장갑차를 앞세우고 병력을 가득 태운 트럭들이 남쪽을 향해 달려가는 대로변에는 흰옷의 군중이 만세를 외치며 환송하고 있었으나, 뒷골목에는 환란을 피해 도시에서 벗어나려는 피난민들 이 줄을 잇고 있었다.

인파를 뚫고 아스팔트를 질주하던 승용차는 경적 소리를 울리며 높다란 회백색 건물 앞에서 멈추었다. 인민군 총사령부였다. 승용 차를 돌려보내고 다발총을 멘 병사가 지키고 있는 정문으로 들어 서니 조그마한 어깨에 누런 견장을 붙인 인민군 장교가 꽁무니에 권총을 차고 거만스레 왔다 갔다 하고 있었다.

"임명장을 보여주시우."

경무원 완장을 두른 대위가 무뚝뚝한 함경도 사투리로 말했다. 수첩 사이에 넣어두었던 임명장을 꺼내 보이자 경무원은 책상 위 에 놓인 수화기를 들었다. 굵고도 빳빳한 손가락으로 아라비아 숫 자가 새겨져 있는 둥근 구멍을 멋없이 돌리는 모양을 정찬우는 멍하니 바라보기만 했다.

"여보시오. 경무원 김대위입니다. 사령관 동무입니까? 당 중앙에서 소환된 정찬우 동무를…… 넷? 명령대로 실행하겠습니다."

경무원은 습관처럼 수화기를 집어던지듯 거칠게 다루었으나 말투와 표정은 금방 부드러워졌다.

"절 따라오시우!"

문전이나 층층대나 구부러진 벽마다 다발총을 멘 군인들이 매서운 눈빛으로 서 있었다. 등허리에 찬물을 끼얹는 듯한 전율이 스며들었다. 별안간 우악스럽고 딱딱하고 거친 세상에 들어선 기분이 들었다. 3층에 오르자 경무원은 좌측 사무실의 초인종을 눌러주고는 온다 간다는 말도 없이 사라져버렸다. 잠시 후에 사령관 비서인 여자 군관이 나타났다.

"사령관 동무 만나실 분 들어오세요."

스무살이 갓 넘었을 비서의 제복 견장에는 작은 별 네개가 붙어 있었다. 그녀가 인도한 응접탁자에는 파란 융단이 씌워져 있었고 만물상 비슷한 조각품이 놓여 있었는데 탁자 모서리에는 비서실이라는 금빛 글씨가 새겨져 있었다.

"잠깐만 기다려주세요."

비서는 그에게 커피를 타주고는 입구 반대편 문을 밀고 사라졌다. 정찬우는 어색함을 떨치기 위해 탁자 위에 제멋대로 놓아둔 신문을 들추어보았다. 『로동신문』 『민주조선』 『보위신문』 『군인신문』 할 것 없이 라디오에서 이미 들은 승전 보도를 전면에 걸쳐 실어놓았다. 무심히 훑어보는데 갑자기 천장에서 확성기 소리가 울려나왔다.

"금강 도하작전을 성공적으로 끝마친 우리의 영용한 인민군은 일발필중의 기예를 떨치면서 남으로 계속 진군하고 있습니다."

전선사령부라면 각 부서마다 속속 전황이 들어올 텐데 굳이 전체 방송을 하는 게 신기하다고 생각할 때, 여비서가 돌아왔다.

"정찬우 동무, 들어오시랍니다."

푹신푹신한 안락의자에 의젓이 기대어 앉아 있던, 윗머리가 살짝 벗어진 중년의 김책은 장승같은 몸을 일으키며 손을 내밀었다.

"교육위원 동무, 잘 왔소!"

정다운 음성이었다. 정찬우는 김책의 억센 손을 잡으며 정중히 머리 숙였다.

"사령관 동지의 건승을 빕니다."

의자에 앉기를 권한 사령관은 비서에게 커피가 너무 뜨거우니 식혀오라고 한 후 두 손을 모으면서 말했다.

"허가이 동무로부터 임명장을 받고서 왔지요? 정동무는 김일성종합대학을 우수하게 졸업한 인재로서 장래가 촉망되기에 김일성 수상께서 친히 임명하시었소. 면적과 인구는 물론이요, 군사, 정치, 문화 등 온갖 부문에서 기호지방이나 호남지방보다 월등 비중이 높은 영남지방을 맡게 된 이 큰 은혜를 알아야 하우."

"교육위원이라면 주로 어떤 일을 하게 됩니까?"

"교육위원이란 전쟁으로 마비된 학교들을 복구하고 민주화시키는 데 그 주된 사명이 있으되 각 도 및 시·군의 문화기관과 예술단체를 일깨워서 낡은 교육방식이나 사상을 제거하고 건전한 문화를 건설하도록 지도하는 사람이우."

"네."

"당 중앙께서 몸소 부르시었다는 영광을 길이 간직한 채 실천 도상에서 자기 성분을 개조하고 관념적 유습을 청산하면서 획기적 성과를 거두어주우."

"네."

군말 없이 머리를 꾸벅이는 정찬우의 태도가 흐뭇했는지 김책은 다정한 웃음을 머금고 신임장과 통행증을 내밀었다.

"이것은 김일성 수상께서 직접 내린 신임장이고 이것은 통행증이오."

신임장은 김일성이 직접 서명한 것은 아니었고 대신 커다란 직인이 찍혀 있었다. 통행증은 일반용과 달리 붉은 선을 그어넣은 고급 간부용으로, 인민군 지역이라면 어디서나 통과할 수 있는 증명서였다.

김책은 또한 비서에게 비단 보따리를 가져오게 했다. 군관복 한 벌과 붉은 선에 별을 붙인 군모, 짙은 갈색의 가죽으로 된 작전가방과 가죽 반장화가 나왔다. 김책은 웃으며 말했다.

"이 복장이 제일의 통행증이우. 이 자리에서 갈아입우."

내키지 않았으나 시키는 대로 했다. 넥타이를 풀고 신사복을 벗은 후 군복을 입었다. 모자와 구두도 바꾸고 작전가방을 둘러메니 김책은 만족스러운 표정으로 고개를 끄덕였다.

"됐어. 훌륭하군그래. 체격도 늘씬하니 멋지구, 무엇보다도 눈망울이 살아 있군. 공화국이 낳은 수재로서 손색이 없어."

싱글거리던 그는 책상 서랍에서 붉은색 비단 보자기로 조그맣게 싼 것을 꺼내 건넸다. 그의 표정이 금방 엄숙해졌다.

"이것은 보위용으로 주는 당 중앙의 선물이오."

붉은 비단보를 푸는 정찬우의 손길이 미세하게 떨렸다. 한 손에 쥐어지는 단단한 모양의 소련제 또가레프 권총과 탄알이 가득한 탄창이 나왔다.

"정찬우 동무! 조국과 인민, 당과 당 중앙을 위하여 힘껏 싸워주우. 학교에는 이미 연락해놨으니 들르지 말고 곧장 사택으로 가서 떠날 채비를 하우."

무어라고 답변을 못한 채 권총을 들여다보는 정찬우에게 김책이 힘차게 말했다.

"자, 그럼 승리하고 서울에서 만나기요."

대답을 못하고 고개 숙여 인사하고 돌아 나오는데 자신을 바라보는 여자 군관의 시선이 느껴졌다.

"승리의 영광을 빌겠습니다."

정문의 경무원이 거수를 하며 힘차게 외쳤다.

"건승을 빌겠소."

정찬우는 고개를 숙여 답례했다. 군관 모자를 쓴 채 거수 대신 고개를 숙여 답하는 모습에 경무원은 슬그머니 얼굴을 돌려 웃는 모습을 감췄다.

참으로 알 수 없는 일이었다. 어떤 연극을 꾸미고 있는 듯한 느낌이었다. 사령부에서 제공한 군용 지프를 타고 여학교 사택으로 가는 내내 그랬다. 차창으로 바라다보이는 행인들이 모두 배우처럼 여겨졌다. 건물과 도로와 허전한 상점과 꼬리를 문 차량들이 무대로만 생각되었다. 즉시 전선으로 떠나라니, 흥분한 관자놀이가 세차게 맥박 쳤다. 머릿속이 뒤죽박죽이 되어 시가지의 혼란스러운 풍경도 눈에 들어오지 않았다. 지프가 언제 모란봉 옆의 사택에

도착했는지 의식조차 하지 못했다.

"한두시간 후에 전화 드리고 모시러 오겠습니다."

운전병이 내려주고 돌아간 후에는 엉뚱한 생각이 떠올랐다. 불현듯 전선사령부 경무원에게 건승을 빌겠다고 말한 게 마음에 걸린 것이다.

'경무원은 나를 어떤 자라고 생각했을까? 군모 쓰고 고개 숙여 인사하는 멍청이라고 자기들끼리 놀렸겠지?'

망상에 사로잡혀 현관문 앞에 우두커니 서 있던 정찬우는 집 안에서 울려오는 전화벨 소리에 정신을 차리고 문을 열었다. 전화를 받으려던 식모가 불쑥 들어오는 그를 보고는 깜짝 놀라 물었다.

"아이, 누구시라구. 그런데 웬 군복이야요?"

식모는 전화기를 들 생각도 않고 멍하니 그를 쳐다보았다. 그새 벨소리는 끊어져버렸다.

"전선으로 갑니다. 조금 있다가 바로 출발하랍니다."

식모의 낯빛이 흐려졌다. 작년 여름부터 수개월간 남한의 국군과 북한의 인민군 사이에 옹진반도 은파산을 빼앗기 위한 전투가 치열했다. 식모의 남편은 인민군 대위로 참전했다가 국군 호림부대의 공격으로 전사했던 것이다.

끊어졌던 전화벨이 다시 울리기 시작했지만 식모는 멍하니 서 있기만 했다. 정찬우가 먼저 수화기를 들었다. 허인숙이었다.

"정선생님, 전선으로 가신다는 소식 방금 들었어요. 사실이에요?"

숨 가쁜 목소리였다.

"예, 조금 있다가 데리러 온답니다."

"거기 계세요. 제가 얼른 달려갈게요."

수화기를 내려놓은 정찬우는 혼신을 다해 달려올 허인숙처럼 심장이 조이는 기분이었다. 식모가 비로소 입을 열었다.

"총장님 따님이야요? 이를 어쩐대요, 약혼을 앞두고 이리 갑자기 전선에 가시다니……"

허인숙은 김일성종합대학 국문학과에 다니며 소설을 습작하고 있었는데 정찬우가 재작년에 8·15해방 기념 소설공모에 단편소설 「고독」으로 당선되고 작품집까지 내면서 가까워진 사이였다. 같은 여학교에 선생으로 배치되면서 대학총장인 그녀의 아버지에게 인사까지 해놓고 약혼 날짜를 상의하던 중이었다.

"이게 어찌된 영문이어요?"

운동장을 가로지른 듯 금방 달려온 허인숙은 신발도 벗지 않은 채 현관에서부터 외쳐 물었다. 평소의 침착성을 잃은 상태였다.

"별안간에 참…… 소환된 셈인가요?"

탁자 앞에 앉은 허인숙의 눈동자는 이미 젖어 있었다.

"셈이 아니라 소환됐습니다."

정찬우의 짧은 대답에 잠시 천장을 올려다보며 말을 못하던 허인숙은 식모를 의식한 듯 나직이 말했다.

"이번 싸움에 유엔군이 참전했으니 대세가 신통치 못하리라고 아버지가 말씀하시던데……"

"전투요원은 아니고 교육위원으로 가니 별일 없을 겝니다."

다시 침묵이 흘렀다. 서로 무엇인가 골똘히 생각하는 듯했다. 식모는 부엌에서 마지막 식사를 준비하느라 바빴다. 허인숙이 먼저 입을 열었다.

"지난 5월 메이데이 축하공연 때 김일성 수상 관저에 걸려 있던 다섯자 체경이 깨어졌다고 최승희 무용연구소원들이 말하던데 무슨 흉조가 아닐까요?"

정찬우는 빙긋 웃어 보였다.

"과학적으로 얼마든지 있을 수 있는 일 아니겠습니까?"

"하지만 링컨 대통령만 해도 별안간 체경 앞에서 두개로 된 얼굴을 보고 염려했다가 결국 뒤끝이 좋지 못하지 않았어요?"

교양시간에 함께 유물론을 배웠던 그녀의 말이라서 더욱 우스웠다. 정찬우는 소리까지 내어 웃으며 낮게 말했다.

"어디까지나 미신에 불과할 것입니다."

"아이, 그렇게 낙관적으로만 생각하지 마시고 제 말을 들어보셔요. 얼마 전에 의과대학 졸업반에 있는 오창숙 양이 교화소에 가서 조만식 선생을 만나보고 왔는데 조선생이 가까운 시일에 자유로워진 몸으로 피차 상봉하게 될 것이니 안심하라 하셨다던데요? 머지않아 국군과 미군이 곧 평양까지 올라온다는 뜻 아니겠어요?"

"조만식 선생이 만기 출소한다는 뜻이겠지요."

"무기징역인데요, 뭐. 조선생님 같은 분이 헛말을 하셨을까요?"

정찬우는 조용하라는 표시로 손가락을 그녀의 입술에 갖다대며 고개를 저었다. 바로 그때 탁상 위에 놓인 시계가 요란히 울렸다. 괘종시계도 울리기 시작했다. 정오였다. 다른 날과 마찬가지로 정확한 시간에 식모가 밥상을 날라왔다. 둘이서 마주앉아 이마를 맞대고 식사하는 광경을 부러운 듯 바라보던 식모는 엷은 한숨을 지으며 부엌으로 갔다.

"정선생님, 생일이 7월 8일이죠?"

수저를 들다 말고 문득 허인숙이 물었다.

"음력으로요. 내 생일은 왜요?"

"그냥요."

"그러고 보니 부모 형제와 헤어진 지난 6, 7년은 생일도 모르고 지냈군요. 올해는 전쟁터에서 지내게 됐네요."

정찬우가 한숨을 쉬자 허인숙은 수저를 내려놓고 눈물을 쏟을 듯한 표정으로 말했다.

"기왕이면 정선생님 생일날 약혼식을 할까 했는데…… 오늘 급하게라도 약혼을 할까요? 너무 늦었죠?"

언제 운전병이 문을 두드릴지 몰라 밥도 제대로 먹지 못하고 있는 그에게는 약혼식이란 말이 갑자기 낯설게 느껴졌다. 그래도 허인숙을 달래주려고 말했다.

"우리 사이는 주위 사람들이 다 알고 있으니 굳이 약혼식을 못하면 어떻습니까? 그 문제로 안타까워할 필요는 없어요. 김일성 수상께서 한달이면 남조선을 해방시킬 수 있다고 하셨으니 돌아오면 바로 결혼을 합시다."

부엌에서 듣고 있는 식모를 의식해 좋게 말하기는 했으나 속마음으로는 전쟁에서 이기리라는 확신이 없었다. 매일 날아오는 미군 폭격기를 보면서 생긴 두려움 때문이었다. 설사 전쟁에서 이긴다 하더라도 무사히 살아서 평양으로 되돌아온다는 보장도 없었다. 허인숙도 비슷한 생각을 하고 있었던 듯, 침울한 얼굴로 수저를 놓았다.

서로 말문이 막혀 한동안 침묵이 흐르는 사이, 다시 요란하게 전화벨이 울렸다. 두 사람은 약속이나 한 듯 마주 보았다. 허인숙은 엷은 입술이 살며시 떨리며 울상이 되었다. 정찬우는 벌떡 일어나

씩씩한 음성으로 전화를 받았다.

"한시간 내로요? 알겠습니다."

통화가 끊긴 수화기를 든 채 멍하니 서 있으니 허인숙이 말없이 그의 가슴에 안겨들었다. 수화기를 떨구고 그녀를 마주 안았으나 잠시뿐이었다. 서둘러 짐을 챙겨야 했다.

막상 떠나고자 하니 별로 준비할 것도 없었다. 우선 자주 쓰던 물건들을 골랐다. 시계, 만년필, 혁대 모두 허인숙이 선물한 것들이었다. 강의노트와 사진앨범, 속옷, 의약품, 세면도구도 보자기에 싸서 여행용 가죽 트렁크에 넣었다.

"인숙씨! 부디 잘 있으시오. 다른 선생님들께 일일이 못 뵙고 가서 미안하다는 말씀 전하여주시고."

정찬우는 창백한 얼굴로 손목시계를 들여다보며 간신히 말했다. 허인숙은 그를 또 한번 와락 끌어안았다.

"정선생님! 기다리고 있겠어요. 「마을의 여선생」처럼 언제까지나요."

지난겨울 함박눈 날리는 밤, 외투 깃을 세우고 허인숙과 함께 국립예술극장에 가서 「마을의 여선생」이라는 영화를 관람했었다. 약혼도 하지 않은 연인이 전선에 나간 지 반년 만에 전사하자 여주인공이 시골로 내려가 일평생 미혼으로 아동교육에 힘쓰고, 그 헌신성을 기리는 환갑잔치에 학사, 박사가 된 제자들이 구름처럼 모여든 가운데 영예의 문화훈장이 수여된다는 줄거리였다.

사령부에서 보낸 지프가 문밖에 대기하고 있었다. 정찬우는 마지막으로 그녀를 힘껏 안아주고는 떠다밀 듯 뿌리치고 현관문을 나섰다. 그리고 호위병의 경례를 받으며 참담한 표정으로 지프에 올랐다.

양손으로 얼굴을 가린 채 울고 있는 허인숙을 뒤로한 지프는 요란한 엔진 소리를 내며 빠르게 모란봉 구역을 벗어났다. 정찬우는 온몸의 피가 얼어붙은 듯, 석불처럼 가만히 앉아 있었다.

2장
고요한 서울

인민군 총사령부에 도착하니 삼엄한 출동 태세가 갖추어져 있었다. 앞에는 반탱크포라 불리는 야포와 기관총을 탑재한 장갑차가 줄지어 서 있고 뒤로는 쪽배처럼 옆에 매단 조수석에 소련제 경기관총을 장착한 오토바이 부대인 모터지프 부대가 정렬해 있었다. 권총을 차고 다발총을 맨 군관 한 사람씩을 운전수 곁에 배치한 지프들과 소련제 아식보총에 세모칼을 꽂은 군인을 만재한 다섯대의 트럭이 뒤따랐다.

안내 장교는 정찬우에게 전선사령부 직할인 74부대에 배속되었음을 알려주고, 앞에서 다섯번째 지프에 오르라고 했다. 『김유신 장군전』을 썼다는 김일성대학 사범대 교수 이동혁과 '애국자 순이'로 분장한 바 있는 국립예술극장 주연배우 최금자가 미리 타고 있었다. 둘 다 안면이 있는 사이였다.

"정찬우 선생님하군 인연이군요. 전선까지 함께 가다니."

최금자가 명랑하게 인사를 했다. 이동혁 교수는 자신과 그녀 사이에 정찬우를 끌어 앉혔다. 정찬우도 반가운 표정으로 두 사람 사이에 끼여 앉았다. 피차가 허물없는 처지여서 좋았다.

운전수와 그 곁에 앉은 젊은 군관과는 초면 인사를 나누었다. 다발총을 메고 권총까지 찬 군관은 경상남도 진주시 경비사령관으로 파견되어 가는 배철 소좌였고 운전수는 평안북도 육상운수사업소에 근무하다가 소환된 윤성남이라고 했다.

대오를 정렬하자 귀밑머리가 희끗희끗한 한 장군이 연단에 올랐다. 그는 차렷, 경례 같은 절차도 생략한 채 간단히 말했다.

"조국의 영예와 인민의 행복을 한 몸에 짊어지고 장엄한 싸움터로 나가는 여러 동무들에게 승리의 영광이 있기를 바랍니다."

"문화훈련국장의 인사는 언제나 간단해서 좋거든."

배철 소좌가 중얼거리자 여배우가 키득키득 웃었다. 고요한 대열에서 웃음소리가 들리는 게 못마땅했는지 배철은 미간을 찌푸리며 뒤를 돌아보았으나 질책은 하지 않았다.

"74부대 출발!"

어디선가 커다란 호령이 들리자 대열이 움직이기 시작했다.

"영용한 우리 인민군대 만세!"

"우리의 문화예술인 만세!"

일제히 함성을 외친 후 사령부의 정문을 나서니 언제부터 모여 있었는지 연도에 도열한 흰옷의 시민들이 일제히 양손을 들어올리고 만세를 외치며 환송했다. 군중의 머리 위로는 전승을 기원하는 갖가지 깃발이 물결치고 있었다.

"흡사 제정시대 지원병 나가는 광경 같군요."

최금자가 무심코 농담을 던지자 배철 소좌가 다시 휙 고개를 돌리고 쏘아붙였다.

"여배우 동무! 말조심하라우!"

날카롭게 내뱉는 배철의 눈매는 차가웠다. 그 눈빛만큼이나 살벌한 무장 대오의 선두는 모란봉과 대동강 맑은 물을 좌우로 바라보며 부벽루 사이를 지나 동쪽으로 향했다. 평양에서 원산으로 가는 평원가도였다.

부벽루에는 '제일강산'이라는 현판이 붙어 있었다. 원래는 '천하제일강산'이라는 현판이 붙어 있었으나 병자호란을 일으킨 청나라의 장군이 질시해 '천하'라는 두 글자를 지워버렸다고 한다.

"언젠가는 저 현판에 다시 천하제일강산이라고 써넣어야겠지?"

이동혁 교수가 모처럼 침묵을 깼지만 입을 떼었다가 냉혹하게 면박당한 여배우는 시무룩한 얼굴로 번져가는 어둠만 바라보았다.

평양을 벗어난 차량 대열은 긴 흙먼지를 날리며 남쪽을 향해 질주했다. 미군 폭격은 모든 기동로 주변을 타격하고 있었다. 곳곳에 폭격으로 주저앉은 가옥이 널려 있었고 사람과 마소의 시체가 처참히 흩어져 최전선이나 다름없어 보였다.

마을 입구나 길이 갈라지는 요소마다 왼팔 어깨에 붉은 완장을 두른 청년들이 민간인들을 데리고 나와 환송해주는 가운데, 곁에서 뺨을 쳐도 누군지 분간 못할 어둠이 깃들 즈음 삼팔선에 이르렀다. 해방과 함께 같은 민족을 남과 북으로 갈라버린 저주스러운 경계선은 뚫려 있었다.

"우리의 영용한 인민군대가 이곳에서 남반부 백골부대와 호림

부대의 목덜미를 부러뜨렸소."

배철 소좌는 혼자 좋아서 야단이었다. 다른 이들은 별 감흥 없이 지프의 전조등이 비추고 지나가는 삼팔선 말뚝을 언뜻 확인하기만 했다. 정찬우의 마음은 무거웠다. 앞으로 겪어야 할 무서운 일들과, 평양에 두고 온 허인숙의 다정한 얼굴이 복잡하게 마음을 괴롭히고 있을 때였다.

'탕! 타탕!'

왼편 검은 능선에서 국군의 총성이 울리며 유탄이 마구 날아왔다. 갑작스러운 총격에 74부대원들은 당황했다. 폭격은 겪어봤지만 실제 교전은 대부분 처음일 것이었다. 이동혁 교수와 여배우는 자라처럼 목을 움츠리고 입술을 바르르 떨었다. 정찬우도 저절로 몸이 움츠려졌다. 세 사람은 서로를 바짝 끌어안고 지프 뒷좌석 바닥에 웅크렸다.

"전조등을 꺼라! 불을 꺼!"

"등을 끄고선 운전할 수 없습니다."

보위부대장 김철 소장과 운전수 사이에 날카로운 목소리가 교환되었다.

"잔말 말고 꺼!"

배철 소좌가 버럭 소리를 질렀다. 총성은 계속해 들리고 유탄들은 '슈우잉!' 소리를 내며 귓가와 발 아래를 스치고 지나갔다.

"모두 좌측 능선으로 사격 개시!"

명령과 함께 김철 소장이 권총의 방아쇠를 당겼다. 이어서 74부대원들은 모두 좌측 능선을 향해 총을 쏘았다. 장갑차와 모터지프에서도 기관포와 경기관총이 불꽃을 뿜어대기 시작했고, 기계화

부대의 중화기들도 거센 화력을 능선으로 퍼부어댔다. 남과 북의 서로 다른 총포 소리가 귀청을 찢어대는 가운데 섬광을 번쩍이며 지나가는 유탄, 유탄이 날아갈 때 흩뿌리는 화약 냄새가 머리끝을 곤두서게 했다. 최금자는 온몸을 덜덜 떨었고 이동혁 교수는 겁에 질려 거의 의식을 잃었다.

처음 겪는 공포의 반시간이 지났다. 인민군 기계화 부대의 세찬 화력을 당할 수 없었던지 능선에서 나는 총소리는 점점 줄어들었다. 보위부대장 김철이 다시 힘차게 소리쳤다.

"전투 중지!"

"불을 켜고 앞으로!"

어느 쪽에서 쏘는지 모를, 간간이 울리는 총성은 어두운 밤을 달리는 탱크의 궤도 소리와 모터지프의 굉음에 묻혀버렸다.

"남반부 패잔병들의 최후 발악이군."

김철은 자못 통쾌하게 웃었지만 한 사람도 대꾸하지 않았다. 병사고 문화요원이고 할 것 없이 난생처음 겪은 총격전에 다들 넋이 빠져버린 것 같았다.

포천을 지날 무렵 새벽이 찾아왔다. 공포의 밤도 사라졌다. 불의의 기습에 열병 환자처럼 날뛰던 군인들은 날이 밝자 생기를 얻어 쉴 새 없이 지껄였다. 그러나 정찬우는 입을 다문 채 팔짱을 끼고 바위처럼 도사리고 앉아 있었는데, 어둠이 가시면서 눈앞에 들어온 참혹한 광경에 그 어떤 말도 할 수가 없었던 것이다.

전승의 자취, 그것은 참혹의 다른 말에 지나지 않았다. 새벽빛이 쏟아지는 도로변에는 버려진 시체들이 썩어가고 있었다. 무릎이 부러지고 하얀 이를 드러낸 시체를 지나니 산기슭 밭에 급조된 공동묘지가 나왔다. 전사 누구누구라는 푯말을 꽂고 봉분도 제대로 쌓지 않은 나직한 무덤이 수두룩했다. 묘지 입구에도 국군의 시신이 널려 있었다

"건너다보이는 게 서울의 관문이라 일컫는 의정부요."

김철 소장이 가리키자 배철 소좌가 우쭐거리며 말했다.

"여기서 개새끼들이 녹았거든."

격전이 쓸고 간 의정부 일대는 참혹한 폐허가 되어 있었다. 읍으로 들어가는 도로 주변부터 산마루턱의 초가까지 온 도시가 불타 잿더미로 변해 있었다. 파괴된 잔해에서는 아직도 곳곳에서 연기가 치솟았다. 전날의 공습으로 붙은 불이 꺼지지 않은 곳도 있고 시신을 모아 태우는 곳도 있었다. 부서지고 불탄 건물 잔해와 조각난 시신들이 널린 도로를 가로지르니 커다란 아치가 나왔다.

'의정부 해방 만세!'

인민군이나 현지의 공산주의자들이 써붙인 것이 틀림없었다. 아치를 지나자 피난민들이 줄을 잇고 있었다. 평양 거리에서 본 시민들과 마찬가지로 아래위 흰옷을 입은 이들이 솥단지며 이불 보따리를 나눠 이거나 지게에 진 채 힘없는 걸음으로 남쪽으로 혹은 북쪽으로 이동하고 있었다. 치마폭으로 눈물을 닦느라고 자꾸만 뒤처지는 여인도 보이고 부모를 잃었는지 혼자 울며 걷는 아이도 보였다.

'앞에도 전선, 뒤에도 전선이니 갈 곳도 없는데 어디로들 가는 걸까? 이것이 해방이란 말인가?'

무작정 폭격을 피해 산속이나 외진 시골로 가려는 듯했다. 정찬우는 더이상 보지 않고 눈을 감은 채 고개를 흔들었다. 이동혁과

최금자도 같은 기분인 듯 암울한 표정으로 피난민들을 쳐다보고 있었다. 그러나 군인들은 달랐다. 잠시 행군을 멈추고 정돈을 하는 사이, 간밤에는 정신을 잃다시피 했던 참모며 군관들이 김철 보위부대장 주변에 모여들더니 개선장군이 다 된 듯 떠들어댔다.

"서울을 점령했으니 전쟁은 이제 끝난 거나 다름없소. 미국놈들이 우리 인민군대가 무서워서 보병은 안 보내고 비행기만 띄우는 거 보우."

"서울 가지고 되갔어? 부산까지 파죽지세로 몰고 가서 부산 앞바다에 괴뢰군을 모조리 빠뜨려 죽여야지비."

참모들의 허세 섞인 구구한 계책을 결산이라도 하듯, 보위부대장 김철 소장이 입을 열었다. 전날 대혼란 속에서 조금도 두려움 없이 부대를 지휘했던 그였다.

"우리는 정세가 유리할 때에는 공격하되 숨 돌릴 틈을 주지 말고 심장부까지 육박 돌진해야 하오. 전세가 불리하여 물러설 때에는 당황실색하지 말고 질서정연하게 후퇴하여 새로운 공격 준비를 해야만 되구."

김철은 식민지 시기 중국에서 중국공산당 팔로군에 입대해 항일 유격전을 하다가 해방 직전에는 조선의용군 간부로 활약했던 유명한 전사였다. 그런데 앳된 얼굴의 배철이 당돌히 대들었다.

"보위부대장 동무! 무슨 말을 그렇게 합니까? 위대한 인민군이 물러선다는 건 애당초 있을 수 없는 일이지 않소?"

해방 후 학교에서 처음으로 공산주의를 배워 과도한 혈기에 넘치는 젊은 소좌의 비난에 김철 소장은 입을 다물어버렸다. 후퇴를 선동한 비겁자라는 소리를 듣기 싫어서인 듯했다.

서울에 이른 것은 오전 열시가 조금 지나서였다. 인민군에 점령된 서울은 고요했다. 행인은 거의 눈에 띄지 않았고 우글거린다는 거지와 장사꾼들도 눈에 띄지 않았다. 지나는 차도 거의 없어 74부대 탱크와 차량들은 한산한 거리를 쾌속으로 달릴 수 있었다.

평양이나 의정부에 비하면 서울은 파괴된 건물이 많지 않았다. 그러나 사람이 살지 않는 도시처럼 썰렁한 느낌이 들었다. 인적이 끊겨 냉기가 오싹 밀려오는 골목마다 붉은 완장을 두른 청년들이 죽창을 들고 서 있었다. 청량리역 광장에는 자원인지 강제인지 모를 남녀 학생으로 편성된 의용군 천여명이 입을 다문 채 모여 앉아 있었다.

종로통에 들어서니 비로소 연도에 늘어서서 인공기를 흔들며 환영하는 사람들이 나타났다.

"영용한 인민군대 만세!"

74부대원들도 총검을 치켜올리며 외쳤다.

"서울 해방 만세!"

양쪽에서 반가운 함성이 오고갔으나 뒷골목의 붉은 완장들을 목격한 정찬우의 눈에는 왠지 연극처럼 낯설게 보였다. 환영 대열 뒤로 지나가는 서울 사람들은 하나같이 남루한 차림에 풀이 죽어 보였고, 인민군을 바라보는 눈은 놀란 듯 휘둥그레졌다. 평양 사람들에 비해 걸음이 느린 것 같고 여자들의 치마가 무릎 바로 밑까지 올라간 게 신기했다.

지프는 옛 서울 시청인 서울시 인민위원회 건물 앞에 다다랐다. 잠시 기다리니 넥타이 없이 짙은 감색 양복을 입은 중년 신사가 나와 정찬우를 찾았다.

"교육위원 동무만 들어오고 다른 동무들은 밖에서 기다리시오."

서울시 인민위원회 서기장 임규찬이었다. 서기장을 따라 2층으로 올라가니 넓은 회의실에 앞서 들어간 부대장들 외에 노동당과 문화계의 고위 인사들이 모여 있었다.

가장 높은 사람은 부수상이자 최고사령부 정치국장인 박헌영이었고, 다음으로는 사법상이던 이승엽이 서울시 인민위원장을 맡아 내려와 있었다. 군대 쪽으로는 중부전선 총참모장 강건, 후방사령부 사령관 장철이 눈에 띄었다. 남쪽으로 보내진 문화선전대의 총책인 시인 임화를 비롯해 각 부대의 문화부를 책임진 작가동맹 소속 작가들도 여럿 참석했다. 아직 점령도 못한 경상남도 인민위원장으로 임명된 배훈 등 남한의 각 도당과 인민위원회를 맡아 내려온 이도 여럿 있었는데 잘 모르는 얼굴들이었다. 김일성과 함께 만주에서 빨치산을 하다가 체포되어 고문으로 하반신 불구가 된 교원대학교 맑스·레닌 강좌장인 박달도 보였으나 무슨 직책을 맡아 내려왔는지는 알 수 없었다.

좌중이 정리되자 먼저 일어선 이는 이승엽이었다. 늘씬하고 큰 키에 검은 얼굴을 가진 그는 점령지구 정치사업의 최고책임자답게 씩씩하고 큰 소리로 말했다.

"각 부대 사령관 및 정치일꾼, 문화일꾼 여러 동무들의 왕림을 환영합니다!"

"이승엽 위원장께 영광을 드립니다!"

이승엽이 차례로 인사를 시키고 있을 때 뒤늦게 전선사령관 김책이 거구를 흔들며 들어왔다. 전날 사령부에서 정찬우를 안내했던 여비서를 대동하고 있었다. 일동을 대표해 김철 보위부대장이 일어나 박수로 환영했다.

"김책 사령관 동지께 승리의 영광을 보냅시다!"

"사령관 동지께 승리의 영광을 보냅니다!"

김책은 거친 함경도 사투리로 예하 부대장들과 문화일꾼들의 건승을 기원했다. 악수를 주고받느라 서 있던 이들이 모두 안락의자에 걸터앉자 서기장 임규찬이 모두를 향해 정중하게 말했다.

"실례합니다. 모두들 신임장을 보여주십시오."

참석자들은 순회하는 임규찬에게 차례로 김일성의 직인이 찍힌 신임장을 꺼내 보였다. 신분 확인이 끝난 후 이승엽이 다시 입을 떼었다.

"대단히 미안하오나 문화요원들은 배치장소에 가시기까지 주요 도시에서 부흥 강연을 하여주시기 바랍니다. 오늘은 이곳 서울에서 수고하여주시기 바랍니다. 중동중학에는 사회단체 간부들이 모이는데 박달 동무가 강연을 맡아주시고 진명여고에는 여류 문화인이 참석할 터인즉 정찬우 동무가 나가주시기 바랍니다. 무대 예술인들이 모이게 되는 시립극장에는 최금자 동무가 수고하여주셔야겠습니다. 출발 십분 전에 시 인민위원회 앞에 안내자를 대기시켜놓겠습니다."

이승엽의 말투는 퍽 사무적이었다. 딱딱한 공기에 어색함을 느꼈는지 김책이 농담을 꺼냈다.

"이것 보우다, 정찬우 동무 같은 총각을 어쩌자구 여류 문화인 속에 보내려 하우? 상사병 아니 나겠소?"

이에 마흔이 안된 젊은 총참모장 강건이 맞장구를 쳤다.

"그리되면 이승엽 위원장 동무의 딸이라도 주든가 무슨 대책이 있겠지요."

임무 배치 때는 엄격했던 이승엽도 호탕하게 웃으며 대꾸했다.

"정찬우 동무는 총장 동무 따님과 약혼하기로 이미 맞추어놓았답니다. 염려 마십시오."

"아니, 누가 정동무가 상사병 날까 걱정하우? 여성 동무들이 상사병 날까 그러는 거지."

자기 말에 취한 김책이 큰 몸집을 흔들며 호탕하게 웃자 다들 따라 웃었다. 김책의 여비서만 웃지 않았다.

"자, 그러면 본론에 들어갑시다."

웃음을 멈춘 김책이 일어나 군복 상의에서 붉은 수첩을 꺼내어 뒤적거렸다. 손가락이 유난히 굵고 길었다.

"말하지 않아도 잘 알겠지만, 이번 싸움에서 이기고 지는 것은 문화간부 여러분의 머리에 달려 있다고 해도 과언이 아니니 최대한 충성스러운 연구와 노력을 기울여주기 바라는 바요."

김책은 커다란 체구와 유연한 성격답지 않게 무척이나 꼼꼼한 사람이었다. 문화일꾼들의 배치와 임무에 대해 수첩에 적어온 대로 나열한 다음 격려의 훈시로 마무리했다.

회의실에서 나온 74부대원들은 걸어서 오분 거리인 명동 입구의 반도호텔에서 여장을 풀었다. 7층짜리로 서울에서 가장 높다는 반도호텔은 객실마다 호화스러운 장식과 안락한 침대를 갖추고 있었다. 식사는 서울시 여성동맹에서 마련해주었는데 여름 채소와 고기가 풍성한 성찬이었다.

배불리 식사를 한 뒤 공습을 피해 지하실에서 한숨 자고 나오니 오후 세시 반이었다. 가지고 온 짐이나 맡길까 하고 2층으로 올라가던 정찬우는 포승줄에 묶여 지하실로 끌려가는 사람과 눈이 마주쳤다.

낯익은 얼굴이었다. 정찬우는 머리를 갸웃거리다가 이내 만주에서 같은 동네에 살던 장치국을 떠올렸다. 붉은 완장을 두른 청년과 정치보위부원의 뒤를 따라가보았다. 공포에 질린 장치국은 부들부들 떨고 있었다. 정찬우는 먼저 김일성의 직인이 찍힌 신임장을 꺼내 보여준 후 보위부원과 청년을 번갈아 보면서 물었다.

"어떤 사람이오?"

보위부원은 거수경례를 올리며 힘차게 대답했다.

"악질 반동분자입니다. 종로경찰서 사찰계장으로 무수한 애국자를 죽음으로 몰아넣은 자입니다."

포박되어 무릎 꿇린 장치국은 더욱 움츠러들고 있었다. 고개조차 들지 못하는 그는 자기 앞에 선 사람이 정찬우라는 사실도 모르고 있었다.

"그래서 어떻게 할 작정이오?"

붉은 완장을 두른 청년이 대신 대답했다.

"이런 악질은 즉결 처형에 처해야 합니다."

중부지방 말투로 보아 서울에서 지하활동을 해온 노동당원 같았다.

"그렇다면 이곳에 데리고 온 이유는 뭐요?"

"공습 때문에 밤 시간을 이용해 처형하려고 합니다."

보위부원의 공손한 대답에 정찬우는 잠시 숨을 고른 후 엄격한 태도로 말했다.

"흔히 무고한 사람이 죽는 게 전시임을 알아야 할 것이오. 일개 사찰계장까지 문책하자면 수만명이 우리의 싸움을 저주할 것이니 풀어주시오."

"자위대에서 잡아왔은즉 상부에 보고는 하여야 할 게 아니겠습니까?"

보위부원이 말하자 붉은 완장을 두른 청년이 분해서 발을 구르며 호소했다.

"이자의 행각을 생각하면 이가 갈립니다. 얼마나 많은 우리 동지들을 고문하고 감옥에 넣었는지 모릅니다."

보위부원은 북한에서 내려온 이들인 반면, 붉은 완장을 찬 자위대원은 대개 전쟁이 나기 전까지 남한의 지하에서 공산주의 활동을 해온 이들이었다. 인민군 점령지역 어디서나 붉은 완장들이 앞장서서 우익에 대한 보복을 하고 있었다. 정찬우는 그를 달랬다.

"개인의 복수를 위한 싸움이 아니란 걸 모르고서 어떻게 자위대원의 중책을 맡아보고 있소? 풀어주우."

단호한 정찬우의 명령에 자위대원은 마지못해 장치국의 포승을 풀었다. 정찬우는 장치국을 책상에 편히 앉게 한 후 보위부원에게 말했다.

"무어 좀 먹이우."

보위부원이 가져온 국밥을 먹으려고 수저를 드는 장치국의 손은 여전히 부들거리고 있었다.

"앞으로는 착하게 살아야 하우."

"네."

장치국이 흐느껴 울자 정찬우는 보위부원과 자위대 청년을 번갈아 보면서 말했다.

"이 참회의 눈물을 보시오. 다시는 악한 짓 못할 거요. 가장 충성된 일꾼이 될지도 모르지."

비로소 마음이 놓인 장치국은 처음으로 고개를 들어 정찬우를 바라보더니 놀라 눈이 휘둥그레졌다. 아는 사람이라 살려주었다는 말이 나오면 입장이 거북해질 것 같아 정찬우는 얼른 외면하며 말을 이었다.

"내가 용서하여주는 게 아니라 공화국 정부가 살려주는 거요. 조국을 위해 새로 태어난 삶을 아낌없이 바치시오."

"네. 잘 알겠습니다."

눈치 빠른 장치국은 기어들어가는 목소리로 대답했다. 붉은 완장의 자위대원은 못내 불만스러운 표정으로 나가버렸다.

약속한 시간에 서울시 인민위원회 청사를 찾아가니 서기장 임규찬과 김책의 비서 심영숙이 기다리고 있었다. 세 사람을 실은 지프는 종로 입구에 있는 종각을 거쳐 태고사를 지나 안국동 진명여고 운동장으로 들어갔다.

강당은 수백명의 여성들의 목소리로 떠들썩했다. 오후 일곱시 정각, 세 사람이 강단에 올라서자 방청객들은 열렬한 박수로 환영했다. 먼저 서기장이 정찬우를 소개했다.

"지금부터 '학원 민주화'란 연제로 조선민주주의인민공화국의 젊은 인재인 정찬우 동무로부터 말씀이 계시겠습니다. 영남지방 교육위원으로 파견되어 오신 정찬우 동무는 만주에서 항일무장투쟁의 큰 공을 세웠고 종전 후에는 김일성종합대학 역사학과를 나와 평양여자고급중학교 교무주임 겸 사범대학의 강사로 계시는 당년 22세의 명망 높은 소설가이십니다."

여류 문화인의 모임이라고 들었으나 작가라고 소개할 만한 이는 거의 없고 일반 여성과 여학생이 대부분이었다. 젊은 여성들 앞에 나선 정찬우는 약간 긴장이 되었다. 청중은 그가 단상에 서고도 한참 후에야 조용해졌다.

"친애하는 자매 여러분! 교육·문화·예술의 온갖 영역에서 낡은 체제와 방법을 버리고 새로운 인민적 민주주의의 내용과 형식을 갖추기에 심혈을 경주하시는 여러분께 저는 공화국 중앙정부와 인민군 총사령부의 명의를 빌려 충심으로 경의와 감사를 드립니다."

첫말이 떨어지기가 바쁘게 주석단에 앉은 심영숙이 손뼉을 치자 서기장과 청중은 따라서 손뼉을 쳤다.

"우리는 유구한 역사와 찬란한 문화적 전통을 자랑하는 배달겨레의 긍지를 지키기 위해 우리의 역사적 사명을 다해야 합니다. 우선 과거의 교육제도부터 타파해야 합니다. 지금까지 남조선의 교육은 외래 군국주의와 사대봉건의 소수 특권자를 위한 반민주적인 교육이었습니다."

또다시 박수가 터져나와 말을 끊었다. 애국적 문화인들이 앞장서서 민족적 형식에 민주주의적 내용을 담은 새 형태, 새 본질의 예술작품을 창작해야 한다고 역설하자 또 박수물결이 일었다. 한 구절 한 구절 끝날 때마다 심영숙이 일어서서 박수를 선동하면 청중들이 호응했다. 청중들은 주석단의 눈치만 살피고 있다가 심영숙이 손뼉을 치면 덮어놓고 손바닥이 아프도록 치는 게 틀림없었다. 마침 어디선가 치솟은 불길이 유리창을 붉게 물들이고 있었다. 정찬우는 훨훨 타오르는 불길을 가리키며 외쳤다.

"자매 여러분! 저 불길을 보십시오. 어두움을 짓씹으며 번쩍이는 저 섬광을! 온갖 오물을 태우면서 하늘 높이 솟아오르는 저 불길을! 저것은 바로 낡은 것이 청산되고 새것이 약진하는 모습을 상징하여주고 있습니다."

이번에는 자발적인 청중의 함성이 연설을 중단케 했다. 정찬우는 함성이 가라앉기를 기다려 말을 계속했다.

"그러나 오랫동안 뿌리 깊이 자리잡은 과거의 체제와 사상은 손쉽게 고쳐지는 게 아닙니다. 창조적인 연구와 꾸준한 노력과 끈기 있는 투쟁이 있음으로써만 가능합니다. 해방과 승리의 영광을 한 몸에 지닌 여러분이 앞장서서 개척하여주십시오. 최선두에서 활약하는 여러분의 눈부신 모습은 청사에 길이 빛날 것입니다. 자매들이여! 학원의 민주화를 위하여 오로지 앞으로만 나아갑시다!"

한시간 반의 강연이 끝났다. 처음에는 억지로 동원된 기색이 엿보이던 청중은 환호와 박수로 마무리해주었다.

이어진 토론시간에는 몇 사람의 여성이 등단해 정찬우의 연설을 전폭적으로 찬동하고 지지한다는 천편일률적인 연설을 했다. 마지막으로 심영숙이 조선민주주의인민공화국과 김일성 수상에게 승리의 영광을 보낸다는 결의문을 낭독함으로써 연설회는 끝났다.

"끝으로 위대한 당 중앙의 뜻을 받들어 서울 해방의 영광을 가져온 정찬우 동무에게 서울 해방 기념훈장을 수여하겠습니다. 우렁찬 박수를 바랍니다."

사회자의 말과 함께 한 여성이 단상으로 올라왔다. 보기 드물게 큰 키에 호리호리하고 갓 스물을 넘긴 듯 보였다. 그녀는 고개를 구부린 정찬우에게 붉은 띠 훈장을 걸어주며 말했다.

"이옥련입니다. 제가 앞으로 교육위원 동무의 비서로 복무하게 되었습니다. 잘 부탁드립니다."

정찬우는 얼결에 그녀가 내미는 손을 마주 잡았다. 강당 안은 또 다시 박수와 환호성으로 시끄러워졌다.

3장
대전 해방 만세

반도호텔에서 하룻밤을 묵고 난 새벽, 일행은 부지런히 출발을 서둘렀다. 문화선전대 책임자인 임화와 몇 사람은 전날 먼저 떠나 최전선 전투현장으로 취재를 갔고, 남은 열두명은 세대의 지프에 나눠 탔다. 정찬우가 탄 지프에는 배철 소좌가 빠지고 비서가 된 이옥련이 대신 탔다. 정찬우가 조수석에 타고 다른 세 사람은 뒷좌석에 바짝 붙어 앉았다.

이윽고 장갑차를 선두로 한강에 도착했다. 날이 밝으면 본격적으로 전개될 미군 폭격 전에 강을 넘으려는 대오가 밀려 있었다. 이승만이 한강에 두개뿐인 인도교와 철교를 모두 폭파하고 후퇴했기 때문에 인민군 공병대가 용산 쪽 모래사장에서 노량진 쪽으로 부교를 설치해놓았다. 장갑차와 트럭에 이어 사령부 참모 차량이 건너고 문화선전대 차량은 맨 나중에 건넜다. 흔들리는 부교를 지나 노량진 강변에 닿으니 오전 여섯시였다.

여기부터는 다시 비포장 흙길이었다. 문화선전대 지프는 십여 미터씩 거리를 두고 흙먼지를 날리며 1번 국도를 질주했다. 해가 동쪽 하늘 높이 떠오르도록 무사히 달린 일행은 수원군 여성동맹 앞을 지날 무렵 처음으로 공습을 맞았다.

"공습이다!"

미군 비행기들은 무섭게 빨랐다. 공습경보 싸이렌 소리와 거의 때를 같이해 제트기 편대가 날아와 기관총탄과 소이탄 세례를 퍼부어댔다. 경보를 듣고 은신처를 찾을 겨를도 없었다. 다들 차에서 뛰어내려 '여성동맹 수원군위원회'라는 현판이 붙어 있는 담 모퉁이로 급히 몸을 피했다. 바람을 가르는 제트기의 '쌔—액' 소리와 '부르릉'거리는 기관포 소리, 이어서 들려오는 여인의 비명 소리에 심장이 멎는 듯했다.

공포에 질린 나머지 무의식중에 여성동맹 건물로 뛰어든 정찬우는 자신도 믿을 수 없는 완력으로 커다란 금고를 밀어내고 벽과 금고 사이로 파고들었다. 뒤따라 다른 사람들도 건물 안으로 들어왔으나 서로 보살펴줄 정신은 없었다. 그래도 눈에 걸리는 사람은 이옥련이었다.

"비서 동무! 어서 이리로 오시오!"

이옥련과 몸을 밀착하고 쪼그려앉은 채 양 손바닥으로 귀를 막고 머리를 감쌌다. 아무리 귀를 막아도 요란한 기총 소리와 소이탄 폭음, 하늘을 향해 쏘아대는 인민군의 다발총 소리는 심장을 때리는 것 같았다.

몇분인지도 모르게 피를 말리는 시간이 지나고 주위는 점점 조용해졌다. 기관총 소리도 들리지 않고 폭탄 터지는 소리도 멀리서만 들려왔다. 겨우 정신을 차리고 뛰어나오니 제트기들은 파란 하늘에 엷은 띠만 남긴 채 사라지고 없었다.

"어머나, 선생님 머리가 왜 그러세요?"

뒤따라 나온 이옥련이 정찬우를 살펴보며 물었다.

"아무렇지도 않은데요?"

정찬우는 말하며 오른손으로 머리를 쓰다듬어보았다. 시뻘건 피가 묻어나왔다.

"정선생, 머리를 상했구려!"

이동혁 교수가 놀라서 소리쳤다.

"빨리 병원으로 가셔요."

이옥련은 초조하여 어쩔 줄 몰라했다. 이동혁도 얼른 야전병원에 가자고 했다. 정작 정찬우는 통증을 느끼지 못하고 있었다.

"전혀 아프지가 않은걸요."

정말 아프지가 않았다. 셋이서 우선 우물에 가서 씻어보기로 했다. 마을 어귀 공동우물에 여자들이 모여들고 있었다. 빨래를 하거나 물을 길러 나왔다가 공습이 터지자 골목에 숨었다가 나오는 이들이었다.

"애고머니나!"

피를 본 아낙네들이 기겁을 하며 물러섰다. 물동이를 인 젊은 부인도 뒤로 물러서며 비명을 질렀다.

"미안하지만 두레박 좀 빌려주시오."

"쓰셔요, 얼마든지."

이동혁은 두레박으로 물을 퍼 정찬우의 머리에 조금씩 부어주었다. 이옥련이 조심스레 씻어주었다.

"상한 데는 없수?"

이동혁의 물음에 이옥련은 신기하다는 듯 답했다.

"없어요. 그런데 피가 어디서 묻었을까요?"

"글쎄 말이오. 어쨌든 다행이오."

두 사람이 주고받는 말로 정찬우는 확실히 아무런 상처도 입지 않았음을 알 수 있었다. 다른 사람과 부딪친 일도 없는데 어디서 피가 묻었는지 신기하기까지 했다. 금고 뒤에 숨었을 때 다락에 숨어 있다가 다친 사람의 피가 떨어졌을지도 모르겠다고 생각했다. 이미 죽었을 누군가의 피를 뒤집어썼다고 생각하니 씻고 나서도 개운하지가 않았다.

"고맙습니다."

우물가에 줄지어 선 아낙네들은 인사를 하고 돌아서는 정찬우 일행을 수심 겨운 얼굴로 번갈아 보고 있었다.

뿔뿔이 흩어졌던 사람들이 다시 모여들었다. 최금자는 멀찌감치 수원성 북문 앞에서 운전수와 함께 기다리는 중이었다. 손을 흔드는 모습을 발견하고 그쪽으로 걸어가는데 구급반원들이 얼굴이 피범벅이 되어 숨이 끊어져가고 있는 여인을 들것에 메고 병원으로 달려가며 떠드는 소리가 들렸다.

"수원의 미인 하나가 또 사라지는군."

"미인단명이란 말이 있지 않은가?"

구급반원들의 말이 비위에 거슬렸는지 이옥련이 이맛살을 찌푸렸다. 스스로 미인이니 그런 말에 신경이 쓰이나보다고 정찬우는 생각했다.

이번 공습으로 문화선전대 일행 중 평양공전 교무주임 허철은 팔목에, 평양의전 교무주임인 주영찬은 다리에 부상을 입어 야전 병원으로 후송되었다.

문화선전대의 전진은 수원에서 멈췄다. 탱크를 앞세운 인민군의 공세에 한미연합군은 쉽게 밀려나지 않았다. 문화선전대는 7월 13일 청주가 함락될 때까지 며칠간 수원에서 대기하며 수원지역 학교와 사회단체를 대상으로 연설회를 열기로 했다.

교육이든 토론이든 미군기의 폭격 때문에 제대로 진행하기가 쉽지 않았다. 낮에는 방공호나 팔달산 숲속에 숨어 있다가 밤이면 나와서 활동했는데, 한낮인데도 숲속에 모기가 많아 온몸은 붉은 반점에다 긁은 자국투성이가 되었다. 파리며 하루살이까지 들끓어 입을 벌리고 있으면 날아드는 벌레들로 입안이 깔깔했다.

그날도 숲속에 숨어 수원 시가지가 공습당하는 모습을 보고 있을 때였다. 이동혁이 담배를 피우다 말고 입안에 손가락을 넣어 벌레를 꺼내며 말했다.

"벌레 맛이 참 기묘하군. 해방된 조국에서 벌레를 먹게 될 줄이야."

역사학과 출신인 정찬우가 대꾸했다.

"안동 김씨니 풍양 조씨니 하는 이들의 세도정치로 백성들이 굶주려 온 나라에 시체가 깔렸을 때에도 이렇게 벌레들이 창궐했답니다."

낙엽 위에 누운 채 얼굴의 모기를 쫓아내던 최금자가 푸념하면서 대화에 끼어들었다.

"이거야 저 높은 분들이 전쟁을 일으켰기 때문이지, 애꿏은 벌레가 무슨 죄가 있겠어요?"

이동혁이 눈살을 찌푸리며 자기 입술에 손가락을 갖다댔다.

"금자 동무, 정말로 말조심하시오. 계속 이러다가 언젠가는 곤란한 처지가 될 거유."

"이런 생활 하루하루가 지옥인걸요. 지금보다 더 어려운 상황이 있을라고요."

제일 힘들어하는 최금자였다. 더 말을 붙였다가는 오히려 문제를 키울 것 같았다. 폭탄 터지는 소리와 총성이 끊이지 않고 들려왔다. 정찬우는 이옥련에게 말길을 돌렸다.

"옥련 동무는 서울 부잣집에서 살았다면서 이 곤란을 어찌 이리 잘 이겨내시오?"

매캐하게 올라오는 포연과 화재의 연기 속에서 두려움도 회의도 없는 듯 말끄러미 불타는 시가를 바라보던 이옥련의 표정이 일순 어지러워졌다. 하지만 이내 담담히 말했다.

"부자까지는 아니었어요. 여중에 다닐 때부터 지하 남로당의 세포활동을 했거든요. 두번이나 경찰과 서북청년단에 잡혀가 모진 고문을 당하고 걷지도 못하게 된 몸으로 나오곤 했죠. 우익반동들의 악랄함을 생각하면 오늘의 이 고통은 아무것도 아니죠. 만일 놈들에게 다시 잡혀간다면 차라리 자결하고 말 거예요."

최금자가 물었다.

"그놈들이 여자를 잡아가면 온갖 악마 같은 짓을 한다면서? 옥련 동무 같은 미인을 가만두지 않았을 건데?"

이옥련의 귀밑이 빨개지는 것이 보였다. 이옥련은 부인하지 않았다.

"맞아요, 악귀 같은 놈들이었어요."

정찬우는 순간, 최금자야말로 악마 같은 여자라는 생각이 들어 그녀를 노려보았다. 어색한 분위기에 이동혁이 말을 돌렸다.

"우리가 있는 이 수원성은 화성이라고 하오. 조선왕조 제일의 임금이신 정조가 아버지를 기리기 위해 세운 성이지. 그런데 왜놈들이 길을 낸다고 성벽을 허물고 미군이 남북 성문을 폭격해 폐허가 되어버렸어. 을밀대도 무너지고 화성도 무너지고, 참 불쌍한 민족 아니오?"

포성과 총성은 더욱 커지고 있었다. 폭탄 하나가 산등성이를 따라 이어져 있는 성벽에 부딪쳐 폭발하는 것이 보였다.

청주를 함락한 다음 날인 7월 14일에야 정찬우가 속한 문화선전대의 행군은 재개되었다.

"아무래도 모여서 가는 게 쉽지 않겠소. 더 위험하기도 하고. 이제부터는 두패로 나뉘어 갑시다."

이동혁의 말에 따라 열명의 사람은 두패로 나뉘어 목적지에 도착할 때까지 개별행동을 하기로 했다. 네대의 지프로 분산된 일행은 지프에 씌운 그물에 나뭇가지며 풀을 꺾어 위장했다. 먼저 평양 러시아어대학 부학장 김의진 일행이 탄 두대의 지프가 떠나고, 정찬우 일행은 조금 기다렸다가 출발했다.

행군은 느렸다. 한미연합군이 후퇴해 육상 전투는 벌어지지 않았지만, 방공 싸이렌을 울릴 사이도 없이 출현하는 미군기를 피해 허둥대다보면 긴 여름 해가 다 지나가버렸다. 귀청을 찢어대고 뜨거운 공기를 팽창시키며 사람과 말들을 갈가리 찢어발기는 공습의 공포로 7월의 태양 따위는 존재조차 느껴지지 않는 행군이었다. 미군기는 도로를 집중 폭격했다. 곳곳에 파인 구덩이를 야전삽으로 메우고 부서진 차량을 치우다보면 한두시간은 금방 지나갔다.

화약고가 터지고 건물 기둥이 허물어져 화염을 뿜는 평택을 지나고, 부서진 트럭과 불탄 지붕이 시야를 가로막는 천안을 지났다. 사람과 말의 시체가 뙤약볕에 썩어 악취가 코를 찌르는 조치원을 지나는 노정은 참담했다.

"아! 저걸 어째⋯⋯"

조치원까지 내려갔을 때였다. 정찬우가 밤새 모기에 시달리느라 잠을 못 잔 탓에 앞좌석에서 졸고 있는데 이옥련의 비명이 들려왔다. 그녀의 손이 가리키는 곳을 보니 방금 숨진 듯 도로 옆에 한 여인이 벌어진 흰옷 사이로 가슴을 드러낸 채 쓰러져 있었다. 폭탄 파편에 맞아 내장이 흘러나와 있는 게 언뜻 보였다. 그런데 한살이나 되었을까, 갓난아이가 엄마 옆에 앉아 울다 지친 얼굴로 엄마의 젖꼭지를 매만지고 있었다.

"차마 볼 수가 없군."

이동혁이 고개를 돌리고 눈을 질끈 감았다. 두 여자는 마구 흘러내리는 눈물을 닦으면서도 자꾸만 죽은 여인과 아이 쪽을 돌아보았다. 정찬우도 눈을 질끈 감고 말했다.

"도대체 무엇 때문에 이 참혹한 전쟁을⋯⋯"

최금자의 울음 섞인 비통한 음성이 귀에 꽂혔다. 사람들은 서로 눈길을 피한 채 아무 말도 하지 않았다.

대전은 조치원과 거의 붙어 있었다. 막바지 총력전이 벌어지고 있는 대전에서의 포성과 총성이 바로 옆인 듯 들려오는 산중에 대기하고 있을 때 이동혁이 잘 아는 인민군 군관을 만나고 와서 전황을 설명해주었다.

이동혁의 말에 따르면 한미연합군이 금강의 다리를 모두 폭파하고 강 건너에 포진하면서 대전 진격이 며칠 늦어졌는데, 미군의 화력을 이길 수 없었던 인민군은 밤마다 병력을 도강시켜 공격하는 한편으로 미군이 눈치채지 못하도록 멀리 강을 돌아 후방에서 공격함으로써 연합군의 방어선을 와해시킬 수 있었으며 사흘째 대전을 포위, 공격하고 있다고 했다.

"미국놈들은 완강히 저항하고 있지만 오늘내일이면 물러날 거고, 놈들이 대전에서 워낙 큰 피해를 입어 이후 진격은 일사천리가 될 거라네."

이동혁의 말대로 정찬우 일행은 다음 날인 7월 20일 한밤중에 대전에 들어갈 수 있었다. 전날 연합군 주력이 후퇴했지만 아직 곳곳에서 전투와 폭격이 이뤄지고 있을 때였다.

'대전 해방 만세!'

밤하늘 곳곳에 불꽃과 화염이 치솟고 있는 대전 시가지 입구의 다리목에 벌써 인민군을 환영하는 아치가 세워져 있었다. 그러나 요란한 폭발물 소리가 고막을 울리는 가운데 무쇠도 녹일 듯한 불길 사이로 행군해 들어가는 인민군 대오에서는 만세 소리도 환호성도 나오지 않았다. 세상이 온통 폭음과 불길에 휩싸여 인간의 존재는 사라져버린 것만 같았다.

충청남도 인민위원회 앞에는 한밤중임에도 불구하고 꽤 많은 사람들이 왕래하고 있었다. 무슨 바쁜 볼일이라도 있는 듯 다들 분주한 걸음걸이였다. 정찬우는 충남 인민위원장을 만나 다음 날 저녁 일곱시에 문화인을 대상으로 한 강연을 개최하기로 하고 유성에서 쉬었다.

다음 날 약속한 시간에 도립극장에 가보니 2백명 정도의 사람들이 모여 있었다. 수원, 천안, 청주에서도 연설회를 했던 정찬우는 청중의 박수 속에 자신있게 연단에 올랐다.

"경애하는 문화인 여러분! 학원의 민주화와 인민적 예술의 창조를 위하여 몸과 마음을 다하시는 여러분들에게 진심으로 사의를 표합니다."

도당에서 나온 사회자의 지휘에 따라 연설의 한 문단마다 박수를 치는 것은 어디서나 같았다.

"역사의 흐름은 교육의 진전과 향상을 요구하고 있습니다. 이십세기인 오늘날에 봉건적 및 군국주의적 체제나 방법은 무의미합니다. 세기에는 세기에 따르는 방법과 체제가 필요한 것입니다. 역사를 뒷걸음치게 하며 인민의 정신을 멈추게 하는 고루한 모든 쓰레기는 고대박물관으로 보내어버립시다. 사회 발전을 촉진시키는 새 형태의 교육과 인민적 문화 향상을 위하는 장엄한 문화전선으로 힘 있게 나아갑시다. 학원의 민주화와 인민적 교육제도를 창조, 발전시키는 대역사에 앞장선 여러분들에게 조국과 인민은 승리의 영광을 드릴 것입니다."

박수갈채 속에 연설이 끝났지만 후련하지는 않았다. 같은 내용을 되풀이하는 탓도 있었지만, 마음 깊은 곳에서부터 올라오는 불안과 회의를 억제할 수가 없었다. 참담한 죽음의 현장들을 목격한 상처는 쉽게 회복될 수 없을 것 같았다.

대전을 점령한 후의 진군은 빨라졌다. 한미연합군은 무기력하게 후퇴하고 있었다. 국군 참모총장 채병덕이 전사하고 미군의 주력

부대인 제24사단 사단장인 딘 소장을 포로로 잡았다는 전선사령부의 전승보가 전해졌다. 연합군이 경상북도에서 경상남도를 동서로 길게 가르는 낙동강에 최후의 방어선을 칠 때까지 인민군의 진격은 비교적 빠르게 이뤄졌다.

하지만 낮이 아닌 밤에만 이뤄지는 진격이요, 승리였다. 미군은 자신들이 철수한 지역에 남은 민간인 모두를 인민군 지지자로 간주했다. 미군 비행기는 움직이는 모든 것과 모든 가옥을 무차별 폭격했다. 중폭격기들이 높이 떠서 도시를 파괴하러 간 동안, 날쌘한 제트기들은 차량이나 인민군을 발견하기만 하면 제비떼처럼 미끄러져 날아와 한바탕 휘젓고 갔다. 낮 동안에는 거의 모든 보급로가 마비되곤 했다.

인민군은 해 뜨기 전에 산기슭이나 잡초 우거진 곳에서 비행기를 피하고 황혼이 깃들면 어슬렁어슬렁 출동 준비를 해 밤새 행군을 해야 했다. 차량이 부족하고 도로 사정이 나쁘다보니 인근 마을의 부녀자와 노인들을 동원해 등짐으로 포탄이나 식량을 운반시키니 주민들의 불만도 높아졌다.

밤이라고 안전한 것은 아니었다. 야간에도 출동하는 미군기들은 불빛만 보면 솔개처럼 급강하해 총탄과 포탄을 퍼붓는 바람에 도로 곳곳에 폭탄 구덩이가 생겨 이를 메우느라 주변 마을에서 동원된 민간인과 인민군이 어둠속에서 땀을 흘리곤 했다. 차량 대열은 두세시간씩 정체를 거듭하다보니 걷는 사람보다 느렸다.

정찬우 일행을 태운 지프도 밤과 낮을 바꾸어 경상도 방향으로 향했다. 인민군 주력은 경부선 철도 노선을 따라 추풍령을 넘은 뒤 김천, 구미를 거쳐 대구로 진격하고 있었다. 갈수록 연합군의 저항은 강해졌다. 일행은 대전에서 남서쪽으로 틀어 무주를 거쳐 소백산맥을 넘어 경상도로 들어가는 길을 택했다. 하지만 그 길도 막히기는 마찬가지였다.

일행 네 사람을 태운 지프가 밤을 꼬박 새워 몇십 킬로미터나 갔을까, 새벽이 오고 있건만 한번 멈춘 차량 대열은 꼼짝도 못하고 있었다. 동이 트자 싸움터의 광경은 더욱 참혹하게 드러났다. 도로변 논 속에 말 두필이 궁둥이가 잠긴 채 죽어 있었고 농가란 농가는 모두 파괴되고 불태워져 없었다. 후퇴하는 국군이 인민군이 사용하지 못하도록 모조리 태워버린 것이었다. 타다 남은 잿더미에서 피어오르고 있는 연기만이 마을의 흔적을 알려줄 뿐이었다.

모두들 지칠 대로 지쳐버렸다. 참새같이 재잘대던 최금자도 입을 다문 지 오랬다. 그래도 먼저 최금자가 침묵을 깼다.

"이거 심상치 않군요."

"어째서요?"

이옥련도 오랜만에 입을 뗐다.

"잘못하면 까마귀밥이 될 것만 같으니 말이야."

이옥련은 더 묻지 않았다. 무엇인가 생각나는 것이 있는 듯 서글픈 표정이었다. 그러자 이동혁이 밝아오는 하늘을 말끄러미 쳐다보며 말했다.

"임화 씨의 경우를 생각해서 다른 데에선 말씀 삼가시우."

"임화 씨가 어떻게 되었나요?"

최금자가 황급히 물었다.

"며칠 전 미군 폭격에 대해 쓴 시가 말썽이 되어 비판받았다잖소."

"그 시가 어떠한 말썽을 일으켰나요?"

이옥련이 궁금해했다.

"누가 저 하늘을 막아주었으면 하고 쓴 구절이 전사들의 사기를 위축시켰다고 비판을 받았다오."

"사실이 그렇잖아요?"

최금자는 울먹이는 듯 우울하게 중얼거렸다. 어둠은 점차 연해 지고 있었다.

"피신처를 찾아야죠?"

서울을 출발한 날부터 비행기에 어찌나 시달렸던지 새벽이 되면 피신처부터 찾는 이옥련이었다. 정찬우는 운전수 윤성남에게 마을 뒷산으로 차를 돌리게 했다.

"오늘만 마을에서 쉬면 어때요?"

최금자의 체념적인 말에 이동혁도 공감을 표했으나 이옥련은 반 대했다.

"아유, 선생님두. 접때는 어떤 아주머니의 치마에 머리를 넣기까 지 하셨으면서두."

떨어진 폭탄에 놀란 이동혁이 주인 여자의 치마 속으로 머리를 처박고 벌벌 떨던 일을 놀린 것이었다. 이동혁은 그래도 기어이 마 을에서 쉬고 싶은 모양이었다.

"설마 이 외진 마을을 폭격하기야 하겠소? 다만 몇시간만이라도 평평한 방바닥에 누워 있고 싶어 죽겠소."

"저도요. 밤새 흙길에 시달렸더니 온몸이 아파요."

최금자까지 호소하는 바람에 일행은 신작로에서 한참 떨어져 소 각되지 않은 한 마을로 들어갔다. 야트막한 산 밑에 기와집 세채가 있고 그 밑으로 논밭 사이에 초가가 백호 가까이 흩어져 있는 비교적 큰 마을이었다.

사람들의 모습은 찾아볼 수 없었다. 폭격도 무섭고 인민군도 무서운 마을 사람들은 동이 트기 바쁘게 뒷산에 올라가 숨어 있다가 밤이 되면 돌아와 먹을 것을 준비하는 생활을 되풀이하고 있었다. 산기슭 조그만 과수원의 채 익지도 않은 사과는 사람들의 손에 거의 다 없어졌고 논밭의 곡식은 가꿀 생각을 못해 풀에 뒤덮여 있었다.

일행은 산 아래 제일 큰 기와집으로 찾아들었다. 나이 많은 영감과 젊은 여자 한 사람이 지키고 있을 뿐 다른 사람들은 보이지 않았다. 사투리로 보아 경상도에 들어온 것이 틀림없었다.

"주인어른, 미안하지만 쉬어갈 수 없을까요?"

이동혁의 말에 영감이 내뱉었다.

"얼마든지 쉬어가이소. 허지만 비행기가 종일 뱅뱅 도는 기요. 인민군복만 보면 포탄을 떨어뜨린다카네."

"빈 마을에 폭탄을 던지겠어요?"

"글쎄요. 시끄러버서 못살겠습니더."

일행은 군복을 입은 채로 마루방에 쓰러졌다. 두어시간쯤 편히 누웠을까, 해가 하늘 한복판에 떠올랐을 때 프로펠러 비행기의 앵앵대는 소리가 잠을 깨웠다. 미군 정찰기가 마을 상공을 돌고 있었다. 정찰기가 오면 제트기가 오고 그뒤에 폭격기가 온다.

"아무래도 마음이 놓이지 않아요."

공습에 신경이 곤두서 있던 이옥련이 몸을 떨었다. 정찬우도 불안해서 밖으로 뛰어나왔다. 일꾼들이 가마니 짚을 쳐댈 때 쓰는 커다란 돌을 굴려 기둥 옆에 세웠다.

"이옥련 씨! 이곳으로 와요."

"함께 은신할 만한 곳이 있어요?"

달려온 그녀를 기둥과 돌을 방패삼아 앉히자마자 바로 옆에서 들려오는 듯 엄청난 포성이 울리기 시작했다. 하필 마을 뒷산 너머에 인민군 포대가 들어서 있었던 것이다. 정찰기가 마을 상공을 떠나지 않고 떠도는 이유를 알 수 있었다. 놀란 최금자와 이동혁도 뛰쳐나왔다. 집 뒤 숲속에 숨긴 지프에서 잠자던 운전수 윤성남까지 달려 왔다.

"방공태세를 갖춥시다."

정찬우는 일행에게 외치며 돼지우리 곁에 있는 곡괭이를 치켜들었다. 다른 사람들도 삽과 호미를 들고 달려들었다. 일행은 뜰 한구석을 파헤친 다음 물을 길러다가 짚을 섞어 흙을 짓이겼다. 운전수는 이겨진 흙을 나르고 이옥련은 기둥과 돌판 뒤에 되는대로 얼기설기 그것을 쌓아올렸다. 이동혁이 일하며 웃었다.

"방금까지 손가락 하나 못 들 것처럼 지쳤던 사람들이 어디서 이리 힘이 나온담?"

최금자가 대꾸했다.

"이것이 바로 죽을힘 아니겠어요?"

어설픈 작은 진지가 만들어지자 이동혁은 부엌에서 솥뚜껑을 들고 와 머리를 가리고 최금자는 방에서 들고 나온 이불로 몸을 파묻었다.

다시 포성이 우르릉대더니 정찰기는 보이지 않았다. 그냥 물러날 리는 없었다. 정찬우가 수건으로 땀을 닦으며 이옥련 곁에 쪼그려 앉을 때였다. '쌔—액' 하며 바람을 가르며 쾌속으로 네대의 제트기가 날아왔다. 낯빛이 파래진 이옥련은 땀에 젖은 몸 그대로 정찬우의 품으로 파고들었다. 더운 체온을 느낄 새도 없이 귀청을 찢어대는 폭격과 방공포 사격이 두 사람의 혼을 빼어놓았다.

제트기 편대의 기총소사와 함께 소이탄이 투하되어 불길을 일으켰다. 이와 거의 동시에 인민군 기관포의 대공 사격이 시작되었다. 네대의 제트기가 교대로 급강하해서 맹렬히 폭격을 하고 나면 다시 네대가 날아와서 인계라도 받은 것처럼 그다음 가옥부터 불태워버렸다. 여기저기서 자지러지는 비명 소리가 들렸다. 적지 않은 사람들이 가옥 안에 은신하고 있었던 것이다.

한시간, 두시간이 지나도 공습은 끝나지 않았다. 한채 두채 마을의 초가집은 다 타버리고 석양의 긴 그림자가 넓은 뜰을 거의 차지할 무렵엔 기와집 차례가 되었다. 순서라기보다 기와집밖에 남아 있지 않았다.

"여기도 위험해요."

공포를 이기지 못한 최금자가 먼저 은신처를 찾아 떠나자 이동혁과 운전수 윤성남도 튀어나갔다. 오직 이옥련과 정찬우만 남게 되었다.

"우리도 옮겨야 하지 않을까요?"

이옥련이 바짝 붙어 앉으며 눈물 어린 눈으로 올려다보았다. 그때 또다시 네대의 제트기가 날아오는가 싶은 순간, 포탄 하나가 기와집 대문 지붕에 떨어지며 굉음을 터뜨렸다. 부서진 기왓장들이 사방으로 튀어오르고 열기와 파동이 일순간 주위를 진공상태로 만들었다. 정찬우의 품으로 파고든 이옥련은 온몸을 부들거렸다. 핏기 가신 얼굴은 차가웠다. 순간, 정찬우는 힘껏 그녀를 껴안고 그녀의 입술에 자신의 입술을 포갰다. 견딜 수 없는 공포 속에서 무의식중에 일어난 일이었다.

포탄이 잇달아 기와집에 날아왔다. 천장을 뚫은 파편이 구들에 떨어졌고 벽장을 꿰뚫은 기관총탄이 기둥 모서리를 스쳐갔다. 요란한 폭음과 함께 작렬한 소이탄이 외양간을 불살랐다. 온 신경을 조여 매는 기총소사와 고막을 찢는 듯한 폭음과 그 열기, 여기에 질식할 것 같은 소이탄의 화약 연기까지 치밀어 견딜 수가 없었다. 죽음의 공포가 두 사람을 더욱 강하게 끌어당겨주었다. 두 사람은 한여름 폭염 속에서도 꽉 끌어안은 채 부들부들 떨다가 다시 서로의 입술을 더듬고 얼굴과 등을 어루만지며 공포를 물리쳐보려 애썼다.

몸서리치는 재난의 반시간을 가까스로 견뎠다. 제트기 소리는 더이상 들리지 않았고 다시금 정찰기의 프로펠러 소리가 들렸다. 폭격 결과를 촬영하러 왔을 것이다. 폭격 내내 잠잠했던 뒷산의 인민군 야포 부대는 그제야 때가 왔다는 듯 드문드문 포성을 울려대기 시작했다. 그사이 해는 산 너머로 자취를 감추고 어둠이 긴 치맛자락을 펼치기 시작했다.

"오늘 하루도 겨우 살아났네요."

이옥련은 눈물을 떨어뜨리며 입을 열었다. 두 사람 다 7월의 무더위와 서로의 열기, 죽음의 공포로 인해 쏟아진 땀으로 온몸이 척척했다.

대공포 사격마저 완전히 잠잠해진 후 어두침침해진 뜰로 나오니 이동혁은 반대편 기둥 옆에 돌처럼 까닥도 않고 있었다.

"이동혁 선생님?"

다가가 흔들어보았으나 아무런 기척이 없었다.

"웬일일까요?"

이옥련이 떨리는 목소리로 말했다. 고요가 무서우리만치 신경을 파고들었다.

"선생님! 정신 차리세요!"

이옥련이 마구 흔들며 소리치니 그제야 이동혁은 눈을 떴다.

"비행기는 갔소?"

물어보는 음성에는 힘이 하나도 없었다.

"살아나셨군요! 최금자 선생님은요?"

밖으로 도망쳤던 운전수가 돌아오고 있었다. 세 사람은 이동혁을 쉬게 놔두고 포연 매캐한 집 안을 돌아다니며 최금자를 소리쳐 불렀다. 한참 만에 부엌 쪽에서 가는 목소리가 들려왔다.

"여기예요. 아궁이를 헐어줘요."

공습에 놀란 그녀는 엉겁결에 아궁이로 뛰어들었는데 무너진 기둥이 아궁이를 가로막아 못 나오고 있었다. 운전수가 달려가 기둥을 치웠다.

"공습은 끝났어요?"

굴뚝새같이 까매진 얼굴로 간신히 기어나오며 그녀 역시 비행기에 대해 먼저 물었다.

"이젠 밤입니다. 안심하세요."

"아, 밤이로군요! 내가 아무리 밤의 여왕이라지만 이렇게 밤을 좋아하게 될 줄 누가 알았겠어요."

사람들은 무대 위의 그녀를 밤의 여왕이라고 불렀다. 불과 한달 전까지 대공연장에서 기립박수를 받던 주연 여배우의 기품을 그리

워라도 하듯, 최금자는 빗을 꺼내 재와 흙으로 헝클어진 머리칼을 매만졌지만 아무 도움이 되지 않았다.

"아버님! 아버님!"

외양간 쪽에서 주인집 여자의 비명이 들려왔다. 일행이 달려가는 사이 비명은 통곡으로 변했다. 외양간에 숨었던 주인 노인이 무너진 지붕에 깔려 죽은 것이었다. 시신에 불까지 붙어 가까이 다가가니 살 타는 냄새에 숨이 막혔다. 이옥련은 통곡하는 며느리의 등을 어루만지며 달랬다.

뒷산에 숨었던 마을 사람들이 어두워지자 하나둘씩 내려오는 것이 보였다. 정찬우는 자신들 때문에 마을이 폭격을 당한 게 아닐까, 죄라도 지은 기분으로 출발을 서둘렀다.

"자, 우리는 떠납시다."

이옥련은 윤성남이 출발을 알리는 경적을 몇차례나 울리고 나서야 며느리의 손을 놓고 나왔다. 눈물을 감추려고 고개를 돌린 채 뒷좌석에 오르는 그녀의 등은 굽어 있었다. 꼿꼿한 자세로 강단에 올라와 정찬우에게 서울 해방 기념훈장을 걸어주던 당당한 모습은 더이상 볼 수 없었다.

달빛 아래 드러난 마을의 모습은 참혹했다. 백가구는 되는 마을이 오직 타다 남은 기와집 하나만 남기고 잿더미가 되어버렸다. 그 집조차 여기저기 무너지고 벌집처럼 상흔을 입어 더이상 비도 피할 수 없는 폐가가 되었다. 아직도 매캐한 연기가 피어오르는 사라져버린 집터에서 무엇을 찾는 건지 힘없이 서성이는 사람들의 모습은 더욱 을씨년스러웠다.

4장
낙동강 12단고지

운전수까지 포함해 정찬우 일행 다섯명이 진주시 수정동의 주인 없는 빈집에 여장을 푼것은 마지막 장마 구름이 오락가락하며 굵은 빗줄기를 뿌리는 7월 하순이었다. 평양에서 출발한 지 거의 한 달 만이었다.

진주에서 멀지 않은 낙동강까지 밀린 유엔 16개국 연합군은 필사적으로 버티고 있었다. 인민군은 남쪽에서 모병한 의용군까지 투입해 낙동강 방어선을 돌파하려 했으나 한발짝도 더 나아가지 못했다. 미군기가 이남, 이북 할 것 없이 모든 수송로를 장악하고 폭격을 퍼붓는 터에 제대로 무기를 공급받지 못해 빈약한 화력과 장비로 싸워야 했기 때문이었다.

곧 낙동강을 도하해 마산을 치고 부산을 함락시킬 거라는 김책 사령관의 우렁우렁한 목소리와 달리, 전선의 현황은 비관적이었다. 함안군 군북면을 중심으로 의령군, 창녕군, 진양군 등 낙동강 연안 일대에서 매일 치열한 전투가 벌어졌지만 인민군은 강을 건너가지 못했다. 장마로 불어난 싯누런 강물은 매일 밤 피로 물들었고 기슭에는 수도 없이 인민군과 의용군의 시체가 밀려왔다.

가장 치열한 전투가 벌어지고 있는 곳은 진주에서 해안을 따라 마산으로 가는 길목의 진동고개였다. 이 고개만 넘으면 바로 마산 시내였고 그곳부터는 평야지대라 김해, 양산을 지나 부산까지 불과 50여 킬로미터밖에 되지 않았다. 진동고개만 넘어가면 전쟁은 끝난 거나 마찬가지였다. 그러나 지리산에서 내려온 가파른 산등성이가 해변까지 병풍처럼 가로막고 있는 데다 함포까지 동원한 연합군의 화력에 가로막혀 일진일퇴만 거듭하고 있었다.

인민군은 이 지역을 낙동강 12단고지라 부르며 가장 많은 병력을 배치했다. 인민군 전선사령부는 대전에 있었으나 사령관 김책이 진주에 있는 낙동강 지휘부에 상주하면서 매일 12단고지 전투를 진두지휘하고 있었으니 사실상 진주 지휘부가 전선사령부나 마찬가지였다.

진주에는 경상남도 인민위원회도 있었다. 수정동 빈집에 짐을 푼 다음 날, 마침 지프가 고장나 정찬우는 이옥련만 데리고 경상남도 인민위원회를 방문했다.

먼저 경상남도 인민위원장을 만나 자신이 영남지역 교육위원으로 임명되어 왔음을 밝히고 임무를 완수할 수 있도록 절차를 협의했다. 또 낙동강 지휘부도 방문해 김책과 재회의 인사를 나눴다.

이로써 임지에 부임한 셈이지만, 경상도 대부분은 연합군 지역이니 당장 해야 할 일은 없었다. 날이 저물고 있었다. 늘 다섯이 다니다가 모처럼 둘만 나온 김에 잠시 휴식을 즐기기로 했다.

돌아오는 길에 진주성이 보였다. 남강이 내려다보이는 언덕 위의 성곽을 돌며 임진왜란 때 기생 논개가 일본 장수를 끌어안고 강물에 뛰어들었다는 바위도 구경하고 김시민 장군 이야기도 나누었다.

"아름다운 도시네요, 진주는. 전쟁이 끝나면 이곳에서 살고 싶어요."

장마로 불어난 탁한 강물을 보며 이옥련이 말했다.

"글쎄요. 유엔군의 낙동강 방어선이 워낙 강고해서 문제요. 우리 인민군대의 보급로는 거의 차단되어버렸는데 유엔군 쪽은 점점 강해지고 있으니. 아무리 미국의 압박이 있다 해도 유엔 산하 16개 나라가 우리 공화국을 침략자로 비난하고 이남 정부를 위해 싸우러 왔으니 국제적 여론이 좋은 것도 아니구……"

"왜 부정적인 생각만 자꾸 해요? 정선생님은 좀 낙천적이 될 필요가 있어요. 이 아름다운 강변에 왔으니 잠시라도 수심을 잊어보세요."

웃으며 말하는 이옥련의 얼굴에는 남하하면서 목도한 전쟁의 참상 때문에 생긴 그늘이 잠시 사라진 듯했다. 마침 빗방울이 후둑거리기 시작했다. 정찬우는 그녀의 손을 잡고 촉석루를 향해 뛰었다.

전쟁의 그늘은 촉석루에도 깃들어 있었다. 늘 놀러 오는 사람들로 붐볐을 수백년 된 넓은 마루는 두터운 먹구름이 만들어 놓은 짙은 어둠에 덮인 채 텅 비어 있었다. 기왓장과 나뭇잎을 때리는 굵은 빗소리가 적막한 공간을 밀고 들어왔다. 멀리 인민군 분대 병력이 고스란히 비를 맞으며 행군하는 모습만 보일 뿐이었다. 그래도 어둠이 찾아오니 주택가에 하나둘씩 불이 밝아오기 시작했다. 이옥련이 정찬우의 어깨에 머리를 기대며 말했다.

"저 집들은 그래도 가족끼리 단란하게 마주 앉아 저녁을 먹겠죠? 우리에게도 저런 날이 오겠죠?"

"왜 아니 오겠소? 낙동강 전선만 돌파하면 다 잘될 거요."

"그렇죠? 겨우 한달 만에 여기까지 왔으니, 틀림없이 승리하겠죠?"

가슴에 기댄 채 올려다보며 묻는 그녀에게 무어라고 확답을 할수가 없었다. 말없이 머리칼을 쓰다듬어주며 이마에 입을 맞추었다. 이옥련은 고개를 젖혀 코끝으로, 입술로 그의 입술을 맞이했다. 폭우는 좀처럼 그치지 않았다.

얼마 후 정찬우 일행은 둘씩 짝지어 진주 읍내 중학교와 농업전문학교에 가서 강연을 하느라 바빠졌다. 진정한 민주주의란 남조선식 자유민주주의가 아니라 북조선식 사회주의이며 남조선의 과거 역사교육은 왕을 중심으로 한 노예사상이라는 내용이었다.

강연을 마치고 난 후에는 12단고지 전투를 참관하기로 했다. 전투요원이 아닌 선전요원으로 가서 최전선 병사들의 사기를 고무하기 위함이었다. 진주에서 진동면까지는 밤길을 택해 갔다. 공습을 피해 낮 동안 산과 들에 숨어 있던 장갑차와 대포를 실은 트럭들과 함께 움직였다.

한밤의 비포장도로는 행군하는 인민군 그리고 군용 식량과 탄약, 포탄을 소달구지로 실어나르는 민간인들로 가득 메워져 있었다. 조국해방을 위해 인민군을 지원하는 인민이라고 해서 이들 민간인에게 '투쟁인민'이라는 칭호를 붙여주었으나 사람들의 표정은 그리 밝지 않았다.

중부지방과 달리 최전선인 낙동강 일대에서는 미군기가 매일 야간출격까지 나왔다. 밤에 은빛 날개조차 보이지 않은 채 날아와 불바다를 만들어버리는 제트기는 공포의 또다른 이름이었다. 비행기 소리만 나면 트럭 전조등을 끄고 조금씩 전진하기를 몇시간 동안 한 끝에 12단고지 근방에 도착했을 때는 아직도 깊은 밤중이었다.

전투가 시작되기 전의 어둠은 무섭도록 고요했다. 사령부 막사에 가니 사전에 김책 사령관과 협의한 대로 안내 군관이 배치되어 있었다. 군관은 일행을 12단고지 바로 밑까지 인솔해 돌격전을 지켜보도록 했다.

잠시 후, 신호탄이 하늘 높이 솟구침과 동시에 고요하던 밤하늘에 기관총성이 진동하기 시작했다. 함성과 함께 인민군이 일제 돌격을 시작했고, 크고 작은 대포에서 열겹, 스무겹의 불을 토했다. 하늘 높이 터진 조명탄이 긴 꼬리를 끌며 천천히 하강하는 광경은 어두운 밤의 불꽃놀이 같았다. 대포와 기관총이 잠시 쉴 때면 수류탄과 다발총 같은 개인 화기가 난사되었다.

"저길 보십시오!"

안내 군관이 손짓하는 곳에는 무수한 번개처럼 번득이는 섬광 아래로 인민군들이 개미떼처럼 능선을 기어오르고 있었다. 쌍방 수천명이 일시에 쏘아대는 소총 소리며 쉴 새 없이 작렬하는 수류탄 소리 가운데서도 전진을 독려하는 군관들의 고함이 선명하게 들렸다.

"돌격하라!"

"만세!"

"인민군 만세!"

마침내 고지를 점령한 인민군의 목멘 노랫소리가 들려왔다.

"공화국 깃발은 창공에 날린다, 창공에 날린다……"

참모장은 감개무량해서 거듭 외쳤다.

"장할시고! 인민의 군대 장할시고!"

이따금 다발총 소리만 들릴 뿐 산과 들이 조용해진 틈에 정찬우 일행은 근처의 주인 없는 농가에 가서 잠시 눈을 붙였다. 고달픔에 지쳐 쓰러졌다가 거센 총포성과 함성에 놀라 깨어보니 아직도 깜깜한 새벽 네시였다. 겨우 두시간도 못 잔 것이다.

"일어들 나십시오!"

안내 군관은 선잠에서 깨어나 눈을 비비는 정찬우 일행을 불러 일으켰다. 밖으로 나오니 참모장이 아까와는 딴판으로 비장하게 중얼거리고 있었다.

"놈들의 반격이 개시되었군."

미명의 하늘을 가르고 날아온 폭격기와 제트기들이 고지에 불탄을 쏟아내면서 전세는 역전되어버렸다. 해가 완전히 떴을 때 인민군은 셀 수 없는 시신을 남기고 고지에서 내려와야 했다.

"만세!"

"유엔군 만세!"

"대한민국 만세!"

국군의 함성이 고지에서 들리자 미군 폭격기와 제트기는 자태를 감추었다. 불과 몇시간 전 인민군의 노래가 들리던 고지에서 국군의 군가가 들려왔다.

"동서반구 육대주와 오대양에서……"

며칠 밤을 거의 자지 못한 참모장이 피곤한 얼굴로 긴 한숨을 내

쉴 때였다. 인민군 대위 한명이 기관총을 겨눈 채 남녀 군관 한쌍을 앞세워 끌고 왔다.

"무엇 때문에 그러우?"

참모장보다 정찬우가 먼저 물었다. 당이 군보다 높아 체계만으로 보면 교육위원은 사단장보다도 높았다. 정찬우의 신분을 확인한 대위는 흥분해서 말했다.

"교육위원 동무께 보고합니다! 이자들은 다른 인민군 전사들이 고지 사수의 임무를 완수하기 위해 싸우며 죽어가는 와중에 방공호 속에서 껴안고 자고 있었습니다!"

곁에서 듣고 있던 장병들은 패전의 쓰라림도 잊은 듯 깔깔대며 웃어댔다. 그러나 두 남녀는 공포에 질려 온몸을 부들거리고 있었다.

"그래, 어떻게 할 셈이오?"

"대대장님으로부터 총살 명령을 받았습니다."

"뭐? 총살?"

정찬우는 깜짝 놀라고 말았다. 웃어대던 주위의 병사들은 입을 다물었다.

"강간도 아니고 서로 좋아서 끌어안은 일에 총살을 선고하다니 지나친 처사가 아니오?"

듣고 있던 참모장이 대위에게 명령했다.

"가서 대대장 동무를 불러오우!"

바쁜 걸음으로 사라지는 대위의 뒷모습을 보며 정찬우는 탄식했다.

"대대장이 누군지는 몰라도 빼앗긴 고지를 다시 찾을 연구는 하지 않고 신경질만 내면 어떻게 합니까?"

참모장은 그래도 자기 부하를 두둔했다.

"교육위원 동무, 딴은 그럴 만도 합니다. 이번 싸움의 승패가 낙동강 도하작전에 달려 있고, 그 도하작전의 성패는 실로 이곳 12단고지를 장악하느냐 못하느냐라고 해도 과언이 아닙니다. 그렇기에 사력을 다하여 싸우는 것입니다. 밤사이에 점령하면 동이 트기가 바쁘게 빼앗기고 마는 이러한 일이 벌써 일곱번째입니다. 더욱이 패전 직후에 그러한 꼴을 보았으니 대대장으로서 화가 나지 않겠습니까?"

참모장은 정찬우보다 나이도 많을뿐더러 당내 직위도 한결 높았다. 그럼에도 참모장은 정찬우가 김일성 수상의 직접 파견을 받아왔다는 점을 고려해 항상 정중하게 협의하는 태도를 보였다. 정찬우는 이 사람이야말로 진정 김일성의 충복이라고 생각하며 물었다.

"참모장님, 12단고지가 이처럼 지나친 희생을 요한다면 새로운 전술을 활용해야 하지 않겠습니까? 수상께 애로를 호소하여보았습니까?"

참모장은 침통한 표정으로 고개를 저었다.

"왜 안했겠습니까? 돌아온 대답이라고는 중국의 인민해방군도 비행기 한대 없이 국민당 군대에 승리했는데 우리 인민군에 불가능이 어디 있느냐고 그저 육박, 돌진하라는 명령뿐입죠. 비겁분자를 타도하라는 지시와 함께."

"그래서 비겁분자를 타도하기 위해 서로 사랑하는 남녀 군관을 죽이는 겝니까?"

"그건 아니지만……"

"관용과 엄정이 병행되어야 옳을 줄로 사료됩니다."

참모장은 더이상 입을 열지 않았다. 빼앗긴 고지에서 간간이 국군의 소총 소리가 들렸으며 정찰기가 오락가락하고 있었다. 문제의 대대장이 나타났다.

"명령대로 특공대대장 박창섭 소좌 대령했습니다!"

거수경례를 붙이며 외치는 박창섭에게 참모장보다 정찬우가 먼저 물었다. 대대장의 직속상관인 참모장의 입장이 곤란해질까 싶어서였다.

"저 사람들을 총살하라고 명령했소?"

"네, 그렇습니다."

"그 이유는?"

"많은 전사와 군관이 고지를 사수하다 죽었고 전략적 요충지인 12단고지를 빼앗기고 있는 터에 소위 군의관이란 신분을 지닌 자가 위생병을 꾀어 가지고 방공호 속에서 음란한 추태를 부렸기 때문입니다."

박창섭 소좌의 말에는 독기가 어려 있었다.

"과연 듣고 보니 화가 났겠소. 그런데 다른 방법으로는 분이 풀리지 않겠소?"

"둘 다 때려죽여도 분이 풀리지 않겠습니다."

대답하는 박창섭의 볼에는 눈물까지 흘러내렸다. 정찬우는 찬찬히 달랬다.

"이해하오. 특공대대장 동무의 심정은 헤아리고도 남음이 있소. 하지만 이들을 죽이지는 마시오. 또 군법상으로 봐도 그 정도 일로 죽여서는 아니되오. 박창섭이라 했소? 박소좌의 우애심에 호소하고 싶소."

박창섭은 물러나지 않으려 했다.

"교육위원 동무, 이러한 자를 그냥 두면 기율이 해이해져서 못씁니다."

"하찮은 일로 죽이면 원한이 쌓여 더욱 못쓰는 거요. 오늘밤이면 뉘우치게 될 걸 가지고 그러우."

"전 대대원에게 이미 선포했는데 통솔자의 위신이 말이 아닙니다."

"위신이라면 이들을 살려주는 게 월등 나을 게요."

"………"

박창섭은 대꾸를 않고 매서운 표정으로 두 남녀를 노려보았다. 잠자코 듣기만 하던 참모장이 마침내 한마디 했다.

"대대장, 교육위원 동무의 분부대로 하우."

"교육위원 동무의 뜻대로 하겠습니다."

박창섭은 결국 승복하고 말았지만 표정은 일그러져 있었다.

"고맙소. 두 사람을 불러오우."

정찬우의 명령을 듣고 결박된 채 끌려온 두 남녀는 눈물로 뺨이 번들거렸다.

"포승줄을 끌러주우."

참모장도 측은한 마음이 들었는지 대위에게 말하였다. 대위는 두 남녀를 함께 묶은 포승줄을 풀어주었다.

"이름이 무어요?"

"전애심이에요."

"임상욱입니다."

두 사람은 들릴락 말락 겨우 대답하고는 고개를 떨어뜨렸다.

"서로 사랑하는 사이요?"

"………"

대답이 없었으나 그들의 표정으로 보아 사랑하는 사이임에 틀림 없었다.

"종전 후에 결혼할 거요?"

"네."

임상욱이 나직한 목소리로 대답하자 전애심은 낯을 붉히며 더욱 머리를 숙였다. 정찬우는 주위에서 지켜보고 있는 병사들에게까지 들리도록 엄중히 말했다.

"군문에 있는 동안 풍기를 문란하게 하지 말고 대대와 연대는 물론 전선 내에서 모범된 일꾼이 되어야 하오."

"네."

가까스로 대답한 전애심은 눈물을 참느라 입술을 지그시 깨물고 있었다. 그들을 돌려보낸 정찬우는 참모장에게 건의해 두 사람을 보충사단으로 옮겨주었다. 이 사건을 모르는 부대에 가야 마음 편히 복무할 수 있을 것 같아서였다.

해가 저물고 고지를 재탈환하기 위한 전투가 시작된 후에야 정찬우 일행은 전선사령부 옆 천막 숙소로 돌아왔다.

상황은 다음 날도, 그 다음 날도 마찬가지였다. 밤사이 인민군이 점령한 고지를 날이 밝으면 국군에게 빼앗기기를 되풀이했다. 전무후무한 백병전이었다. 밀물처럼 승승장구하던 인민군 장병들은 12단고지에 이르러서는 거미줄에 발이 걸린 잠자리처럼 한걸음도 전진하지 못했다. 산등성이와 하천에는 매일 새로운 시신이 쌓였고 전날 밤의 시신을 거둬들일 엄두도 내지 못했다. 남하하면서 도시와 농촌에서 모군한 의용군들은 기회만 있으면 집단으로 달아났고, 인민군 병사들의 사기는 형편없이 꺾여갔다.

정찬우 일행이 가끔씩 소대 단위로 병사들에게 정신교육을 하는 사이에도 낙동강 주변의 썩어가는 시신은 늘어갔다. 평양을 떠나 8백 킬로미터의 포화 속을 헤쳐오며 무수한 참상을 목격했으나 낙동강에서 목도한 재난에는 비할 수 없었다. 낙동강 전선은 비행기와 총과 야포가 주인으로, 사람 목숨은 날파리 목숨만도 못하게 사라지는 죽음의 세계였다. 인간이 만들었지만 인간 세상이 아니었다.

사정이 이러함에도 평양의 최고사령부에서는 날마다 전투상황을 물었고 총사령관 김일성은 밤낮으로 뒤바뀌는 전황에 대해 준열히 문책했다.

처음 한동안은 장병들을 어르고 달랬다. 출신성분을 따져 노동자나 농민 출신으로 구별된 많은 장병들에게 훈장이 수여되었고 특진이 베풀어졌다. 그러나 영웅심만으로 제트기와 폭격기를 격추시킬 수는 없었다.

심리적 독려가 별다른 효과를 거두지 못하자 지휘관으로부터 전사에 이르기까지 엄혹한 문책이 시작되었다. 사소한 실수를 범하거나 패퇴한 군관의 상당수가 지식인 또는 지주 출신의 본질을 드러냈다는 이유로 좌천되었다. 나중에는 전사와 하사관들까지 기본 계급이 아니라는 명분으로 처벌받았다.

고급 군관들도 예외는 아니었다. 공습 때문에 보급을 제대로 못한 후방사령관 장철은 숙청되었다. 장철은 전쟁이 일어나기 전해인 1949년 8월부터 11월까지 철산 모나자이트 광산에서 정권위원이란 직위로 노동자들을 혹사시킨 일로 악명이 높았다. 그 덕에 국기훈장을 받고 공로자의 대열에 끼었던 장철도 낙동강 도하작전에서는 숙청을 빠져나갈 수 없었던 것이다.

김일성의 최측근이라는 문화부사령관 김일도 미군 비행기에 위축된 군인들의 사기를 회복시키지 못했다고 당 중앙위원회에서 문책당했다. 다들 무슨 회의에만 소집되면 얼굴이 창백해졌고 전령이 오면 서로 얼굴만 쳐다보았다.

평양 총사령부에서 새로운 지령이 내려온 것은 수많은 병사들이 죽고, 살아남은 병사들도 사기가 완전히 꺾인 채 지쳐버린 9월 초였다.

'전투는 현상유지 정도에서 잠깐 쉬어라. 그리고 적정을 정확히 보고하라. 특히 낙동강 이남부터 부산에 이르는 유엔군의 방어가 단순히 국군의 퇴로를 확보하기 위한 것인지, 아니면 새로운 반격을 목적하고 있는지를 책임지고 조사, 보고하라! 그러나 한치의 땅도 빼앗겨서는 안된다.'

전선사령관 김책은 이 명령을 즉시 실천에 옮겼다. 공격에서 방어로 전술을 바꿨다. 서대문, 마포, 개성형무소 등에서 살아나온 남로당원들과 이곳저곳에 숨어 목숨을 보존한 좌익들이 낙동강 너머로 비밀리에 파견되었다. 보도연맹의 생존자들에게는 지난날의 과오를 피로써 씻으라고 강요했다. 보도연맹은 좌익활동을 하다가 전향한 이들을 모아놓은 관변단체로, 전쟁이 터지자 국군에 의해 대부분 학살되었는데 운 좋게 살아남은 이들은 이번에 인민군에 의해 적지로 들어가야만 했다.

피난민 혹은 상인으로 가장한 그들을 국군 지역으로 들여보내느라 인민군 내 정보계통 군관들은 낮에도 잠을 못 잤다. 사령부 산하 각 사단과 독립연대와 정치보위국 관할하의 모든 정보관들은 대구와 부산에 보낸 간첩들의 보고를 수집하여 검토하느라 잠잘 시간이 없었다. 그리하여 한건의 보고를 띄울 수 있었다.

'적정을 철저히 조사하여 본 바 비교적 군센 방어이기는 하지만 새로운 반격을 취하여 올 것 같지는 않습니다. 필사의 각오로 돌진한다면 난공불락의 이 요충을 깨뜨릴 수 있을 것 같습니다.'

보고를 받은 평양의 소련군 군사고문단과 최고사령부 참모들, 노동당 정치위원들은 연석회의를 열어 이 보고서를 신중히 검토한 후 다시 지시를 내려보냈다.

'하늘과 바다로부터 상당수의 신예무기가 도입되고 있다는데 이를 조사했는가? 또한 집결된 부대의 질과 양을 조사해보았는가? 어쩌면 이 문제 하나에 싸움의 종지부가 찍혀질지도 모르니 볼셰비즘 혁명성과 아메리칸 실무성을 가지고 재조사해 보고하라.'

재차 지령을 받은 전선사령부 정보담당 군관들은 화가 치밀었다. 평양사령부가 이전에 자기들이 심어놓은 고정간첩들의 정보만 믿고, 전쟁 와중에 목숨을 걸고 수집한 피어린 보고를 불신하는 것에 분개했다. 정보담당들은 연일 밤을 지새운 탓에 신경쇠약까지 걸려 있었다. 보다 강력한 보고를 올렸다.

'지난번의 보고에 보탤 것을 찾아볼 수 없습니다. 볼셰비즘 혁명성과 아메리칸 실무성을 아울러 가지고 책임있게 조사, 보고하였음을 말씀드리고 싶습니다. 한가지 첨부한다면 미군의 방위구역은 알류산 열도, 유구열도, 필리핀에 달하는 선이라고 한 미국 국무장관 애치슨의 성명을 참고할 필요가 있다고 봅니다.'

이렇게 적당히 꾸며 보고하여버렸다. 거듭 동일한 내용의 보고를 접한 평양사령부는 진주사령부 군관들의 조사를 믿게 되었다. 그리하여 대규모 낙동강 도하작전을 감행하기로 결정했다. 중부전선 휘하의 각 사단들과 독립연대, 서부전선 산하의 정규군과 의용군 부대들을 총동원하고 유격대 출신의 특공대까지 망라하여 사막의 폭풍처럼 낙동강을 건너 부산까지 밀고 가는 전략이었다.

전면적인 대공세를 감추기 위해 인민군은 동부전선에서 먼저 맹렬한 공격을 개시했다. 포항과 대구 일대에서는 연일 무시무시한 공방전이 벌어졌다. 인민군이 낙동강 전선을 포기하고 경북지역으로 전선을 옮긴 것처럼 위장한 것이었다.

대구 쪽에 포화가 집중되면서 낙동강 하구 쪽은 일시 소강상태가 되었다. 별안간 조용해진 게 이상했던지 미군 정찰기는 수를 늘려가며 온종일 떠다녔다.

동부전선으로 격전지가 이동해 잠시 전투가 멈춘 사이, 낙동강 전선의 인민군 부대들은 낮이면 엄폐지에서 쉬고 밤에는 강인한 도하작전 훈련을 받았다.

"포화가 거세다고 멈춰서는 안돼! 우리의 중화기 부대가 제압할 터이니까 염려 말고 그저 돌진하란 말이야!"

각 부대의 참모들은 입에 거품을 물고 호령하며 맹연습을 시켰다. 독립연대에서는 도하작전이 달밤에 있을 것을 예상하고 그림자 전법을 활용하는 훈련까지 실시했다.

"캄캄한 밤사이에 허깨비를 수없이 만들어 강 입구에 세워놓고 참호 속에서 돌격 함성을 지르면 저쪽에서 맹렬히 사격을 해올 것이다. 그때 우리는 아무 응사도 않고 잠이나 잔다. 그리고 적들이 다시 잠들려 하면 징과 꽹과리로 깨우고 피리를 불어대서 총을 쏘게 만든다. 이렇게 밤새 괴롭히다가 적들이 지친 새벽에 일제히 돌격한다. 이것이 바로 중국공산당의 팔로군식 전술이다. 알겠나?"

인민군 최고사령부뿐 아니라 중앙정부의 방침도 낙동강 도하작전에 집중되었는데, 내무서원은 물론 정치공작대, 문화공작대, 후방복구사업에 파견된 기술자에 이르기까지 모든 지혜와 힘을 짜내 낙동강 방어벽을 깨부수라는 명령이 내려왔다.

전선의 교육위원들에게도 도하작전의 의의를 문화인들에게 선전선동해 보다 충성스러운 노력을 제공케 만들라는 지시가 내려왔다. 정찬우는 중부전선 산하의 각 사단과 독립연대에 소속되어 있는 문화써클대와 인민군 협주단의 지휘자들에게 다음과 같은 요지의 특별강습을 했다.

"조국은 독립을 원하고 민족은 통일을 바랍니다. 지휘부에서는 낙동강 도하작전의 성공적 수행을 요구하고 있습니다. 도하작전이 계획대로 추진된다면 을지문덕의 살수대첩을 능가하는 금자탑을 쌓게 될 것입니다. 반대로 만일의 경우 실패한다면 많은 정예부대를 잃게 될 것입니다. 성패 여부에 따라 전체의 전세가 바뀌게 될지도 모릅니다. 조국의 영예가 여기에 있고 민족의 평화가 여기에 달렸으며 우리들의 사명이 실로 이 도하작전의 승리에 있습니다. 우리에게는 강철의 조직과 비범한 지휘관들과 충성스러운 전사들이 있습니다. 문제는 오직 하나, 죽음을 넘어서는 용기를 가지느냐 못 가지느냐입니다. 김춘추 공을 구출하기 위하여 화랑 3천명을 거느리고 출전할 때 김유신 장군은 다음과 같이 말한 바 있습니다. '우리 화랑들이 죽기를 각오하면 한 사람이 백, 천을 베기에 족할 것이오, 만일 살고자 한다면 바람 앞의 등불처럼 무기력하게 되고 말 것이다'라고. 바로 우리의 입장이 그러합니다. 악랄한 왜적을 전율케 한 충무공 이순신 장군의 충성을 본받아 오로지 앞으로만 나아갑시다!"

특별강습이 끝난 후 사령부에서는 문화일꾼들에게 소고기와 과일 등 귀한 음식들을 제공하고 놀이시간까지 허락해주었다. 공민증, 민청맹원증, 노동당증, 군인신분증 등은 정보참모에게 맡겨두었다. 앞으로의 싸움, 아니 죽음에 대한 예비였다.

9월 25일 새벽 네시, 개전 3개월이 되던 날이었다. 초가을 새벽의 고요한 적막을 깨뜨리고 크고 작은 7백여문의 포가 일제히 불을 뿜자 자욱한 연기가 순식간에 하늘을 덮어버렸다. 대포만이 아니었다. 중기관총, 경기관총, 반탱크포에 소총까지 한꺼번에 불을 뿜었다. 고막을 찢는 굉음들, 무더기 죽음을 노리는 파편들, 작렬하는 포탄에 불붙는 산하. 마침내 보병에게 진격 명령이 떨어졌다.

"봉천싸움에 승리하던 바로 그 정신으로 최선두에 나서자!"
제18연대 연대장이 목청껏 외쳤다.
"선봉의 영예는 우리가 차지하자!"
김철 보위부대장도 함성을 질렀다. 그 뒤를 따라 3사단, 6사단, 4사단, 그밖에 독립연대와 유격대 출신으로 편성된 특공대와 의용군까지 제가끔 먼저 건너가고자 숨 가쁘게 내달리기 시작했다.

그런데 이상했다. 모든 무력이 총동원된 대부대의 진군을 모르는 듯, 강 건너에 있는 국군과 유엔군은 적극적으로 대응하지 않았다. 비행기도 설치지 않았다. 공습을 막기 위해서 하동 검두리의 숲과 초원에 적지 않은 고사포를 은폐하고 있었으나 발포할 기회가 없었다.

"이승만이 드디어 봇짐 싸게 생겼군."

참모장은 만면에 희색을 띠며 쉼 없이 부대를 전진시켰다. 하지만 잠시였다. 도무지 응전하지 않던 유엔군은 인민군 선발대가 물을 건너자 비로소 사격을 개시했다. 수많은 현대식 토치카에서 어찌나 세찬 불을 뿜는지 한걸음도 나아갈 수 없었다. 돌격부대원들은 모두 공병삽을 꺼내 모래밭을 파고 우선 몸을 숨겼다.

"어째서 전진하지 않는가?"

보위부대장 김철 소장이 고함쳤다.

"원체 화력이 세서 나아갈 수 없습니다."

밭고랑 사이에서 일어선 참모장 강주갑 대좌가 손을 모자 끝에 붙인 채 떨리는 목소리로 대답했다.

"돌격전에 화력이 센 것은 정한 이치 아니오? 선발대가 나아가지 않으면 물 가운데 서 있는 후속부대는 어떻게 되겠소? 내가 앞장서겠소!"

김철 소장은 권총을 빼어들며 소리쳤다.

"부대장 동무!"

키 큰 작전참모 문광 소좌가 김철 앞으로 한발짝 다가서며 말했다.

"제가 앞장서겠습니다."

포탄은 연속해서 모래사장에 구덩이를 팠고 파편은 귀 옆으로, 머리 위로, 다리 사이로 마구 날아왔다. 기관총과 각종 소총의 철환은 몇십개씩 한꺼번에 날아와 병사들을 쓰러뜨렸다.

"보위부대 앞으로!"

문광 소좌가 소리소리 질렀다. 그러나 아무도 일어서지 않았다.

"앞으로!"

결국 참모장이 일어나며 외쳤다. 그러나 다음 순간, 참모장은 나무토막처럼 앞으로 쓰러졌다. 붉은 피가 군복을 적시고 모래알을 물들였다. 즉사였다.

"참모장께서 전사했다. 모든 군관은 진두에 서라!"

문광 소좌는 포탄과 철환 사이를 뛰어다니며 미친 듯 외쳤다. 하나둘 일어서기 시작했다.

"김일성 장군의 전통을 받들어 앞으로!"

낙동강 전선의 최고위직 중 하나로 큰 별 두개를 단 김철 소장이 직접 고함을 지르며 달려가자 망설이던 보위부대원들도 일제히 그 뒤를 따랐다.

"돌격! 돌격!"

"와— 와—"

모든 병사들이 우박처럼 쏟아지는 탄환 속을 헤치며 달려가기 시작했다. 그리고 나무토막처럼 쓰러져갔다. 화약내와 피비린내가 코를 찌르는 죽음의 장막 속으로 달려가는 병사들은 이미 삶에 대한 희망 따위는 버린 것 같았다. 달리는 숫자보다 쓰러진 숫자가 더 많아도 그들은 계속 달리기만 했다. 자신이 어디 다쳤는지, 옆에서 누가 쓰러져 죽는지 분간할 여유조차 없이, 오로지 총탄이 자신을 비껴가기를 바라며 모든 것을 운에 맡긴 채 허둥지둥 어지러운 발길을 달리는 것처럼 보였다.

"돌격! 돌격!"

산마루를 울리는 거센 함성 소리, 천지를 진동시키는 굉음, 이어서 수류탄 터지는 소리와 다발총을 난사하는 소리가 들렸다.

"만세!"

"인민군 만세!"

김철 소장이 맨 먼저 토치카를 점령하고 목청껏 만세를 불렀다. 피로로 눈이 우묵하게 팬 김책이 함성 소리를 가리키며 물었다.

"저게 무어요?"

"보위부대가 적진을 돌파한 것 같습니다."

망원경을 떼며 사령부 참모장이 대답했다. 김책은 오랜만에 활짝 웃었다.

"과연 전통 있는 부대야. 그럼 후속부대를 재촉하우."

"명령대로 실행하겠습니다. 사령관 동무!"

전령을 실은 모터지프가 삼각형의 붉은 기를 꽂고 전속력으로 포진지를 향해 달려갔다. 사령관의 명령을 받은 24문의 대포가 일제히 세발씩 불을 뿜었다. 총돌격의 신호였다. 모래사장 풀숲과 논두렁 밭고랑에 숨어 있던 후속부대들이 행동을 개시했다. 연합군 토치카에서는 더욱 거센 불이 뿜어나왔으나 진격을 멈추지 않았다. 돌격을 하지 않고 주저앉거나 뒤로 도망치는 병사는 어차피 뒤에서 독전하는 경무원들의 권총에 맞아 죽을 판이었다.

고지는 잇달아 점령되었다. 4사단 18연대와 거의 때를 같이하여 여순반란의 지도자였던 이영회가 이끄는 특공대가 토치카에 인공기를 꽂았다. 이어서 6사단, 3사단의 각 연대들이 토치카에 올라섰고 독립연대와 별동부대도 물속에서 나오기 시작했다. 계속되는 폭음 사이로, 먼저 토치카를 점령한 인민군 장병들의 목멘 노랫소리가 들려왔다.

"공화국 깃발은 창공에 날린다, 창공에 날린다……"

지켜보던 김책은 손수건을 꺼내 눈물을 닦으며 말했다.

"어서 당과 당 중앙께 이 승리의 소식을 알리시오."

"명령대로 실행하겠습니다!"

대답하는 사령부 참모장의 눈도 젖어 있었다. 바로 그 순간이었
다. 쏴아 하는 분사 소음과 함께 수를 헤아릴 수 없는 제트기가 온
하늘을 뒤덮었다. 육중한 폭격기까지 은색 날개를 반짝이며 나타
났다.

"발포!"

참모장은 입술이 파래지며 명령을 내렸다. 하천변 풀숲과 야산
기슭에 숨겨두었던 고사포들이 일제히 하늘을 향해 긴 포구를 들
어올렸다. 기수가 녹색 깃발을 들었다 내릴 때마다 포구들은 일제
히 불꽃과 연기를 토했고 하늘에 검은 버섯구름이 수없이 터졌다.

고사포는 그러나 좀처럼 비행기를 맞추지 못했다. 넷씩 여섯씩
짝을 지은 제트기들은 숨 돌릴 틈도 주지 않고 폭탄을 던지며 기관
포를 쏘았다. 아득한 하늘 위로 날아온 B29 폭격기들은 5백 킬로그
램에서 1톤에 이르는 커다란 폭탄을 무더기로 쏟아부었다. 마치 일
부러 능선과 고지로 인민군을 유인한 다음 폭격으로 몰살시키려는
것 같았다.

"아 — 비행기!"

병사들은 비행기를 원망하는 외마디 비명을 지르며 쓰러져갔고
지휘관들은 발을 굴렀다. 임화가 시에 써서 질책을 받았다는 탄식
이 여기저기서 터져나왔다.

"누가 저 하늘을 막아주었으면!"

퇴각조차 쉽지 않았다. 점령한 토치카에 중화기 몇문씩만 배치
해두고 대부대의 퇴로를 확보한다는 것은 거의 망상이었다. 아무

런 반항도 못하고 가던 길을 되돌아서는 대부대의 생명은 소떼에 짓밟히는 개미떼나 다름없었다. 돌아서는 발걸음마다 시체가 차였고 강물은 또다시 벌겋게 물들었다.

"모든 총구를 하늘로 돌려라!"

마침내 참모장은 기형적 명령을 내렸다.

"일제히 공중사격!"

들지도 보지도 못했던 새 전법이었다. 마지막 발악 같은 명령을 내리며 참모장이 먼저 허공을 향해 권총 방아쇠를 당겼다. 포대는 물론 기관총과 소총에다가 유효 사거리가 수십 미터도 안되는 권총까지 모조리 하늘을 겨누고 쏘아대기 시작했다. 하늘과 땅의 어처구니없는 대결이었다.

그런데 뜻밖에도 그냥 당하는 것보다는 나았다. 마음껏 저공을 날며 종횡무진 불탄을 퍼붓던 제트기와 정찰기들이 하나둘 격추되기 시작했다. B29까지 날개와 엔진이 상해 검은 연기를 뿜으며 멀리 사라져갔다.

앞장선 대오는 무참히 학살되었으나 맨 나중에 물속으로 들어갔던 부대는 공중사격 덕분에 지휘부 근처까지 물러설 수 있었다. 김책 사령관은 토치카 수위 부대에게 퇴각을 알리는 포를 발사하도록 명령했다. 120밀리미터 포 3문의 3연발 신호가 울렸다.

"참모장! 어떻게 되었소?"

"거의 물러섰습니다. 사령관 동무!"

"부대 손실은?"

"절반을 헤아릴 듯싶습니다."

"으흠……"

김책이 긴 숨을 내쉬며 참모장에게 무어라 말하려는 찰나였다. 머리 위에서 쉬익 소리가 나는 순간, 폭음과 함께 흙덩이들과 갈가리 조각난 살덩이가 솟구쳐올랐다. 두 사람이 서 있던 자리엔 커다란 웅덩이만이 남았다.

정찬우는 김책 사령관과 참모장이 폭사한 곳에서 그리 멀지 않은 곳에 서 있었다. 두 사람이 시야에서 사라져버리는 광경을 목격하자마자 자신의 몸은 후폭풍으로 뒤로 나동그라졌다. 귀청이 나간 듯 멍한 상태로 일어나려는데 잇달아 날아온 포탄에 작전참모가 사라지는 게 보였다.

"함포다!"

제3사단 사단장의 고함을 겨우 알아들을 수 있었다.

"뭐 함포?"

부사령관은 쥐었던 약도를 떨어뜨리며 아연실색했다.

"퇴각한 부대를 어떻게 할까요?"

사단장의 질문에 부사령관은 침통한 음성으로 답했다.

"별명이 있기까지 엄폐시키시오. 그리고 더 훼손되기 전에 사령관님과 참모장의 시신을 수습해오시오."

헤아릴 수 없는 시신들을 남겨둔 채 모두 후퇴할 때까지 함포 사격은 멈추지 않았다. 오히려 후퇴한 인민군을 쫓아 계속 날아왔다. 총 한방 마주 쏘아볼 대상도 없었다. 오로지 살길을 찾아 모두들 이리저리 뛰었지만 어느 곳도 안전하지 않았다.

정찬우를 비롯한 문화일꾼들도 이 참호에서 저 참호로 도망다녔지만 포탄은 꼬리를 문 듯 계속해서 따라왔다. 정찬우처럼 총 한방 쏘아보지 않은 연극배우며 가수 몇이 그 자리에서 희생되었다.

어둠이 깔리면서 함포 사격이 잠시 소강상태가 되고 김책 사령관의 시신이 수습되었을 때였다. 삼각형의 붉은 기를 꽂은 모터지프 세대가 시신들이 널린 포 구덩이 사이를 지나 전속력으로 달려왔다. 지급(至急) 전령이었다.

"뭔가?"

정보참모의 날카로운 물음에 모터지프에서 뛰어내린 군관이 거수경례를 올리며 말했다.

"최고사령관의 명령입니다."

정보참모는 전문을 받아 숲속에 있는 지휘부 천막으로 들어갔다. 조금 후 부사령관이 심각한 표정으로 나오더니 정찬우를 찾았다. 질척한 참호 깊숙이 쪼그려앉아 있던 정찬우 일행은 매캐한 화약 연기와 피비린내를 뚫고 지휘부 천막으로 뛰어갔다.

호롱불 하나만 밝혀진 지휘부는 어둠만큼이나 침통한 분위기였다. 부사령관은 침울하게 말했다.

"총사령부로부터 모든 부대를 평양으로 올려보내라는 총퇴각 명령이 떨어졌소. 모든 문화일꾼들은 지금 즉시 출발해 대전을 경유해 춘천으로 가시오. 군사 및 정치 간부들은 김책 사령관님의 영결식에 참석한 후 출발할 거요."

말을 마친 부사령관은 긴급히 마련된 영결식장을 향해 힘없이 걸음을 옮겼다.

"아니, 갑자기 무슨 일이랍니까, 총퇴각이라니요?"

손을 붙잡고 묻는 이동혁에게 정보참모가 울 듯한 표정으로 답했다.

"미군이 인천 앞바다에 상륙해 서울을 침공했답니다. 놈들의 작전은 벌써 열흘 전에 시작되었고, 여태 지켜냈지만 결국 서울이 풍전등화랍니다. 어서들 출발하십시오."

출발 준비를 서두르는데 밖에서 남자들의 굵은 통곡 소리가 들려왔다. 아무리 긴급명령을 받았다지만 자기 살을 도려내는 듯 고통스러운 울음소리는 발길을 떼지 못하게 했다. 영결식이 열린 산기슭으로 가보았다.

수백명은 될 병사와 군관들이 김책과 참모장의 임시 묘지를 둘러싸고 통곡하고 있었다. 두 사람의 죽음만이 안타까운 게 아니라 자신들이 맞이해야 할 운명을 비탄하는 듯 서러운 울음이었다. 다들 어찌나 구슬프게 우는지 정찬우 일행은 자리를 뜨지 못한 채 눈물을 훔쳤다.

포탄은 그러나 슬픔조차 허락하지 않았다. 잠시 줄어든 듯했던 포격은 후퇴한 이들을 정확하게 겨누었다. 함포는 장병들을 수명, 수십명씩 한꺼번에 쓰러뜨렸다. 통곡 소리는 순식간에 사라지고 병사들은 이리저리 흩어져 달아나기 시작했다. 넋을 잃고 서 있던 정찬우 일행도 눈앞에 작렬하는 포탄에 놀란 말들처럼 이리 뛰고 저리 뛰기 시작했다. 서로를 챙길 사이도 없이 흩어지고 말았다.

정찬우는 폭발의 후폭풍이 닥칠 때마다 몽유병 환자처럼 쓰러졌다가 일어나기를 되풀이하며 방향도 없이 이리저리 허둥지둥 어지러운 발길을 옮겼다. 기어코 살아야겠다는 의지도, 절대 죽어서는 안된다는 생각도 가질 수 없었다. 생명을 노리는 포탄 파편이 귓전을 쌕쌕 날아가는 사선이었다. 살기를 바라는 것도, 죽지 않으리라는 희망도 사치스러운 감정이었다. 포탄이 어디 떨어질지 모르니 달아날 곳이 어딘지도 알 수 없는 채, 그저 되는대로 이리저리 헤매고 다닐 뿐이었다.

한참이나 정신없이 맴돌다보니 무조건 북쪽으로 가야겠다는 생각이 들었다. 마침 막 포탄이 터진 곳에 한 몸을 감출 만한 구덩이가 파였다. 포탄은 같은 자리에는 떨어지지 않는다는 말이 생각났다. 아직 열기와 매캐한 화연이 남은 포탄 구덩이로 뛰어들어 몸을 숨겼다. 고개를 들어 살펴보니 가까운 곳에 또다른 구덩이가 보였다. 있는 힘을 다해 그 포탄 구덩이까지 달려가 웅크린 채 고개를 빼고 사방을 살펴보았다. 바로 그 순간이었다. 방금 떠나온 구덩이에 마치 겨냥이라도 한 듯 정확히 포탄이 떨어지는 것이었다. 이제는 덮어놓고 달리는 수밖에 없었다.

주위에 포탄이 터지면 잠깐 엎드렸다가 조용해지면 또 달리기를 밤새도록 한 끝에 동이 틀 무렵에는 함포 사격권을 벗어날 수 있었다. 해가 뜨자 피로가 쏟아져왔다. 전날 아침 이후로 온종일 아무것도 못 먹고 잠도 못 잔 채 달리고 또 달리도록 버텨주던 몸이 안전을 확인하자마자 대번에 쓰러지는 것이었다. 그제야 온몸이 피투성이라는 것을 깨달았다. 땀인 줄 알았던 끈적끈적한 액체가 새벽빛을 받아 벌겋게 드러났다. 두 다리가 말을 듣지 않아 더이상 한 발자국도 움직일 수 없었다. 털썩 주저앉아버렸다. 머리는 돌덩이처럼 무겁고 눈이 침침해 사물을 제대로 분간할 수도 없었다.

"물!"

시원한 물을 실컷 마시고 싶다는 한가지 생각밖에 나지 않았다.

"개울로 가자."

실성한 사람처럼 혼자 중얼거리며 두 손을 무릎 위에 얹고 있는 힘을 다해 일어서고자 했으나 허사였다. 할 수 없이 가시나무가 깔린 언덕 위에 그대로 드러눕고 말았다. 따가운 가시가 등을 찌르고 팔을 찔러도 몸을 움직거릴 힘조차 없었다. 육체는 미칠 듯이 물을 갈구하는데, 두 눈에서는 하염없이 눈물이 흘러내렸다. 그것은 마치 자신의 모순된 인생을 상징하는 것 같았다.

맥없이 누워 있으려니 가을 새벽의 새파란 하늘이 올려다보였다. 하얀 양들이 푸른 들판을 천천히 걸어가는 것 같았다. 문득 고향이 그리워졌다. 한동안 생각지도 못했던 추억들이 영화처럼 어른거렸다. 저절로 눈이 감기고 잠이 쏟아졌다. 고향에 대한 추억이 꿈을 타고 흘러들어왔다.

5장
꿈

　전라도를 남도와 북도로 가르는 노령산맥의 끝자락에 솟은 방장산에는 배우고개라 불리는 나직한 고개가 있다. 내륙인 정읍에서 바닷가 마을 고창으로 가기 위해 배우고개를 넘으면 팔정자가 있고 거기서 2킬로미터쯤 더 가면 반룡마을이 나온다. 70여 가구의 가난한 농민들이 살아가는 두메산골 빈촌이었다.

　정찬우의 집은 그중 조금 나은 편이어서 양식이 떨어질 정도는 아니었다. 전남 나주의 대지주였던 할아버지가 1894년 동학란을 피해 이사를 올 때 약간의 재산을 챙겨온 덕분이었다.

　풍요로운 곡창지대인 영산강 유역에 끝이 보이지 않는 옥토를 가지고 있던 정씨네가 방장산 골짜기로 피난을 오게 된 사연에 대해 정찬우는 말귀를 알아들을 만한 때부터 수도 없이 들었다.

　정씨네가 조선왕조로부터 넓은 봉토를 받게 된 것은 대대로 열

한명이나 되는 고위 관리를 배출한 덕분이었다. 그러나 후손들은 조상의 재산만 물려받았지 명예는 잇지 못했다.

이씨 왕조가 외척인 안동 김씨와 풍양 조씨의 150년 세도정치로 통치력을 잃게 되자 본래 세금을 걷는 권리만 부여받았던 봉토는 사유재산으로 바뀌고 소작인에 대한 무한착취가 일상화되어버렸다. 나주 정씨네도 중앙정부로부터 아무런 통제도 받지 않고 나주 지역의 폭군으로 군림했다.

마을 부역이란 명목으로 농민들을 동원해 무상으로 농사를 짓게 하고 사사로이 집안일까지 무보수로 부려먹었다. 며칠씩 땀 흘려 일해주고 돌아가는 농민의 검은 소를 잡아서 자기네 종들에게 먹인 일도 있었다. 부역에 제대로 안 나오는 농민은 양반에게 인사를 안했다는 구실로 붙잡아다가 볼기를 때렸고 굶주리는 소농에게 엄청난 고리로 쌀을 빌려주고 가을에 못 갚으면 땅을 빼앗았다.

울분이 쌓인 농민들은 1894년 동학교도들이 반란을 일으키자 이에 합세해 정씨네를 공격했다. 정씨네가 믿고 있던 관군은 성난 농민군에게 대패해 달아나버렸고 종들은 뿔뿔이 흩어져버렸다. 정씨 일가는 손에 쥐여지는 대로 귀금속을 챙겨 남해바다로 빠져나가려 했으나 손에 횃불을 들고 숨 가쁘게 따라오는 농민군에게 잡혀 대다수는 참혹한 죽임을 당했다.

정씨 일가 중에서 평소에 인심을 잃지 않았던 정찬우의 할아버지만이 생명을 건졌으나 하루아침에 온 집안 친척이 맞아죽거나 떠나버린 나주 땅이 싫어져 모든 재산을 그대로 둔 채 약간의 귀금속만 챙겨 북으로 가다가 방장산 기슭 반룡마을에 정착하게 되었다.

얼마 후 반란이 진압되어 조정에서 반룡마을에 칙사를 보내왔으나 할아버지는 다시 나주에 가고 싶지 않아 부동산을 찾을 생각도 하지 않고 사랑방에 서당을 차려 아이들이나 가르치며 여생을 마치게 되었다. 그사이 일본의 침략으로 조선왕조는 무너지고 조선인은 식민지 백성이 되었다.

"내 자손은 벼슬도 하지 말고 부자도 되지 마라."

할아버지의 유언이었다. 그래도 잘살았던 뿌리가 있어 정찬우가 태어난 1929년만 해도 먹고사는 데 큰 걱정이 없었다. 비록 태어날 때부터 일본 국민으로 등록되어 일본어를 국어로 알고 배워야 했지만 아늑하기만 했던 어린 시절이었다. 그러나 행복했던 날들은 그가 여섯살이 되던 해에 끝나버렸다. 할아버지가 가족을 이끌고 방장산으로 이사를 온 지 40년이 되던 1934년 이른 가을이었다.

"선임이가 보이지를 않는다."

서당에서 나오며 아버지에게 말하는 할아버지의 인상은 흐려 있었다. 벌써부터 불길한 예감이 있었는지 어머니는 떨고 있었다. 아버지는 부리나케 아이를 찾아보았으나 마을의 어느 곳에서도 보이지 않았다. 불길한 징조처럼 맑았던 가을 하늘이 별안간 깜깜해지며 폭포수 같은 빗줄기까지 퍼부었다.

"산골짝을 뒤져보자!"

할아버지와 아버지가 횃불을 치켜들고 앞장섰다. 마을 사람들까지 모두 나와 횃불을 들고 골짜기와 능선 할 것 없이 샅샅이 뒤졌다. 그러나 선임을 끝내 찾지를 못한 채 하루하루 시간이 흘러 결국 포기하고 말았다.

선임이 발견된 것은 그로부터 한달이 지나서였다. 마을에서 약 4킬로미터 떨어진 산기슭에서 영아의 사체를 발견하였다는 소식을 들고 아버지와 삼촌이 달려가보았다. 선임이 틀림없었다. 집에서 나가던 그대로인데 한 손에는 꽃포기를, 다른 손에는 버들가지를 쥐고 있었다.

"어쩐지 너무 예쁘더라니. 선녀가 잠시 머물렀던 게야."

"세살 난 게 그렇게 영리할 수가 없었는데 말이야."

마을 사람들은 제각기 위로를 했으나 밑뿌리까지 흔들려버린 아버지의 마음을 잡을 수는 없었다. 게다가 실의에 빠진 아버지에게 푼돈을 뜯어내려는 사주쟁이까지 달라붙었다. 사주쟁이는 온 식구가 멀리 서북방으로 떠나지 않으면 앞으로 더 큰 환난을 겪으리라고 들쑤셨다. 어린 딸이 변사한 땅에 더이상 살고 싶지 않았던 아버지는 사주쟁이의 허무맹랑한 말에 동요되어 이듬해인 1935년 봄, 온 식구를 이끌고 만주로 이주하고 말았다.

가도 가도 끝이 없는 만주 벌판은 풍요로운 들판과 포근한 방장산 계곡에 살던 이들에게 너무나 황량했다. 사방을 둘러보아도 산 그림자 하나 찾아볼 수 없는 황량한 벌판, 몽고와 시베리아로부터 몰아쳐오는 세찬 바람, 울긋불긋한 의상에 알 수 없는 목소리를 가진 냄새 지독하고 지저분한 만주족 등은 낯설기만 했다. 절망스러운 기분에 살림도 팽개쳐버리고 오다시피 하여 가재도구란 보잘것없는데다 밭도 없는 논뿐이어서 생활의 묘미가 별로 없었다. 만평남짓한 논에서 옥 같은 쌀을 120여 가마나 소출했지만 식량이 남아도는 곳이니 팔 곳이 없었다. 만주족이나 조선 동포들과 채소와 생필품을 물물교환하면서 살았다.

무미건조한 타향에서의 생활을 부드럽게 해준 이들은 제각기 고향 땅을 떠나 이주해온 가난한 동포들이었다. 일본 관헌과 만주족의 감시와 질시 속에 동포들은 똘똘 뭉쳐 서로 돕고 나누며 살았다. 어쩌면 이웃 간의 정이 없었다면 견디지 못하고 바로 돌아왔을지도 모른다.

정찬우는 만주 땅에서 소학교를 다녔다. 입학한 첫해에 72명 중 2등을 했다. 열 살 넘는 학동도 많아서 일곱 살인 그로서는 그만하면 잘했다고 생각했는데 성적표를 받아든 아버지는 아니었다. 전례 없이 미련한 자식 생겨났다고 화를 내며 회초리로 때리고는 동네 가운데로 끌고 다니며 창피를 주는 것이었다. 그 충격으로 2학년 때부터 졸업까지 한번도 1등을 놓치지 않았다. 덕분에 금주성 성장이 주는 우수상까지 받게 되었다.

학교에서는 우등생을 일본 본토에 유학 보내준다고 약속했다. 우수상까지 받았으니 중학교는 일본에서 다닐 수 있으리라는 꿈에 부풀었다. 그런데 6학년 때 엉뚱한 사건이 생겼다. 폐가 약해서 농촌에 정양하러 온 북경대학 출신 안선생이 6학년생 450명에게 '조선 독립'이라는 주제로 글을 지으라고 한 것이다.

천진한 소학교 아이들이 독립의 참뜻을 알 리 없었다. 다만 안선생에게 때때로 들은 말을 상기해 몇 구절씩 적은 것이 말썽이 되었다. 그중에서도 정찬우의 글이 제일 우수한 것으로 뽑히는 바람에 더 문제가 되었다. 학교는 6개년 우등생을 일본에 보내주겠다는 약속을 깨버렸고, 안선생은 체포되어 금주 형무소에 갇혀버렸다.

"안선생님!"

차마 쇠고랑 찬 안선생을 바로 볼 수가 없어 돌아서서 눈물을 떨구는 정찬우에게 안선생은 태연하게 말했다.

"찬우야, 걱정 마라. 머지않아 다시 만나게 될 것이다."

불순사상을 가진 학동으로 지목된 정찬우는 일본 본토는커녕 조선반도의 명문인 서울 경기중학교에 진학하는 것도 허용되지 않았다. 할 수 없이 금주중학교에 들어갔다.

대부분은 일본인 학생이고 소수의 한국인만 다니는 금주중학교에서도 정찬우는 중간고사, 기말고사 할 것 없이 항상 1등을 차지했다. 소학교 첫해에 기록한 단 한번의 2등을 빼고는 모든 성적표에 1자밖에 없었다.

예정된 졸업보다 한해 앞선 1944년 1월 문부성에서 실시하는 중졸 검정고시에 가볍게 합격한 정찬우는 국립봉천사범학교 본과 2부에 편입하였다. 다른 학생들보다 2년이나 앞선 열여섯살에 대학생이 된 것이다.

엄격한 일본인 중학교에서 훈련받은 정찬우는 외박을 일절 허용하지 않고 아침저녁으로 혹독하게 군사교련을 실시하는 이 학교에서 크게 환영을 받았다. 기초군사훈련을 받은데다 일본 무술인 합기도를 할 줄 알았기 때문이다.

정찬우는 대다수였던 일본인 학생을 누르고 처음부터 급장에 선임되었으며 생도 군사조직의 대대장에도 임명되었다. 성적은 항상으뜸인데다 기억력이 특출하여 타이프라이터라는 별명까지 얻었다. 교장과 교관은 관비로 일본 유학을 시켜주겠노라고 여러번 약속했다.

또다시 꿈이 깨진 때는 제2차 세계대전이 막바지에 이르고 일본의 패전을 반년 앞둔 1945년 1월이었다. 정찬우를 특별히 아껴주던 젊은 일본인 군사교관이 입영영장을 받아 전선으로 떠나게 되었다. 교관은 전선으로 떠나기 전에 정찬우를 따로 불러내 충격적인 말을 했다.

"머지않아 일본은 패전하게 될 것이다. 그러면 만주는 결전장이
될 것이고 사범학교 학생들은 모두 나처럼 군대에 끌려가 개죽음
을 당하게 된다. 그러니 일본 유학은 포기하고 징집되기 전에 어서
집으로 돌아가 은둔하는 게 좋을 것이다."

만주에서 발행되는 일본어 신문 『만선일보』는 연일 일본이 대승
을 거두고 있다는 보도만 싣고 있어 다들 그렇게 믿고 있었다. 젊
은 교관은 교련시간마다 일본군이 태평양에서 미군을 상대로 연전
연승하고 있다고 말한 당사자였다. 그런 교관으로부터 진실을 듣
고 나니 놀라서 잠이 오지를 않았다. 며칠을 고민한 끝에 아버지가
아프다는 거짓말로 자퇴서를 제출하고 부모가 있는 금주성으로 향
했다.

운명은 늘 뜻밖에 다가왔다. 봉천에서 기차를 타고 금주역에 도
착해보니 밤중이었다. 다음 날 집으로 가려고 시내 반도여관에 투
숙했는데 정원에서 몹시 귀에 익은 음성이 들려왔다. 문을 열고 내
다보니 소학교 6학년 때의 은사 안선생이었다. 조선 독립에 대해
글을 쓰라고 했다가 금주형무소에 갇혔던 안선생은 벌써 오래전에
출옥해 만주 일대를 돌아다니다가 그날 우연히 반도여관에 묵고
있었던 것이다.

"안선생님!"

맨발로 뛰어나가며 소리치니 안선생도 금방 그를 알아보았다.

"아니, 너 찬우 아니냐? 이게 몇년 만이냐?"

"저희는 선생님이 왜놈들에게 총살당한 줄 알았어요."

"저 잔학한 왜놈들을 두고 어찌 죽을 수 있단 말이냐."

반가움에 한참이나 서로 끌어안고 눈물을 흘리다가 정찬우의 방에 함께 들어온 안선생은 조용히 정찬우의 근황을 물었다. 정찬우가 그동안 겪은 일들을 말하니 안선생은 일본에 대한 정찬우의 생각을 물었다.

"저의 마음은 조선이 독립해야 한다는 글을 안선생님께 써 올린 때와 조금도 다르지 않습니다. 조선 땅과 중국 땅에서 일본을 몰아내는 일이라면 무슨 일이든 할 생각입니다."

대견스러운 표정으로 고개를 끄덕이며 듣고 있던 안선생은 더욱 낮은 음성으로 말했다.

"이젠 적들도 다 알고 있어 비밀이랄 것도 없으니 솔직히 털어놓으마. 혹시 조선의용군이라고 들어봤느냐? 지금 금주에는 조선의용군 소속 반일투사 수백명이 맹활약하고 있다. 나도 그 일원이란다."

나중에 알았지만 안선생의 직책은 조선의용군 선견대 금주지대 제6대대장이었다.

"조선의용군요? 조선의용대란 말은 들어봤습니다만?"

안선생은 조선의용대와 조선의용군의 차이에 대해 말해주었다. 민족주의자인 의열단 단장 김원봉 장군이 중국국민당 장개석의 도움을 받아 1938년에 창설한 것이 조선의용대인데 이들이 1941년 중국공산당 팔로군 진영으로 넘어가면서 이름을 바꾼 것이 조선의용군이라는 말이었다. 그는 말했다.

"현재 조선의용군 총사령관은 무정 장군이다. 무정 장군은 함경도 출신의 조선인으로서 중국공산당 팔로군 포병사령관 및 작전과장을 역임한 대단한 인물이다. 그리고 우리 금주지대를 책임진 분은 김일 지대장이다. 김일 지대장 역시 존경받는 항일투사다."

안선생은 정찬우의 눈을 뚫어지게 들여다보며 물었다.

"네가 당시 소학교 6학년의 어린 나이였지만, 나는 너의 천재적인 두뇌와 뛰어난 말솜씨, 글솜씨, 올곧은 정의감을 주의 깊게 관찰하고 있었다. 이제 너도 성인이 되었으니 우리 조선의용군의 일원이 되어서 민족해방을 위해 함께 투쟁하는 게 어떻겠느냐?"

깊이 생각해볼 것도 없었다. 정찬우는 흔쾌히 그러겠다고 대답했다. 안선생은 그의 손을 잡고 흔들며 기뻐했다.

"역시! 될성부른 나무는 떡잎부터 알아본다는 말이 맞구나."

조선의용군 대원으로서의 활동은 그날부터 시작되었다. 집에 들르지도 못한 채 반도여관에서 한달 가까이 안선생으로부터 기초적인 사상교육을 받은 정찬우는 곧바로 중국인 복장을 하고 의용군을 모집하러 농촌으로 들어갔다.

일본은 만주 곳곳에 대규모 집단부락을 만들어놓고 조선인들을 이주시킨 뒤 농사를 짓게 했다. 백각장, 로태농장 같은 대규모 농장에서 일하는 수백에서 수천명의 조선인들은 고된 농사와 높은 세금에 시달리며 일본에 대한 분노를 쌓아가고 있었다. 조선의용군은 이들 농장에 파고들어 젊은이들을 대원으로 포섭하는 한편, 때때로 농장 사무실을 기습해 식량과 무기를 노획하고 있었다. 정찬우가 파견된 곳도 이런 대농장이었다.

농장의 조선인들은 중국인들의 동정이 수상해 청년들 중심으로 밤마다 모닥불을 피워놓고 야경을 하고 있었다. 마을마다 이미 조선의용군에 동조하는 나이 든 농민들이 있고 정찬우는 그런 농민의 친척으로 가장한 뒤 마을에 들어가 한두달씩 묵으면서 야경을 서는 청년들에게 접근했다.

안선생에게 배운 바처럼 성급함은 금물이었다. 제일 먼저 들어간 로태농장에서는 두달 가까이 속내를 드러내지 않고 성실하게 야경을 서며 청년들과 친해진 후에야 조금씩 말을 꺼냈다. 정찬우의 선량한 인상과 조리있는 언변은 청년들을 설득하기에 충분했다.

조선인을 못살게 구는 사람은 중국 사람이 아니라 왜놈이라고 선동하고, 일본 신문이나 방송의 보도와는 달리 일본은 태평양과 만주에서 연전연패하고 있으며 머지않아 처참히 패전할 것이라고 말하니, 그러지 않아도 일본 관헌의 등쌀에 반발하던 데다 농사일을 지겨워하던 청년들은 주저하지 않고 의용군에 가담했다. 로태농장에서 십여명의 대원을 모으니 다른 농장에서는 그들의 소개로 더 쉽게 조직할 수 있었다. 수개월 만에 확보한 대원이 서른두명이나 되었다.

당시는 태항산에 있던 조선의용군 사령부가 금주에서 서쪽으로 수천리 떨어진 내륙의 연안으로 이동해 있을 때였다. 그리하여 일본군 점령지역에는 안선생과 같은 선견대원들이 파견되어 신입대원을 모집하는 한편, 관공서를 공격하고 전신·전화선을 파괴하는 활동과 정보수집 활동을 벌이고 있었다.

대원 모집보다 더 어려운 것은 이들을 금주까지 데려가는 일이었다. 일본군은 대농장마다 입구를 봉쇄하고 빙 둘러 경비초소를 세워놓고는 경계선을 넘는 이들을 향해 밤낮을 가리지 않고 총질을 해댔다. 점령지역 곳곳에 있는 검문소를 통과하는 것도 난제였다. 성문을 피해 돌아서 갔다가는 기관총 세례를 받기 일쑤였다. 여러 농장에 흩어져 있는 서른두명을 제각기 탈출시켜 금주성으로 모이게 하는 일은 목숨이 걸린 난제였다.

탈출 계획과 실현에만 또다시 두달이 걸렸다. 청년 서른두명을 모두 무사히 금주 시내로 데려와 여러 여관에 분산시켜놓은 후 안 선생에게 찾아간 날은 1945년 8월 9일이었다. 미군이 일본 본토에 원자탄을 떨어뜨리고, 소련군도 대일전에 참전해 두만강을 건너 밀고 내려올 때였다.

김일 지대장은 서른두명이나 무사히 금주 시내까지 이끌고 온 정찬우를 크게 반겼다. 김일은 즉석에서 그를 소대장에 임명했다. 일본의 무조건 항복을 일주일 남겨둔 날이었다. 이 마지막 일주일 사이에 정찬우는 자신이 데려온 신입대원들과 함께 두차례 공훈을 세웠다.

하나는 금산교를 폭파해 관동군 장병을 싣고 달리던 군용차를 강물에 처넣은 전투요, 다른 하나는 영구와 대석교 일대에 주둔한 일본군을 소가둔 저쪽까지 몰아낸 일이었다. 그리고 8월 15일 일본은 패망하고 조선은 해방되었다. 소대장에 임명된 지 불과 일주일 사이에 두차례 전투에서 공을 세운 정찬우에 대한 조선의용군 사령부의 신임은 높았다. 김일은 무정 사령관에게도 보고가 올라갔다며 그의 등을 두드려주었다.

일본은 항복했으나 만주의 전쟁은 끝나지 않았다. 만주에 깔려 있던 70만 관동군을 무장해제하는 과정에서 크고 작은 전투가 계속되었다. 조선의용군의 활동도 계속되었다. 정찬우는 소대장으로서 일본군 무장해제에도 적지 않은 공을 세워 더욱 신임을 얻게 되었다. 김일은 정찬우를 육군 중위로 승진시키고 봉천의 동만고급군관학교에 입학시켜주었다.

또다시 집에 들를 새도 없이 봉천으로 갔다. 학문을 제일로 아는 아버지에게 사범학교를 그만두고 군사학교에 들어간다는 말을 해 걱정을 끼쳐드리고 싶지도 않았다. 지난 겨울방학을 집에서 보내고 왔으니 헤어진 지 그리 오래된 것도 아니었다. 그러나 가족들이 만주를 떠나 고향 고창으로 돌아가리란 생각은 미처 하지 못했다.

일본의 패전과 함께 2백만명에 이르는 만주의 조선인들도 귀향 대열에 올랐다. 기차역이나 압록강과 두만강의 쪽배마다 하얀 옷의 귀환민들로 미어터졌다. 일본군을 따라 들어온 조선인에 대한 중국인의 복수도 무서웠고, 한반도가 반으로 쪼개져서 이북에 공산당이 들어섰다는 소문도 무서워 다들 귀향을 서둘렀다. 아버지가 맏아들이 돌아오기를 기다리다 못해 식구들을 데리고 귀향길에 올랐다는 것을 정찬우는 알지 못했다.

고국으로 돌아가지 못하는 이도 많았다. 고향에 가본들 자기 땅 한평 없는 사람들이나 정찬우 같은 조선의용군이었다. 중국공산당 팔로군은 일본 관동군 패잔병들을 소탕하는 한편으로 국민당 장개석 군대와의 내전에 들어갔다. 해방 전에는 정찬우처럼 비무장으로 후방 공작을 하던 대원들까지 모두 합쳐 천명이 안되던 조선의용군은 만주와 화북의 조선 청년들을 대거 받아들이면서 3만명으로 늘어나 있었다. 일본군이 물러난 중국 땅에서 이들은 팔로군에게서 무기를 보급받아 장개석 군대와 싸웠다.

하지만 정찬우의 꿈은 전쟁 영웅이 아니었다. 어려서부터의 꿈이자 봉천사범학교에서 배운 바를 살려 선생이 되어서 학문을 하며 후진을 양성하는 일을 하고 싶었다. 군관학교에서는 처음부터 소대장으로 임명되는 등 상관들의 총애를 받았지만 군대생활은 즐겁지 않았다. 사람 죽이는 기술을 배우는 일은 그의 성정에 맞지 않았다.

입교 반년 만인 1946년 여름, 정찬우는 김일 지대장을 면담해 교육자가 되는 길로 가고 싶다고 탄원했다. 정찬우의 온순한 성품을 아는 김일은 그를 자기 수하에 두지 못함을 아까워하면서도 평안북도에 신설된 교육간부학교 중등교사반에 입학하도록 주선해주었다. 이번에도 부모 형제의 소식을 확인할 겨를 없이 압록강 다리를 건너 낯선 이북 땅으로 귀국해야 했다.

일곱살에 떠나 열여덟살이 되어 돌아온 고국은 북위 38도를 기점으로 남북이 갈라져 있었다. 소련에 점령된 이북에는 공산주의가, 미국에 점령된 이남은 자본주의가 자리잡기 위해 치열한 대결을 벌이고 있었다. 삼팔선 이남인 고향 고창에는 가보지도 못한 채 낯선 평안도에서 새로운 생활을 시작해야 했다.

공산주의가 주도하자 이북의 지식인과 부자들은 대부분 남쪽으로 떠나 관공서고 학교고 일할 사람이 없었다. 교육간부학교는 6개월 단위의 단기 강습으로 교사를 양산해 이북 전역에 배치했다. 정찬우도 단기 졸업하면 신의주 제1중학교에 정교사로 부임하도록 예정되어 있었다. 과목은 '조선 경제지리'와 '우리나라 역사'였다.

그런데 교사 발령을 받을 무렵 평양에 김일성종합대학이 신설되었다. 6개월 속성과정에 실망했던 정찬우는 공부를 더 하고 싶은 열망에 정교사 부임을 포기하고 김일성대학 역사학과에 응시했고 수많은 경쟁자를 물리치고 장학생으로 합격했다. 정찬우는 이제 비로소 꿈을 이룰 수 있을 것 같았다.

간간이 고향마을과 부모 형제 생각이 났지만 머지않아 통일이 될 테니 방학 때 내려가면 되리라 생각했다. 하지만 통일은 이내 오지 않았다. 남한에 진주한 미국과 북한에 진주한 소련은 서로 조금도 양보하지 않아 영구분단으로 치달았다. 남북통일을 위한 미소공동위원회는 끝내 결렬되었고 해방 3년 만에 남과 북에는 각각 독자적인 정부가 수립되고 말았다.

김일성대학에는 식민지 시절에 이름을 날리던 많은 학자들이 포진해 있었다. 봉천사범학교 시절에 책과 신문을 통해 알게 된 이름난 시인, 소설가, 역사가, 과학자 들이 즐비했다. 삼팔선 이남이 미군정과 손잡은 친일세력의 세상이 되면서 분노한 이들이 월북한 덕분이었다. 분단이 고착화되면서 고향으로 가는 길은 멀어졌으나 해방 직후의 김일성대학 교수진은 당대 최고의 지성인들이라 해도 과언이 아니었다. 학교 수업은 흥미롭고 즐거웠다.

정찬우는 학습시간이 끝나면 도서관이나 박물관을 찾았고 교수들을 따라 실지를 답사함에 게으름을 피우지 않았다. 방학 때에는 휴양소에 갔는데 거기서 쓴 몇편의 단편소설을 모은 것이 소설집 『고독』이었다. 이를 계기로 작가동맹에 가입해 임화, 이태준 같은 저명한 작가들도 사귀게 되었다. 대학총장의 딸이자 문학도인 허인숙과 얽히게 됨으로써 공화국 상층 지도부에 진출할 문도 열렸다.

출신성분이 최고의 기준인 나라에서 남한 출신이자 지식인 계급인데다 겨우 스물두살밖에 안된 그가 대학 졸업과 동시에 평양여중 교무주임 겸 사범대학 강사로 부임한 것은 대단한 출세에 속했다. 그러나 정찬우는 여기에 만족하지 못하고 학문을 계속하겠다며 '내각 아카데미아' 고급반에 적을 두고 최종학위를 따려고 열심히 공부했다. 그러던 차에 전쟁이 터졌고, 노동당 부위원장 허가이의 전화를 받았던 것이다.

지난 시간의 영광이 빛날수록 온몸에 피를 뒤집어쓰고 가시밭에 기진해 쓰러진 지금의 처지가 더 슬퍼졌다. 교육자에게 군복을 입히고 이 수수께끼 같은 장난을 벌인 모든 이가 원망스러웠다. 생각하면 할수록 몸부림치며 통곡하고 싶었다. 한동안 잊었던 갈증이 다시금 신경을 괴롭혔다. 어디선가 들려오는 개울물 소리가 더욱 혓바닥을 태웠으나 몸은 꼼짝도 할 수가 없었다.

'어머니가 계셨더라면……'

어머니란 단어가 떠오르자마자 눈물이 터져버렸다. 언제 비행기가 날아올지 모르고 독사에 물릴지도 모르는데 하늘을 향해 반듯이 누운 채 엉엉 소리 내어 울었다. 울다가 지쳐 올려다본 드높은 가을 하늘이 그렇게 파랄 수가 없었다. 색이 바래기 시작한 나뭇잎들이 부채처럼 한들거리며 일으키는 청량한 바람이 가슴을 시원하게 해주는 것 같았다.

허인숙이 불러주던 노래가 떠올랐다. 전선의 러시아 병사가 후방의 아내에게 지어 보냈다는 노래였다. 제목도 가사도 기억나지 않은 채 후렴의 두 구절만 떠올랐다.

날 기다려주오, 기다려주오
뜰 앞에 낙엽을 불사르기까지

허인숙의 얼굴이 그려지지를 않았다. 함포 사격의 지옥에서 헤어진 이옥련을 떠올려보려 했으나 불과 몇시간 전에 본 그녀의 얼굴도 형상화되지를 않았다. 몸이 죽어가니 모든 신경이 통증과 갈증에만 쏠렸다. 어떤 한탄이나 달콤한 추억도 더이상 떠올릴 수가 없었다. 엄청나게 무거운 그 무엇이 눈두덩을 덮어 눌렀다.

6장
독 안에 든 쥐

눈을 떠보니 어딘지 모를 건물 안 야전침대 위에 누워 있었다. 갈증이 없어져 언뜻 꿈인가 했는데 여기저기 통증이 생생하게 느껴졌다.

"이제야 정신을 차리시는군요."

귀에 익은 여자 음성이었다. 돌아보니 심영숙이었다. 흰 의사가운을 인민군복 위에 걸치고 있었다. 너무나 뜻밖이라 꿈에 빠진 기분이었다.

"여기가 어딥니까?"

"후방사령부 야전병원이에요. 다친 곳이 한두군데가 아니에요. 상처는 꿰맸지만 열이 심하니 진정하셔야 해요."

함포 파편들이 찢어놓은 팔과 다리에는 붕대가 잔뜩 감겨 있었고 이마에는 아기 주먹 만한 반창고가 붙어 있었는데 몹시 시근거렸다. 다행히 깊은 내상은 없었다. 상처가 아물려는 건지 통증이 더 심해졌으나 포도당 주사를 맞아서 갈증과 허기는 덜했다.

"오늘이 며칠이지요?"

"9월 28일이에요."

만 24시간 동안 의식을 잃었다는 말이었다. 시각은 오후 세시 사십오분이었다. 좁은 방 안을 둘러보니 환자라고는 자기 하나뿐이었다.

"환자는 나밖에 없소?"

"왜요? 헤아릴 수가 없는걸요."

"어디에 수용했습니까?"

"경상자와 중상자, 군관과 전사, 그리고 남녀를 분류해서 이 근처에 수용하고 있어요."

"그런데 나는 왜 혼자?"

"여긴 군의관실이에요."

"군의관은 어디에 가시었소?"

"제가 사흘 전에 군의관으로 배치되었어요."

"아……"

김책 사령관의 처참한 죽음이 떠올라 입을 다물었다. 심영숙은 김책이 전사하면서 비서직이 사라져 군의관으로 재배치된 것이다. 심영숙은 주사기를 치운 후 십자가가 그려진 의무병 가방을 둘러메며 말했다.

"정선생님, 잠시 기다리세요. 이옥련 비서를 불러다드릴게요."

정찬우는 반가움을 숨기지 못하고 눈을 크게 떴다. 그의 음성도 커졌다.

"옥련씨가 살아 있습니까?"

"선생님보다 멀쩡한걸요."

심영숙이 나가고 얼마 안되어 문 두드리는 소리가 났다. 답을 기다리지 않고 문을 열며 들어온 이는 이옥련이었다.

"옥련씨!"

"정선생님! 다시 못 만나뵐 줄 알았어요."

이옥련은 야전침대 앞에 무릎을 꿇고 그의 가슴에 얼굴을 묻으면서 울음을 터뜨렸다.

"나 역시 그렇게 생각했습니다."

말하면서 정찬우도 생각지 않게 눈물이 나왔다. 전쟁이 시작되고부터 피와 눈물이 일상이 되어버린 것 같았다. 두 사람은 오랫동안 헤어졌다 만난 사람들처럼 부둥켜안고 반가움의 눈물을 쏟았다.

심영숙이 돌아온 것은 흥분이 좀 가라앉은 후였다. 그새 심영숙의 흰 가운은 부상당한 인민군 병사들의 피로 얼룩져 있었다. 이마에도 땀방울과 핏방울이 얼룩져 흐르고 있었다. 그녀는 지옥에 들어갔다 나온 사람처럼 어두운 표정으로 말했다.

"후퇴를 서두르라는 명령이에요. 중상자는 놔두고 경상자들은 아무 때고 출발해야 해요. 정선생님의 진통이 어서 가라앉아야 할 텐데요."

이옥련이 물었다.

"진통제를 좀 세게 놓으면 안될까요?"

"진통제도 항생제도 벌써 오래전에 떨어졌어요."

피로에 지친 심영숙은 힘없이 말한 뒤 붕대와 거즈 등을 챙겨서 나갔다. 이옥련은 지친 몸을 그대로 바닥에 뉘었고 정찬우는 또다시 잠에 빠져들었다.

"계십니까? 교육위원 동무!"

누군가 문을 쾅쾅 두드리며 숨 가쁘게 외치는 소리에 잠에서 깨어보니 벌써 해가 많이 기울어 있었다. 이옥련이 몸을 일으켜 문을 여니 운전수 윤성남이 뛰어들어왔다.

"교육위원 동무! 비서 동무!"

"윤 동무도 살았구려!"

"제가 얼마나 두 사람을 찾아다닌 줄 아십니까?"

세 사람은 또다시 반가움과 한이 서린 눈물을 터뜨렸다. 윤성남이 먼저 정신을 가다듬으며 말했다.

"지프를 가져왔으니 어서 출발하십시다. 머뭇대다가는 죽거나 포로가 됩니다. 어서 나오세요."

정찬우는 두 사람의 부축을 받아 서둘러 차에 올랐다.

"목적지를 어디로 할까요?"

"대전으로 직행합시다."

차에 시동을 걸고 있는데 부상자를 치료하고 돌아오던 심영숙이 달려왔다.

"안녕히들 가시어요."

갑자기 두 사람을 떠나보내는 심영숙의 목소리에는 서운함이 서려 있었다. 정찬우는 잠자코 목례를 하고 그녀에게 비단 보자기를 쥐여주었다. 보자기에는 겨울에 쓰는 토끼털 모자와 만년필이 들어 있었다. 목숨을 살려주었는데 줄 것이 그것뿐이었다. 작별인사는 이옥련이 대신했다.

"부디 또 만나요."

심영숙은 돌아설 생각을 않고 일행을 태운 차가 멀어지도록 그 자리에 서서 망연히 바라보기만 했다.

"운전수 동무는 어떻게 알고 우리를 찾아왔소?"

정찬우의 질문에 운전수는 앞을 보며 답했다.

"위생지도원 전애심 동무에게 들었습니다."

"전애심이라면?"

이내 12단고지 전투 때 군의관과 연애를 했다고 특공대대장 박창섭에게 처형당할 뻔한 간호사 전애심이 떠올랐다.

"아니, 전애심 씨가 어떻게 알았을까요?"

"심영숙 동무와 함께 교육위원 동무를 야전병원까지 운반했다고요. 자기 생명의 은인이라며 평생 보은을 하겠노라는 말을 하더군요."

"아, 그래요? 감사의 말도 못했네요."

"피차 은혜를 갚은 셈이죠."

진주를 떠난 지프는 산청과 남원을 지나 북행을 계속했다. 총퇴각령이 내려졌음에도 불구하고 기동로에는 아직도 남으로 내려오는 의용군과 보급차량들이 눈에 띄었다. 미군 정찰기들이 이들을 보았음에도 제트기를 불러오지 않는 게 이상했다. 연합군이 인천상륙작전으로 반도의 허리를 끊어버림으로써 서울 이남의 인민군이 독 안의 쥐가 된 후로는 모든 게 뒤죽박죽이 되어버린 것 같았다. 아무것도 예측을 할 수 없었다.

진안 근처에 다다랐을 때는 짧아진 해가 산줄기 너머로 사라진 지 한참 후였다. 껌껌해진 흙길을 달려 한 마을에 접어들려는데 만세 소리가 들려왔다.

"유엔군 만세!"

"대한민국 만세!"

수백명의 주민들이 소리 높여 외치고 있었다.

"불을 끄시오."

정찬우의 말에 윤성남은 재빨리 전조등을 끄고 농로로 차를 돌렸다. 안 보일 만한 곳에 지프를 세워두고 나직한 언덕에 올라가서 보니 국도를 따라 수많은 지프와 군용 장비들이 지나가는 광경이 눈에 들어왔다. 미군이었다. 장갑차와 오토바이까지 합치면 백대가 넘어 보였는데 미군은 사열을 받듯 주민들 사이를 천천히 지나며 깃발을 흔들었다. 신이 나서 따라오는 아이들에게 통조림이며 초콜릿과 껌을 던져주는 모습도 보였다.

주민들은 어디에 숨겼다가 꺼내왔는지 하나같이 크고 작은 태극기를 흔들며 미군을 환영하고 있었다. 불과 두달 전에는 "인민군 만세"와 "김일성 만세"를 외치던 바로 그 사람들이었다.

'하루아침에 민심이 바뀌다니. 우리가 서울에서 보았던 민중들의 표정은 전부 거짓이었을까? 서울역 광장에 모여 있던 의용군은 모두 강제로 끌려나온 이들이었을까? 인민군이 다시 오면 이번에는 또 인민군 만세를 부를 것인가? 내가 도시마다 돌아다니며 떠들어댔던 말을 진심으로 받아들인 사람은 아무도 없었던 게 아닐까? 모두들 내 등 뒤의 다발총 앞에 굴복했던 것뿐이었을까?'

밀려오는 회의감을 떨쳐내려 정찬우는 세차게 고개를 가로저었다. 산악지대의 가을바람이 어둠을 타고 밀려오니 몸이 벌써 떨리기 시작했다. 정찬우만큼이나 얼이 빠져 미군 행렬을 바라보던 이옥련과 윤성남도 마찬가지였다.

"교육위원 동무, 도로가 차단되었으니 대전으로 가기는 어렵게 되었습니다. 이제 어디로 갈까요?"

"춘천으로 갑시다."

제2의 집결지인 춘천까지는 언뜻 헤아려봐도 3백 킬로미터가 넘었다. 강원도 산악지대의 도시라 직진하는 길도 없거니와 있다 해도 주요 도로가 모두 미군에게 장악되었으니 이용할 수도 없었다. 윤성남이 말했다.

"춘천이라면 산을 따라 걸어갈 수밖에 없겠는데요?"

"별수 없지요."

"저는 차를 버리고선 갈 수 없습니다."

"지금 차가 문제요? 전군이 패전한 마당에 차 한대가 무슨 대수요?"

"책임 문제입니다."

"내가 책임지겠소. 후일은 걱정 말고 함께 여기를 빠져나갑시다."

"………"

윤성남이 고집스럽게 말문을 닫자 이옥련도 안타깝게 권고했다.

"아이, 차를 두고 함께 가요."

"두분은 먼저 가십시오. 저는 최후까지 견디어보다가 정 안되겠으면 차를 불사르고 따라가겠습니다."

말릴 길이 없었다. 차에 둔 짐을 챙기기 위해 내려가는 이옥련이 으스스 떨었다.

"춥습니까?"

"아—니요."

눈물로 얼룩진 두 볼이 달빛에 반사되어 은은히 빛났다. 정찬우는 차에서 털 점퍼를 꺼내 그녀에게 입혀주고 자신도 두꺼운 옷으로 갈아입었다. 그리고 운전수에게 다시 권했다.

"윤 동무! 내버려두고 함께 갑시다."

"인민군 지프를 끌고 다니다간 바로 잡혀 죽을 거예요. 우리와 함께 가요."

이옥련도 거듭 권했으나 윤성남은 책임상 차를 버릴 수 없다고 계속 고집하더니 기어이 흐느껴 울기 시작했다.

정찬우와 이옥련은 하는 수 없이 그를 내버려두고 마을을 피해 산기슭 농로를 걷기 시작했다. 나란히 걸을 수도 없는 좁은 길이었다. 이옥련이 바짝 따라오며 말했다.

"책임감이 무서운 사람이죠?"

"문책이 두려워서일 겁니다."

"과연 문책당할 훗날이 올까요? 그런 날이라도 오면 얼마나 좋을까요."

능선마다 봉우리마다 미군의 토치카가 가로막고 있었다. 반대로 골짜기마다 방향을 잃은 인민군들이 모여 웅성대고 있었다. 산길에는 총구가 땅을 향하도록 어깨에 총을 멘 인민군이며 인민군 치하에서 일했던 민간인들이 줄을 이었다. 다들 지쳐서 나란히 걷더라도 대화를 나누는 이가 없었다.

밤새 걷고 해가 뜬 후에도 계속 걸어서 두 사람의 발바닥은 부르텄고 물집까지 잡혀버렸다. 구두를 벗어들고 걷다보니 금방 양말에 구멍이 났다. 한없이 느린 걸음으로 이틀 만에 도착한 곳은 충북 영동군 황간면이었다.

비상식량으로 넣어온 미숫가루와 누룽지는 이제 바닥났다. 굶주

림을 참다못해 삼도봉 아래 조금 큰 마을에 내려가니 소학교 운동
장에서 인민군 패잔병들이 모여 육박전 연습을 하고 있었다. 30미
터 떨어진 곳에서부터 함성을 지르며 달려가 아름드리 소나무에
세모칼을 찌르는 훈련이었다. 지칠 대로 지친 두 사람이 운동장 가
에 주저앉아 구경을 하고 있는데, 한 군관이 감탄하는 소리가 들려
왔다.

"야! 굉장한데!"

옆에 선 대위가 말했다.

"찌르기보다 뽑기가 더 어려워요. 3대 7의 힘이 소요되니까."

정찬우는 그들에게 다가가 자신의 신분을 밝히고 물었다.

"몇 사단이오?"

"남해여단입니다."

대위가 거수경례를 올리며 대답하자 굉장하다고 감탄하던 다른
군관이 정찬우에게 물었다.

"우리 여단장 동무 못 보셨습니까?"

"못 보았소."

대장을 잃고 헤매는 두 군관은 낭패한 표정으로 서로를 바라보
았다. 정찬우는 앉아 쉬던 이옥련을 잡아 일으켰다.

"자, 마을에 들어가 뭐든 먹을 걸 찾아봅시다."

다리가 퉁퉁 부은 이옥련이 가까스로 일어났다. 마을로 걸어가
는데 추풍령 쪽에서 내려온 신사복 차림의 중년 사내가 둘러선 사
람들에게 말하는 소리가 들려왔다.

"더이상 북으로는 못 갑니다. 독 안에 든 쥐가 되고 말았습니다.
국군과 유엔군이 이미 추풍령 일대에 새까맣게 깔렸습니다."

그때 어떤 여자가 뛰어나왔다. 평양에서 방송국 아나운서로 일하던 조미자였다. 인민군을 따라 내려와 진주에서 여성동맹을 했기 때문에 정찬우와도 아는 사이였다.

"지배인 동무! 아니, 유영석 동무!"

"조미자 동무! 어찌된 일이오? 여기서 만나다니!"

남해여단 병사들은 우연한 상봉을 기뻐하며 손을 잡고 흔드는 두 남녀를 호기심 어린 눈으로 바라보았다. 그런데 정찬우의 눈에 문득 질시의 눈초리로 두 남녀를 노려보는 군관의 모습이 들어왔다. 평양에서 함께 지프를 타고 내려온 배철 소좌였다. 배철은 진주시 경비사령관을 맡아 진주에서 몇차례 정찬우와 만난 적이 있었다. 그러나 배철은 정찬우의 존재는 아랑곳하지 않고 두 사람을 노려보더니 돌연 고함을 질렀다.

"조미자 동무! 도대체 이자가 누구요?"

"충남 장항제련소 지배인으로 임명되었던 유영석 동무야요."

순간, 배철은 엉덩이께에 찼던 권총을 빼어들며 소리쳤다.

"이 반동 간나새끼가 되는대로 헛바닥을 놀려? 뭐, 우리가 독 안에 든 쥐라고?"

조미자는 새파랗게 질렸다.

"배동무! 이게 무슨 짓이야요? 당 간부에게?"

"간부고 나발이고 인민군의 사기를 꺾으려는 자는 모조리 없앨 테다!"

"제발 이러지 마시라요."

조미자가 가로막으며 애원하자 배철은 그녀를 밀쳐내고 유영석 앞으로 한걸음 더 육박해 총구를 머리에 겨눴다.

"돌아서!"

유영석은 당황하며 항변했다.

"우리 군대에 이런 법이 있소?"

"우리 군대고 너의 군대고 뒤로 돌아섯! 반공화국 반동을 어떻게 처단하는가 내가 직접 보여주갔어!"

다들 놀라 침묵한 가운데 권총에 실탄이 장전되는 철컥 소리가 유난히 크게 들렸다. 소좌 계급장에 압도된 주위의 사병들은 쳐다만 볼 뿐 누구 하나 만류하러 나서지 않았다. 보다 못한 이옥련이 정찬우의 옆구리를 찔렀다. 정찬우는 나서지 않을 수 없었다.

"배소좌! 잠깐 봅시다."

"뭐야?"

사납게 반응하며 돌아본 배철은 정찬우를 알아보고는 당황한 표정으로 경례를 붙였다. 흥분으로 손을 떨고 있었으나 상명하복에 충실한 군인임에는 틀림없었다.

"배소좌, 우선 권총부터 놓으시오. 어서!"

단호히 말하자 배철은 권총에서 탄알집을 뽑아내고는 부동자세로 힘차게 소리쳤다.

"명령대로 장탄을 해제하였습니다."

배철은 일단 권총을 집어넣었으나 분이 가라앉지 않은 얼굴이었다. 정찬우는 최대한 권위가 있게 말했다.

"나는 배철 소좌 동무가 지나치게 흥분한 나머지 본의 아닌 사고를 저지를까보아서 만류하는 것뿐이오."

"분합니다. 소위 지배인이란 작자가 그따위로 말하는 걸 어떻게 살려둡니까?"

"설사 실언을 했기로서니 말 한마디에 죽일 수야 있겠소?"

"위대한 인민군의 전의를 꺾으려는 이색분자를 어떻게 용서합니까?"

"무조건 화평하라는 말이 아니오. 죄질과 과오에 맞는 수위에서 군법에 맞게 추궁을 하란 말이오. 후퇴 길이 막혔다는 일반적인 정보를 전한 것뿐인데 즉결처형이라니 천부당만부당하오. 배소좌가 일시 울화가 터져 그랬던 모양인데 참으시오. 전쟁은 이제 시작이오. 남조선 해방이 완수될 때까지 우리는 똘똘 뭉쳐야 하오."

배철은 못내 불만스러운 표정이었으나 명령체계를 따르는 완고한 군인이었다. 두 사람을 다시 한번 노려보더니 정찬우에게 거수경례를 붙이고는 저편으로 성큼성큼 걸어가버리는 것이었다.

긴장되었던 분위기가 풀리자 남해여단 오락부장 오석이 나섰다. 오석은 광대로 유명했던 이로, 부대에서는 군관의 체통상 임중위라 불리고 있었다.

"동무들! 어려운 때일수록 단합을 해야 하지 않겠소? 오늘은 어차피 여기서 유숙해야 하니 잠시 즐거운 오락시간으로 기운을 내는 게 어떻겠소?"

중국공산당 팔로군에서 유격전을 배운 김면 여단장의 남해여단은 인민군 정규 부대에 비해 여유로운 규율을 갖고 있었다.

"좋습니다!"

부대원들은 일제히 응답하며 오락부장 주위에 모여 겹겹이 둘러앉았다.

"오락부장님부터 한곡 하시오!"

부대원들이 요구하자 오석은 거침없이 노래를 시작했다. 정확한

음정에 시원스러운 음성이었다. 노래 가사는 그러나 비애에 젖어
있었다.

어둔 밤 탄환은 전선을 울린다.
별들만 깜빡인다
어둔 밤 그대는 이 밤을 새우며
잠자는 아기의 곁에서
눈물만 흐르리라
어둔 밤 우리들 진을 친 천리에
바람은 전선에 날린다
별들만 깜빡인다

서글픔에 젖은 병사들이 여기저기서 몰래 눈물을 찍어내는 모습
이 보였다. 그러나 노래가 끝나자 금방 표정이 밝아지며 열렬한 함
성을 보냈다. 오석은 그 열기를 모아 이옥련을 지목했다.
"다음은 이옥련 비서 동무 차례입니다! 박수로 환영합시다!"
깜짝 놀란 이옥련은 완강히 사양했다.
"노래 부를 줄 몰라요."
오락부장과 무리들의 협동공세가 시작되었다. 오락부장이 "동
무들!" 하면 "네!"라고 대답하고 "시간은" 하고 귀를 기울이는 시
늉을 하면 "갑니다!"로 응하는 식이었다. 오락부장이 손짓 발짓까
지 해가며 말을 던지면 일동은 목이 터져라 대꾸했다.
"빨리빨리!"
"나오시오!"

110

"안 나오면!"

"꼴불견!"

이옥련이 정찬우를 제외한 모든 이들의 끈질긴 권유를 피할 길이 없어 마지못해 한곡 부를 채비를 하자 오락부장은 재미있는 표정을 지어 보이며 물었다.

"부르실 곡목은?"

"「금강산 팔선녀의 노래」를 할게요."

금강산 나무꾼이 금강 계곡으로 목욕하러 내려온 여덟 선녀 중한 선녀의 옷을 숨기자 돌아가지 못하게 된 선녀가 일곱 빛깔 무지개를 타고 올라가는 칠선녀를 향해 옥황상제에게 소식이나 전해달라고 하며 슬퍼하는 가사였다. 후렴이 제일 구슬펐다.

날개가 없어서야 저 하늘 어이 날랴
날 두고 가는 선녀 말이나 전해줘요
직녀는 옷 잃고 울면서 지난다고
이를 어이하나 옥황님 난 못가요

긴 여운을 남기는 애잔한 곡조에 멍하니 듣던 병사들이 박수갈채를 보내며 재청을 요청했지만 이옥련은 다음 차례로 조미자를 지명하고는 그 자리를 빠져나왔다.

"추풍령이 막혔다 해도 일단 가봅시다. 설마 두 사람쯤 몰래 못빠져 나가겠소?"

정찬우가 앞장서며 말했으나 헛된 희망임이 금방 드러났다. 감나무가 줄지어 서서 맑은 여울을 붉게 물들인 고자촌과 디딜방아를 밟는 여인들이 흘깃흘깃 넘겨다보던 옹기동을 지나서 대머리산 기슭에 올라가니 건너다보이는 야산과 그 위에 우뚝 솟은 험한 산 기슭에는 수많은 인민군 무장부대와 민간인들이 진퇴를 결정하지 못한 채 웅성이고 있었다.

"이거 낭패로군. 이러다가 꼼짝없이 포위 공격에 전멸되고 말겠소."

맥이 풀린 정찬우가 바위 위에 주저앉으며 말하자 이옥련이 뜻모를 소리를 했다.

"산에서 빠져나가는 건 우리의 결심 여하에 달린 것이니 별로 문제될 게 없어요."

정찬우는 무슨 엉뚱한 소리인가 싶어 물었다.

"생사문제인데도? 어떻게 맘만 먹으면 저 포위망을 뚫을 수 있다는 게요?"

이옥련의 답은 예상 밖이었다.

"평양으로 가려고만 하니 그렇죠."

"우린 지금 평양이 아니라 춘천으로 가는 길인데……"

정찬우는 답하다 말고 그녀의 얼굴을 돌아보았다. 이옥련은 피하지 않고 말끄러미 그의 눈을 마주 보았다.

"금강산에 살던 새가 삼각산에서는 못 사나요?"

추상적인 표현이었으나 금방 그 뜻을 깨달았다. 유엔군에 투항하자는 뜻이었다. 정찬우는 긴장으로 음성이 낮아졌다.

"그 길이 무사할 것 같으오?"

전날 삼도봉 아래의 마을을 지나며 겪은 일이 떠올랐다. 탱자나무로 울타리를 친 조그마한 기와집에서 냉수를 얻어 마실 때였다.

인민군 치하에서 부역을 하다가 후환이 두려워 북으로 후퇴하는 남매가 주고받는 소리가 들려왔다.

"직접 죽이는 걸 보았다고 하던?"

"아이, 오빠두! 순자 언니가 바우능선에서 분명히 보았대요. 그때 순자 언니의 오빠뿐만 아니라 산청군과 하동군에서 자수한 빨치산 열여덟명이 모두 즉결처형됐대요. 그러니까 그까짓 삐라 믿지 말고 한발자국이라도 더 가요."

국군은 자수하면 살려준다는 내용의 삐라를 비행기로 대량 살포하고 있었다. 삐라만 들고 오면 죽이지 않는다고 했다. 그러나 두 남매와 정찬우는 삐라를 믿을 수 없었다. 그런데 이옥련은 달랐다. 그녀는 당돌하게 말했다.

"여기는 자본주의 사회잖아요. 돈이면 다 해결된대요. 여수에서 무장폭동을 주동한 지창수 상사도 집에서 돈을 풀어 살아났다잖아요? 군경에게 돈만 바치면 누구라도 살아날 수 있어요."

정찬우의 심각한 고민에 비하면 너무나 수월한 대답이었다. 정찬우는 고개를 저었다.

"질서가 잡힌 후라면 몰라도 적개심에 불타는 지금 자수를 해봐야 짚단을 지고 불속에 뛰어드는 셈이 될 거요."

"아무리 공산당이 밉기로서니 정규 군인도 아닌 정선생님 같은 교육자를 죽이기야 할라고요?"

"모두 한 물에 놀던 물고기가 아닙니까?"

정찬우는 더이상의 논쟁을 피하려고 했으나 이옥련은 멈추지 않았다.

"설사 포로의 고초를 치르더라도 총알 밥이 되는 것보다는 낫죠.

인민군이 서울에 처음 들어왔을 때에는 전쟁이 얼마나 무서운지 모르고 앞장서서 환영했지만, 지금은 오직 이 군복을 벗어버리고 싶은 마음뿐이에요. 이 전쟁을 일으킨 사람들에 대한 저주뿐이에요."

무어라고 대답도 설득도 할 수가 없어 입을 다물고 있으니 이옥련이 말을 이었다.

"이렇게 하면 어때요? 삼각산이든 어디든 서울 가까운 산골짜기에 아무도 모르는 오두막을 지어놓고 우리 부모님 집에서 식량을 날라 먹으며 살다가 틈을 보아서 자수하면?"

이옥련은 눈까지 반짝이고 있었다. 정찬우는 고개를 저었다.

"세상에 비밀이란 존재할 수 없습니다. 비밀생활이 며칠이나 가겠소? 그렇다고 생사의 기로에서 반드시 나와 같이 행동을 취하자고 권할 수도 없는 일이니 옥련씨 마음대로 하시오. 여자니까 혹 살려줄지도 모르지요. 그러나 당장 자수하느니보다는 어느정도 질서가 잡힌 후에 서서히 길을 찾아봅시다."

이옥련은 퍽 서운한 표정이었다. 더는 말이 이어지지 않았다. 산길은 두 사람만의 공간이 아니었다. 계속해서 사람들이 올라오고 있었다. 모두가 두려움과 허기에 지쳐 입을 다물고 있었고 인민군의 상당수가 미군 폭격을 피하려고 민가에서 얻은 흰옷을 걸치고 총도 옷 속에 숨기고 있어 누가 군인이고 누가 민간인인지 구별하기 어려웠다. 두 사람은 다시 추풍령을 향해 걷기 시작했다. 막힌 길인 줄 알면서도 달리 목적지가 없었다.

무슨 산인지 산봉우리가 대머리처럼 생긴 큰 산을 지나 추풍령을 눈앞에 둔 커다란 산줄기에 들어섰을 때 어둠이 밀려왔다. 북으로는 속리산과 월악산을 거쳐 태백산맥으로 이어지고 남으로는 덕유산을 거쳐 지리산까지 이어지는 소백산맥의 한복판이었다. 두 사람은 개울가 바위 위에 걸터앉아 밤사이에 넘어야 할 영마루 고개를 바라보았다. 한없이 맑은 하늘에 목화송이 같은 구름이 뭉게뭉게 피어오르고 있었다.

어둠이 깔리자 산길은 더 부산해졌다. 낮 동안 숲속에 숨어 휴식을 취하던 인민군들이 몰려나오기 시작한 것이다. 얼굴을 아는 군관이 한둘이 아니었다. 두 사람은 인민군 대오에 합류하지 않을 수 없었다.

남해여단을 비롯해 102부대, 105부대 등 각 사단과 독립부대의 흩어졌던 낙오병을 모으니 8천명이나 되었다. 이들은 만약의 경우 최후의 일전을 벌이고자 대열을 수습했다.

맨 앞에는 육박전에 익숙하고 연발무기를 휴대한 102부대와 각 부대의 경기관총 사수들이 정렬했다. 중간에는 보충부대와 비무장 인원을 세웠다. 105부대는 엄호사격을 위해 나중에 떠나기로 하고 후미는 남해여단이 담당했다. 안내자 세 사람을 선두로 하여 출발 준비가 갖춰졌다.

"교육위원 동무께 용무가 있어 왔습니다."

수습되는 대오를 관망하고 있던 정찬우에게 연락병이 찾아와 거수를 한 채 말했다.

"여단장 동무가 잠깐 뵙자고 합니다."

"김면 동무가? 어떻게 찾았소?"

의아한 표정으로 물었다. 삼도봉 밑에서 육박전 훈련을 하던 남해여단 군관들이 여단장을 보았는지 물어오던 일이 떠올라서였다.

"지휘부에 계십니다. 비서 동무도 함께 오라고 하였습니다."

지휘부라는 게 비탈밭에 붙은 허름한 움집이었다. 수확철이면 사과밭을 지키고 겨울이면 멧돼지를 잡는 곳이었다. 문 앞에 나와 있던 105부대장 이봉춘 대좌가 반가이 맞아주었다.

"먼 길에 수고하시었소."

온돌이 깔린 방에 들어가니 남해여단장 김면이 얼굴 가득 웃음을 머금고 맞아주었다. 102부대장 정세룡도 와 있었다. 이옥련과 연락병은 누가 접근하지 못하도록 권총을 빼들고 문밖을 지켰다.

후끈한 방바닥 한가운데에는 삶은 소고기와 과일이 놓여 있었다. 지휘부 일행은 고기와 과일로 배를 불린 다음 토의에 들어갔다. 먼저 김면이 방금 수령한 명령서의 부본을 꺼내 보이며 말했다.

"방금 총사령부에서 새로운 명령이 내려왔습니다. 읽어보겠습니다. 우리는 이 이상 물러설 땅이 없다. 그대들이 물러서는 날이면 공화국 인민은 미제국주의의 식민지 노예가 되고 말 것이다. 진지를 사수하라. 한치의 땅도 넘겨주지 마라. 견장을 떼고 머리를 깎으면서까지 전사로 가장하려는 군관들을 체포하여 총살하라. 평민으로 위장하여 대오를 탈출하려는 전사들을 체포하여 총살하라. 무기를 내던지고 투항하는 전사들도 총살하라. 지휘부와 연락이 끊어졌거나 포위망 속에 있는 잔여 부대는 유격투쟁을 전개하라."

김면은 낭독하다 말고 잠깐 정찬우를 바라보고는 다시 읽어내려 갔다.

"문화일꾼과 산업기술일꾼 외에는 북반부에 오지 마라. 조국은 위기에 처하여 있다. 인민은 정복되지 않는다. 인민군 장병들에게 승리와 영광이 있으라."

정찬우와 같은 문화일꾼들만 북으로 오고 다른 사람들은 월북하지 말고 계속 싸우라는 말이었다.

"어떻게 입수한 것입니까?"

"무전사가 절대비밀로 접수한 것입니다."

김면이 틀림없는 정보임을 입증하자 102부대장 정세룡이 입을 떼었다.

"그렇다면 후퇴를 단념해야지요?"

"추풍령을 뚫고 갈 계획부터 중지해야지요. 명령에 따라 움직여야 하니까."

김면의 말에 105부대장 이봉춘도 동의했다.

"그러면 우선 모든 대원들에게 행군 중지 명령을 내리시오. 이제부터 유격전이오."

그런데 정세룡은 긴 한숨을 내쉬었다.

"유격운동? 유격운동을 하라……"

이봉춘만이 활기를 띠고 말했다.

"적의 후방을 교란시킨다는 것도 상쾌한 일이 아니겠소?"

김면의 인상이 흐려졌다. 그는 고개를 저으며 말했다.

"생각보다 어려운 일이오, 유격전은."

"그렇다고 전혀 못할 것도 없지 않소?"

이봉춘의 반박에 김면은 여전히 우울한 표정으로 답했다.

"언제나 초조하고 불안한 싸움이 유격전이오."

"그 원인이 어데 있을까요?"

"우선 전사들의 사기가 위축되어 있고 거점이 튼튼하지 못한데다 지하조직마저 소탕되지 않았소? 게다가 정규군과 유격대의 혼합에서 오는 사상상의 혼란, 이러한 것들이오."

이봉춘은 김면의 진단에 승복하지 않았다.

"남해여단장 동무, 저는 그렇게 생각하지 않습니다. 사기는 회복할 수 있고 인민의 과반수를 이끌 수 있으며 친화력을 가지고 보급하며 거점을 확보할 수 있다고 봅니다."

가만히 듣고 있던 정세룡이 이봉춘을 바라보며 말했다.

"이론과 현실 간에는 괴리가 있는 것입니다. 여단장 동무로 말하면 일제시대 만주에서부터 십여년간 유격투쟁을 해온 경험이 있으니 걱정하시는 것 아니겠소?"

"이 마당에 무슨 과거 경력을 꺼내는 거요? 이 무시기 비겁한 소리란 말이오? 그렇다면 김지회나 김달삼 같은 사람들은 어떻게 싸웠겠소?"

김달삼은 1948년 4월 제주도에서, 김지회는 같은 해 10월 여수에서 무장봉기를 일으킨 사람들이었다. 정세룡은 어이없다는 듯 웃으며 말했다.

"그러기에 모두 용두사미가 되지 않았소?"

제주와 여수의 두 무장봉기가 민간인 수만명의 피해를 낳은 채 실패한 것은 사실이었다. 이봉춘은 정세룡을 노려보며 버럭 고함을 질렀다.

"모두가 혁명 기피자라이!"

"말 삼가우!"

정세룡은 화가 나서 몸을 부르르 떨며 말했다. 이때 여단장 연락병이 들어왔다.

"정렬된 부대를 어떻게 할 것인지 하회를 해달랍니다."

김면이 즉답을 하지 않자 정세룡이 건의했다.

"여단장 동무, 덕유산으로 돌아가는 게 좋지 않겠습니까?"

다시 남하하자는 말이었다. 즉각 이봉춘이 반대하고 나섰다.

"무시기 비겁자 같은 소릴 하는 기요, 지금? 당장 이곳에서 싸우지 않고 어데로 도망간단 말임메?"

고민에 빠진 김면은 정찬우를 바라보며 물었다.

"교육위원 동무의 의견은 어떻습니까?"

"글쎄요. 군 참모들이 논의하는 터에 무어라고 참견할 수 있겠습니까? 다만, 참모들 사이에 불화하지 말고 인화가 유지되어야 할 것 같습니다."

"인화? 맞는 말이오."

공감을 표한 김면은 연락병에게 명령했다.

"경기도나 충청남북도 출신은 이곳에 떨어져 적당한 투쟁을 전개하라 하고 우리 남해여단과 102부대는 덕유산으로 출발하라고 하우."

결단이 내려졌다.

"명령대로 전달하겠습니다!"

연락병이 거수경례를 하고 돌아서려 하자 정세룡이 멈춰세웠다.

"잠깐만! 전령은 대대장과 직속 중대장에게만 알리고 다른 사람들에게는 비밀에 부치시오. 군호는 '가자, 다시'로 하고 비상선은 '까바우 능선'이오. 알겠소?"

"넷!"

연락병이 바쁜 걸음으로 떠나간 후에도 여전히 이봉춘은 불만을 삭이지 못했다.

"여기서 싸우지도 않을 거면 덕유산에는 무엇하러 가누."

김면은 이봉춘을 노려보다가 화를 가라앉히며 조용히 말했다.

"이봉춘 동무, 참 까다로운 동무요. 누가 아니 싸운다고 했소? 불리한 환경을 지적한 것이지! 정규전과 유격전은 다른 거요."

"처음부터 불리한 조건만 내세우면 사기가 꺾이지 않슴메?"

"적을 알고 나를 알아야지. 덮어놓고 주먹구구식으로 날뛰기만 하면 되우?"

"모조리 말 공부쟁이라이! 혁명 기피자들 같으니라구!"

이봉춘의 욕설에 김면은 더 참지 못하고 언성을 높였다.

"뭐? 혁명 기피자? 어디 당신 부대나 실천성 있게 충성스럽게 싸워보우. 우리를 군사재판에 회부시키고!"

"아무려면 그다지도 비겁할까?"

"이자가 정말!"

정세룡이 고함치며 벌떡 일어나자 이봉춘이 먼저 권총을 빼어들었다.

"비겁하고말고! 이 반동간나들 다 쏴죽이고 말갔어!"

정세룡도 권총을 뽑았다. 서로 총구를 겨눈 꼴을 보고 있던 김면이 자신의 권총에 손을 얹고 만지작거렸다.

"잠깐만!"

지켜만 보고 있던 정찬우가 나섰다.

"고급 참모들이 이 무슨 짓들이오? 권총들 내려놓지 못합니까? 김책 사령관 이하 전선사령부 지휘부가 전멸해 여러분이 남반부 인민군을 지휘할 최고지도부인데 이러면 어떻게 합니까? 개인이 아닌 지휘관임을 생각하시오!"

정세룡은 그의 말에 순응해 권총을 내리고는 낯빛이 벌겋게 되

어 무릎 사이에 얼굴을 파묻었다. 그러나 이봉춘은 여전히 악담을
퍼부어댔다.

"그럼 내레 변절분자를 그냥 두라는 기요?"

"변절분자라구? 내 이 꼴을 보려고 그 고단한 항일투쟁을 했단
말인가? 진짜 적인 왜놈들 밑에서는 꼼짝도 못하고 기어다니던 것
들이 해방된 조국에서 조그만 감투를 쓰고 혁명가인 양 설치며 동
족과 동지를 죽이려고 날뛰는 이 꼴을 보려고 내가 만주 벌판을 헤
맸단 말인가?"

더이상 참지 못한 김면이 권총을 뽑아들었다. 무릎 사이에 박았
던 고개를 추켜든 정세룡도 다시 권총을 겨누고 '찰칵' 소리 내어
장탄을 했다. 세 지휘관이 총구를 맞댄 위기의 순간이었다. 정찬우
가 버럭 소리를 질렀다.

"세분 다 무기를 내려놓지 못합니까? 그런 데 쓰라고 준 무기가
아니잖소? 당장 내려놓으시오!"

정찬우가 세 사람의 뻗은 팔을 내리누르며 야단치자 김면이 먼
저 부르르 몸을 떨며 총을 내렸고 정세룡, 이봉춘도 차례로 권총을
내렸다. 정찬우가 말했다.

"반성들 하시오! 저 밖의 수만 대군의 목숨이 경각에 달렸는데
고위 참모들이 이럴 줄은 상상도 못했소."

"면목이 없습니다."

먼저 정세룡이 고개를 숙이자 김면도 사과했다.

"교육위원 동무에게 미안합니다."

마침내 이봉춘도 고집을 꺾었다.

"다들 뜻이 그렇다면 우리 105부대도 함께 덕유산으로 내려가

겠소."

"고맙소. 그럼 행군을 서두릅시다."

이봉춘의 표정은 여전히 사나웠으나 김면이 먼저 일어나면서 더이상 논란은 벌어지지 않았다. 밖에 나와 보니 북쪽 하늘이 새하앴다. 미군이 추풍령 고갯마루 위로 연거푸 조명탄을 쏘아올리고 있었다. 이편에서는 공격도 하지 않는데 남쪽을 향해 무작정 갈겨대는 중화기 소리가 부르릉거렸다. 야음을 타고 인민군이 넘어오는 것을 막기 위함이리라.

어차피 북쪽으로 가는 길은 봉쇄되어 있었다. 삼팔선을 넘어 압록강까지 한반도 전역을 차지하고 내부의 공산군을 섬멸하는 것이 한미연합군의 목표였다. 독 안에 갇힌 생쥐 꼴이 된 패잔병들은 불가피하게 남쪽으로 돌아가 산악 유격전을 할 수밖에 없었다. 아니면 투항해 포로가 되는 길뿐이었다.

임시사령관 김면 여단장은 덕유산 아래 무주군에서 군당 군사부장을 하다가 월북 길에 오른 이에게 명령했다.

"군사부장 동무는 덕유산에 도착하는 대로 거점을 마련하고 지리산과 백운산에 연락을 취하시오."

그러고는 정찬우에게도 말했다.

"교육위원 동무는 지휘부와 동행합시다."

"명령서에 나온 대로 저는 평양으로 소환된 몸이니 남하할 수가 없습니다. 어떻게든 올라가겠습니다."

김면은 퍽 섭섭한 표정을 지었다.

"당의 명령이니 거부할 수는 없지만, 과연 저 강고한 포위망을 뚫고 올라갈 수 있겠습니까? 부디 몸조심하시길 바랍니다."

세 부대는 봉우리마다 불을 지르고 골짜기에서는 총성을 울려대며 남하를 하기 시작했다.

정찬우와 이옥련은 부대들을 떠나보낸 후, 대부대가 멀리 갈 때까지 하룻밤은 사과밭 움막에서 지내기로 했다. 모처럼 편안한 잠자리였지만 언제 누가 올지 몰라 군복차림 그대로 반장화까지 신은 채 긴장을 풀지 못했다. 산등성이를 넘어온 새벽빛이 들창을 밝힐 무렵 잠이 깬 두 사람은 앞으로 갈 길을 상의했다.

"아무리 생각해봐도 내륙을 따라 북으로 갈 수는 없게 되었으니 다시 남으로 내려가 진주 앞바다에서 배를 타고 올라가는 방법을 찾아봅시다."

정찬우의 제안에 이옥련은 눈을 찌푸렸다.

"다시 남쪽으로요? 남해여단과 같은 방향이잖아요?"

"부대에 합류하자는 게 아니오. 유격전이 벌어지지 않을 만한 낮은 산들을 타고 갑시다. 어느정도 지리에 익숙한 진주를 거쳐 삼천포든 부산항이든 항구를 찾아가 밀항선을 탑시다."

"가능할까요? 그러다가 탈영병으로 오인돼서 아군에게 총살당할 수도 있어요."

정찬우는 신임장과 임명장이 든 자기 가슴을 두드려 보였다.

"이 증명서가 있고 문화일꾼은 북상하라는 총사령부 지시도 있으니 문제없을 거요. 민간인에게 신고당하거나 국군 수색대에 잡히지만 않으면 돼요."

스스로 말하면서도 막연한 계획이었다. 그러나 다른 방법은 생각나지 않았다. 이옥련도 수긍했다. 두 사람은 길도 모르는 채 초겨울 해가 기우는 남쪽으로 방향을 잡았다.

낮에는 숲속에 숨어서 자고 밤이면 큰 산 아래턱이나 야산을 따라 몇월 며칠인지 날짜도 모른 채 끝없이 걸었다. 내내 배가 고팠다. 어쩔 수 없이 빨치산이 되어버린 인민군들은 마을에 들어가 식량과 가축을 빼앗는 것을 보급투쟁이라 부르며 정당화했으나 두 사람은 차마 그러지를 못했다. 어쩌다가 노인들이 지키는 외딴집에 가서 사정해 밥 한끼 얻어먹고, 마지막 남은 상비약을 솜옷과 바꾸고 인민군복은 산속에 묻어버린 게 전부였다.

민간 복장을 한 뒤에도 권총은 버리지 않고 허리에 찼으나 한번도 뽑아보지 않은 채 걸인이나 다름없이 헤매고 다녔다. 간간이 마을 근처에 숨어들어가 과수나무에 한두개씩 남은 사과며 배를 따먹기도 하고, 밭에 남은 무와 배추를 뽑아 먹기도 했으나 허기를 채울 수 없었다.

늦가을 달밤의 공기가 싸늘한 어느 공동묘지를 지날 때였다. 몸과 마음이 모두 지칠 대로 지친 정찬우가 긴 침묵을 깨뜨렸다.

"어떤 무사는 스스로 일곱가지 환난과 여덟가지 고통을 자신에게 베풀어달라고 기원했다는데."

고달픈 마음을 반대로 표현한 것이었다. 이옥련이 힘없는 음성으로 받았다.

"그런데 전 어째서 이리 연약할까요?"

"그야 신념이 없기 때문이지요."

"우리도 신념을 가져보았으면 좋겠어요."

"억지로요?"

정찬우가 말끝을 높이자 이옥련은 낮게 웃으며 말했다.

"정선생님이 서울에서 진주까지 얼마나 많은 사람들에게 사회주의에 대한 자신의 신념을 웅변했는지 잊으셨나요?"

"그렇게 보면 그렇겠군요. 하지만 나는 학문적 견지에서 부르주아 교육과 문화의 여러 문제들을 지적한 것이지, 나 자신이 혁명가로서 투쟁을 선동한 것 같지는 않소."

"그게 그것 아닌가요? 정선생님뿐만이 아니라 저도 마찬가지고요."

이옥련은 다시 소리 내어 웃었다. 적막한 공동묘지 위에서 남몰래 피난하고 있다는 것도 잊은 듯 소리 내어 웃는 그녀의 모습이 묘하게 처량했다.

북으로도 가지 못하고 바다를 찾지도 못한 채 이리저리 마을과 사람을 피해 방랑하는 사이 겨울은 빠르게 다가왔다. 그리고 허기만큼이나 무서운 추위가 밀려왔다.

7장
이영회 부대

북방의 겨울만큼이나 춥고 눈이 많은 해였다. 산중을 헤매고 다니는 두 사람에게는 더욱 혹독한 시간이었다. 하천들은 얼어붙고 산악과 들판이 무릎까지 빠지는 눈으로 덮인 1950년 12월 하순, 두 사람은 지리산을 동쪽으로 돌아 경상남도 하동 땅에 들어섰다.

정확한 지명도 모르는 산중에서 갑자기 몰아치는 눈보라를 만난 두 사람이 폭설을 피해 쉬어갈 만한 곳을 찾아 헤매고 있을 때였다.

"거기 섯! 손 들어!"

앙상한 나무 사이에서 장총에 세모칼을 꽂은 보초 한명이 나타났다. 다른 한명은 눈 위에 엎드린 채 기관총을 겨누었고 나무 위에도 한명이 올라가 있었다. 다들 군모는 안 썼으나 속에는 인민군 복을 입고 겉에는 두터운 겨울 두루마기를 걸치고 있었다. 인민군 유격대였다.

"천천히 앞으로!"

여차하면 총탄이 날아올 상황이었다. 두 사람은 양손을 치켜든 채 조심스레 눈길을 헤쳐나갔다.

"그만!"

보초는 두어걸음 물러서서 두 사람을 살피며 물었다.

"무얼 하러 가는 사람이오?"

"진주로 가는 피난민이오."

정찬우가 되는대로 답하는데 엎드려 기관총을 겨누고 있던 병사가 이옥련의 허리에 찬 권총을 발견하고 날카롭게 소리쳤다.

"피난민이 무슨 권총? 저 여성 동무레 옷을 벗기고 몸을 뒤져보라우!"

정찬우는 이를 악물었다. 저항할 수는 없었다. 그때 숲 위쪽에서 고함이 들려왔다.

"거 웬 사람이야?"

"자칭 진주행 난민이랍니다."

"이리 올려보내!"

보초에게 이끌려 올라가니 눈발 날리는 골짜기에 조그마한 천막이 눈에 들어왔다. 천막 안에는 지휘관인 듯한 사람들이 모닥불을 피워놓고 있었다. 나무 타는 냄새가 그윽했다.

"뭘 하는 사람이오?"

올려보내라고 명령한 사람의 질문에 피난민이라고 답하니 수긍할 수 없다는 표정을 지었다.

"무어, 피난민? 부부간이오?"

미처 대답을 못하는데 이옥련이 대신 답했다.

"오누이 간이어요."

"오누이라?"

사내는 믿기지 않는 듯 고개를 모로 꺾으며 쏘아보았다. 다른 사내가 협박조로 파고들었다.

"바른대로 토하는 게 유리할 거요. 탈영병인 게 밝혀지면 총살이오."

"어김없습니다."

정찬우는 모든 것을 체념한 만큼 침착하게 대답했다. 그때였다. 천막 앞을 지나던 사내 하나가 멈춰서서 정찬우를 살펴보더니 큰소리로 말했다.

"이게 누구요? 교육위원 동무가 웬일입니까?"

102부대장 정세룡이었다. 다시는 만나고 싶지 않았던 사람이지만 이때만큼은 반가웠다. 정찬우는 평소의 말투와 달리 과장된 큰소리로 그를 반겼다.

"아, 정세룡 동무! 이거 반갑습니다!"

정세룡은 놀라 쳐다보는 인민군들에게 정찬우를 소개했다.

"이분은 김일성 수상께서 직접 신임장을 주어 파견한 교육위원 동무요. 탈영병이 아니라 평양으로 올라오라는 소환 명령을 받고 올라가시는 길이오. 어서 사과하고 풀어주시오."

천막 안의 분위기는 순식간에 바뀌었다. 가장 매섭게 심문하던 대대장 임호가 머리를 조아리며 사과했다.

"그러신 줄 모르고 실례가 많았습니다."

"괜찮습니다. 직무 수행상 그런 거니 이해합니다. 여러분의 정체를 알 수 없어서 신분을 숨긴 제가 불찰입니다."

임호는 두 사람을 모닥불 곁에 오게 하고는 연락병을 불러들여 지시했다.

"여성 동무를 심영숙 군관의 의무대 천막으로 모시고 가서 점심을 대접하시오."

심영숙은 여기서도 여전히 의무대를 이끈다는 사실을 알 수 있었다. 이옥련은 연락병을 따라가고, 정찬우는 임호 대대 지휘부에서 점심을 먹었다.

"어차피 북상 길은 차단되었으니 교육위원 동무도 저희 지휘부에 합류해 유격전을 지도하시지요."

식사를 마치고 쉬는데 임호가 제안해왔다. 예상하고 있던 정찬우는 준비하고 있던 답변을 했다.

"문화요원들은 평양으로 복귀하라는 당의 명령이 아직 유효하니 바다를 통해서라도 올라가야지요."

"바다로 향하신다는 게 거의 불가능할 겁니다."

"왜요?"

"우선 삼천포든 부산이든 바다까지 빠져나갈 방도가 없으니까요. 이곳 지리산과 백운산의 모든 저지대가 적들에게 장악되었습니다. 거길 어찌 통과해서 무슨 수로 밀항선을 타시려 합니까?"

"………"

사실 항구로 가는 것은 벌써 포기하고 방황하던 정찬우는 변명도 못한 채 가만히 있었다. 국군에게 투항을 하거나 도시로 도망치지 않았다 뿐이지 사실상 탈영병이나 다름없었다. 눈치를 아는지 모르는지 임호가 충고했다.

"지금 중국공산당 팔로군 백만 대군이 밀고 내려오는 중입니다.

머지않아 남조선은 다시 해방될 것이니 굳이 위험을 감수하지 말고 이곳에서 함께 싸웁시다. 유격전 지휘부에 가서 김면 여단장과 이영회 사령관을 만나 상의해보시지요?"

중국군이 밀고 내려오는 상황에서 굳이 밀항해 북으로 가겠다고 나서는 것은 탈영을 하겠다는 뜻으로 간주되기에 충분했다. 할 수 없이 유격전 지휘부가 어디냐고 물으니 정세룡이 안내를 자처했다.

배불리 밥을 먹는 사이에 눈은 그쳐 있었다. 정세룡이 멀찌감치 앞서고 그 뒤를 따라 정찬우와 이옥련 두 사람은 지휘부를 향해 떠났다.

하동군 화개면 용강마을과 삼거리를 지나는 사이에 천여명의 인민군 패잔병이 몰려 있었다. 삼거리에서 의신마을에 이르기까지 긴 쌍계사 골짜기의 요소요소에도 다발총을 든 보초들이 걸어다니며 지키고 있었고 햇볕이 들기 시작한 양지쪽 곳곳에는 후방대원들이 곳곳에 퍼더앉아 옷을 뒤집어가며 이를 잡고 있었다. 마을 주변에는 온통 인민군 병사들의 흔적이 널려 있었다. 설거지를 하며 흘린 밥알이며 곳곳에 싸놓은 대변들이며 낡아 벗어버린 발싸개 같은 쓰레기들로 더러웠다.

"저 집을 지휘처로 정했습니다."

정세룡은 두 사람을 이끌고 마을로 들어섰다. 극빈한 산촌 마을의 작은 집 중에서는 비교적 큰 집이었다. 초가이기는 해도 여덟칸 겹집으로, 대청과 온돌이 구비되어 있었다.

"여단장 동무 계십니까? 정찬우입니다."

"교육위원 동무, 여기 웬일입니까? 북상하지 않으셨소?"

마루로 뛰어나오며 반가워하는 김면의 얼굴은 두달 사이에 폭삭

늙어버렸다. 105부대장 이봉춘도 와 있어 반갑게 악수를 나누었다. 이영회와는 첫 대면이었다.

"처음 뵙겠습니다. 이영회입니다."

말투부터가 씩씩한 사내였다. 그는 전쟁이 터지기 한참 전인 1948년 10월 여수의 국군 제14연대 3천명을 이끌고 무장반란을 일으킨 국군 장교 중 한명으로, 이 무렵 지리산유격대 사령관을 맡고 있었다.

김면을 비롯한 지휘부 간부들도 정찬우의 월북 계획을 듣고 난색을 표했다. 본래 지리산유격대를 이끌던 총사령관 이현상이 9·28후퇴 때 강원도 철원까지 올라갔다가 남부군이라는 이름으로 천여명의 유격대를 편성해 태백산맥을 따라 남하하는 중이라는 새로운 정보도 알려주었다. 이미 월북을 포기한 두 사람은 순순히 그들의 말에 따르기로 했다.

사랑방의 온돌은 따뜻하게 데워져 있었다. 오랜만에 점심을 넉넉히 먹은 두 사람은 저녁으로 소고깃국에 뜨끈뜨끈한 밥을 배불리 먹고 뜨거운 온돌바닥 위에 지친 몸을 눕힐 수 있었다.

며칠을 그렇게 편히 지내다보니 불편했던 마음도 적응이 되었다. 지휘부에 속해 있는 한 굶주리거나 얼어 죽지는 않을 것도 같았다. 그러나 틀린 생각임이 금방 드러났다.

해가 바뀌어 1951년이 되고 나서 며칠이나 지났을까, 한가한 저녁시간을 보내고 있는데 연락병이 뛰어들어왔다. 경계병들이 보낸 쪽지를 읽는 이영회의 낯빛이 굳어졌다. 그는 서둘러 참모들을 소집했다.

"이거 큰일 났습니다. 적의 대병력이 사방에서 밀려오고 있답니다. 괴뢰군 정예부대인 듯합니다."

두 시간이나 계속된 참모회의 끝에 이영회는 결정을 내렸다. 먼저 부대별로 어디로 갈 것인가 지시한 다음 말했다.

"내일 새벽 여섯시에 각 부대별로 이곳을 빠져나갑니다. 장시간의 전투에 대비해 오늘밤에 미리 주먹밥 등을 준비하시오. 떠날 때에는 물가나 골짜기에 불을 질러 적의 신경을 혼돈케 하고, 군호는 '혈로—타개'로, 비상선은 써리봉으로, 최종비상선은 가야산으로 합니다."

"알겠습니다."

참모들은 제각기 비장한 얼굴을 하고 어둠속으로 사라졌다. 정찬우는 새벽의 기동을 위해 눈을 붙이려 애썼으나 잠이 오지를 않았다. 반년이 넘게 산야에서 노숙하며 수없이 끔찍한 시체를 보고 폭격을 겪거나 굶주림에 시달렸어도 적응이 되지를 않았다. 내일 또 다가올 시련의 무게가 가슴을 짓눌렀다. 암담한 전쟁에 대한 두려움과 회의가 제멋대로 환상을 만들어 머리를 들쑤셨다. 새벽 세시, 네시가 지나 첫닭이 울 때까지 뜬눈으로 밤을 지새우고 말았다.

예상대로 날이 새기도 전에 고지에서 포 소리가 울리더니 중기관총 소리가 계곡을 흔들어댔다. 새벽 여섯시, 긴 겨울밤이 아직 세상을 두텁게 덮고 있는 시간이었다. 사방의 능선에서 국군이 쏘아대는 경기관총과 카빈 소총 소리가 얼어붙은 공기를 깨뜨리는 듯했다.

"출발을 서두르시오!"

이제 출발하면 언제 다시 밥 구경을 하게 될지 몰랐다. 유격대원들이 자기 몸처럼 꽁꽁 언 밥을 입김으로 녹여가며 뜯어 먹고 있는

데 제트기 편대의 폭격이 시작되었다.

"안되겠소. 선두 출발!"

이영회의 명령이 떨어졌다. 장사진을 이룬 대원들은 눈에 덮여 은빛으로 빛나는 겨울 숲을 실처럼 꿰듯 길게 늘어서 전진했다. 순서를 따질 여유도 없었다. 하늘이 흔들리고 땅이 무너지는 포탄 세례, 소낙비처럼 쏟아지는 탄환들, 화약 냄새와 매캐한 포연이 어차피 이들 대부분을 죽음에 몰아넣을 것이었다.

죽음의 공포는 전쟁 첫날부터 시작되었지만, 적어도 처음 한두 달은 승전의 희망이라도 갖고 있었다. 개전 반년 만에 추위와 배고픔에 시달리며 이 산 저 산으로 도망치는 신세가 된 지금에 와서는 저주와 체념밖에 남지 않았다. 어디로 달아나면 살아날 것이라는 희망조차 없이, 단지 가만히 앉아 있으면 총포에 맞아 죽거나 얼어 죽을 판이라 도망치는 신세였다.

동서 길이가 수십 킬로미터라 해도 남북은 짧아서 한나절이면 주 능선까지 오를 수 있는 지리산은 사냥거리도, 채취할 나물도 찾을 수 없는 황량한 겨울산이었다. 비행기까지 동원한 토끼몰이나 마찬가지였다. 국군은 온 사방에서 철모를 번쩍이며 포위망을 좁혀들어왔다. 의신마을과 대성골을 벗어나려던 대원들은 몇시간도 안되어 앞뒤 사방으로 완전히 포위되고 말았다.

정찰기는 쉴 없이 상공을 떠돌며 이들의 이동경로를 보고하고, 뒤따라 날아온 제트기는 정확히 그들의 머리 위에 폭탄과 기관총탄을 퍼부었다. 불굴의 투지를 가진 이영회가 목이 쉬도록 고함을 치며 진두지휘했으나 그 자신도 어디로 빠져나가야 할지 모르는 판이었다.

"소이탄이다!"

우왕좌왕 헤매는 대원들의 머리 위로 이번에는 수송기가 여러대 날아와 검은 물체들을 떨구었다. 휘발유가 담긴 드럼통으로, 마개가 열려 있었다. 수송기들이 몇차례나 날아와 휘발유를 붓자 마지막 편대가 조그만 폭탄들을 골짜기 곳곳에 날려보냈다. 소이탄이었다. 눈에 덮인 하얀 골짜기는 이내 시뻘건 불바다가 되어 시커먼 연기를 뿜어내며 타오르기 시작했다.

발에 채는 게 시체였다. 팔다리며 내장이 떨어져나와 사방에 흩어지거나 마른 나뭇가지에 걸려 핏물을 떨구었고 곳곳에 하얀 이를 드러낸 채 검은 숯덩이가 되어버린 시신들이 고기 타는 냄새를 뿜어냈다.

"손 들어라! 움직이면 쏜다!"

포위망을 좁혀오는 국군 돌격대와 수색대원들의 고함 소리 앞에서 절규와 같은 고함 소리가 들려왔다.

"국군 만세!"

"대한민국 만세!"

총을 버리고 투항하는 빨치산들이 지른 항복의 절규였다. 작렬하는 포탄과 불바다 속에서도 운 좋게 살아남은 패잔병들은 곳곳에서 손을 들고 나갔고 심한 부상을 입은 이들은 그 자리에서 사살당했다. 모두가 절망이었다. 죽음의 문이 열린 것이다.

"고지를 점령하라, 고지를!"

후리후리한 키에 양털 점퍼를 걸친 문광 소좌가 소리쳤으나 아무도 그 뒤를 따르려 하지 않았다.

"내려가면 죽는다. 위로 올라가자!"

긴급 통신문을 가져왔던 대좌가 권총을 빼들고 독전하다가 국군 수색대원의 조준사격을 받아 쓰러졌다. 주변에 남은 지휘관은 이 영회뿐이었다. 정찬우와 이옥련은 이영회 일행을 따라갔다. 연락 병이 달려와 이영회에게 보고하는 소리가 들렸다.

"경남도당 배위원장이 전사했습니다. 문광 소좌도 죽었습니다."

보고를 마치고 돌아선 연락병은 몇발짝 못 가서 어디선가 날아 온 유탄에 맞아 고꾸라져버렸다. 이영회는 연락병의 생사를 확인 할 겨를도 없이 앞장서서 외쳤다.

"나를 따르라! 고지를 점령해야 산다!"

남해여단장 김면도 그때까지 살아 있었다. 김면이 소리쳤다.

"사령관을 따르자! 골짜기로 내려가면 죽는다!"

지휘부 주변으로 수백명이 모여들었다. 그나마 대부분은 비무장 요원이었다. 무장한 백여명의 보위부대가 가진 총은 탄알이 거의 떨어져 빈 총이나 마찬가지였다. 비서나 위생지도원으로 일하던 여성들이 다수였다.

"앞뒤 거리 확보! 보위대원들은 반격하라!"

용감한 이영회는 명령을 계속했다. 보위부대원들은 좌로 우로 적당한 거리를 유지하며 고지대로 앞장섰다. 주 능선 어디엔가는 국군의 대열이 끊어진 곳이 있으리라는 게 유일한 희망이었다. 주 능선만 넘으면 살아서 남원 쪽 어느 골짜기로 도망칠 수 있을 것 같았다.

이옥련은 어떤 상황에서도 정찬우와 떨어지지 않으려고 곁에 바 짝 따라붙었다. 정찬우도 끊임없이 그녀의 존재를 확인하며 이영 회를 따라갔다.

"옥련씨! 우리도 벽소령 쪽으로 올라갑시다!"

너덜바위 지대가 나왔다. 두 사람은 한걸음 가다 돌아보고 두걸음 가다 돌아보며 서로 끌어주고 밀어주며 험한 바위 지대를 지나갔다. 쏟아지는 탄환을 뚫고 전진하는 동안 대오는 절반으로 줄고 다시 3분의 1로 줄었다. 그러다보니 정찬우 앞에 있던 사람들은 거의 다 사라져버렸다.

"고지를 점령하자!"

미친 사람처럼 외쳐대는 이영회 뒤에 심영숙이 따르고 그 뒤에 정찬우와 이옥련이 따라갔다. 절망으로 아우성치는 반격대오, 콩 볶듯 하는 집중사격, 숨찬 목에서 올라오는 쇠 냄새, 그 모든 것이 환상 속에 벌어지는 일만 같았다.

이옥련이 풀썩 쓰러졌을 때에도 그랬다. 악몽의 한 장면 같았다. 낮은 비명과 함께 쓰러진 이옥련의 왼쪽 가슴에서 솟구친 선혈은 흰 솜옷을 순식간에 적셔들어갔다.

"정신 차려요! 옥련씨!"

부축해 일으키려 했으나 이옥련은 축 늘어진 채 호응을 하지 못했다. 다만 마지막까지 그와 눈을 맞추려 애썼다. 눈물 고인 까만 눈동자는 빠르게 초점을 잃어갔다. 이옥련은 끝내 아무 말도 못하고 그에게 잡힌 손에 힘을 주는 듯하더니 이내 목덜미를 떨구었다.

"옥련씨! 옥련!"

흔들어대며 불러보았으나 아무런 반응이 없었다. 반쯤 감긴 눈을 쓸어 감겨주는 일밖에는 할 수 있는 것이 없었다. 다른 대원들이 모두 지나쳐 능선에 오를 때까지 그는 이옥련의 시신을 끌어안고 주저앉아 있었다.

마지막 살아남은 반격대오가 마침내 능선에 올라섰으나 이제는 아무도 함성을 지르지 않았다. 국군이나 정찰기에 발견되기 전에어서 조용히 북쪽 골짜기로 내려가야 했다. 정찬우의 모습을 본 이영회가 부하를 보내 시신을 능선 너머로 옮기게 했다.

이영회를 따라 능선을 넘은 대오는 수십명밖에 되지 않았다. 대성골 쪽에서는 포성이 사라지고 총성만 들려왔으나 여전히 마음 놓을 수는 없었다. 고지에서 조금 내려온 곳에 이옥련을 묻어주고 가려 했으나 땅이 얼어 팔 수가 없었다. 바위와 바위 사이에 눈을 치우고 고이 눕혔다. 눈물이 끝도 없이 흘러내렸다. 털 점퍼로 피에 젖은 가슴을 덮어주고 목도리로는 손발을 싸주고 수건으로 얼굴을 가려주었다.

"갑시다."

이영회가 정신을 놓고 눈물을 닦는 그의 어깨를 두드렸다. 정찬우는 차마 발길을 옮길 수 없었다.

"사령관님, 부탁합니다. 간단한 영결식이라도 하고 갑시다."

이영회도 동의해주었다. 이영회는 경기관총 사수와 다발총을 멘 대원을 고지 쪽과 아래편에 배치한 후 잠시 영결식을 할 시간을 주었다.

대원들은 이옥련의 시신 위에 나뭇가지를 꺾어 올려놓고 눈 속에서 긁어낸 낙엽으로 덮었다. 그사이 정찬우는 곁에 있는 소나무 밑동에 '이옥련의 묘'라고 손칼로 새겼다. 정찬우와 심영숙이 짧은 추모사를 할 때 모두들 고개를 숙이고 손등으로 눈물을 찍어냈다. 몇몇 대원은 눈밭에 주저앉아 엉엉 소리 내어 울기까지 했다. 이옥련 하나를 애달파하는 울음이 아니라 대성골에서 죽어간 모든 대원들을 슬퍼하는 통곡이었다.

이영회는 푸른 솔가지를 꺾어 머리맡에 꽂아주는 것으로 영결식을 마치며 말했다.

"놈들의 학살이 아무리 지독하다 해도 우리처럼 살아남아 빠져나온 대원이 상당히 있을 것이오. 비상선으로 정한 써리봉 쪽으로 갑시다. 만일 여의치 않으면 가야산까지 가야 합니다."

대성골의 총성은 계속되고 있었다. 중상을 입은 빨치산을 사살하거나, 잔존 빨치산이 숨어 있을지도 모르는 산대나무 숲에다 무작정 갈겨대는 총성일 것이다. 이제 풀포기까지 헤아리는 수색작전에 들어간 것이다. 김면이 재촉했다.

"어서 갑시다. 분명 놈들은 탈출자를 쫓아 능선을 넘어올 것이오."

이영회는 명령을 내렸다.

"출발!"

영을 내리는 이영회의 눈에서도, 뒤를 따르는 패잔병들의 눈에서도 아직 눈물이 마르지 않은 상태였다.

"정선생님, 어서 가시자우요."

심영숙의 재촉을 받았지만 차마 뒤돌아서지 못하는 정찬우의 표정은 그중에서도 제일 가련했다. 마지못해 돌아서서 일행을 뒤따르는 정찬우의 발길은 중심이 없었다. 몇번이고 돌에 채고 나뭇가지에 부딪히며 뒤를 돌아보곤 했다. 여전히 흘러내리는 눈물이 세수를 못해 시커먼 뺨과 턱을 따라 내리며 옷깃을 적셨다. 영하 20도까지 내려가는 산마루의 바람은 뼈까지 부서뜨리는 듯했다. 눈물에 젖은 볼이 얼어터지는 듯싶었다.

국군의 추적은 빨랐다. 먹을 것, 입을 것 풍부하고 교대로 수면을 취하면서 투입되는 국군 병사들은 원기왕성했다. 눈길이라 추적을 피할 도리도 없었다. 맨 뒤 대원이 솔가지로 발자국을 지우려 애썼지만 굳은 눈 위의 자국은 쓸어지지가 않았다.

"누렁개들이 추격해옵니다."

연락병이 황급히 말했다.

"추격대쯤은 문제가 아니다. 지옥에서도 빠져나온 우리다."

이영회의 대답은 힘차면서도 악착같았다. 그런데 순간, 어디서 날아왔는지 유탄 하나가 심영숙의 왼쪽 팔을 꿰뚫었다. 이영회는 바위 사이로 그녀를 끌고 들어갔다.

"그냥 가시자요. 뒤에 적이 와요."

심영숙이 재촉했으나 이영회는 응급조치를 서둘렀다.

"이대로 가면 피가 다 빠져 죽는다. 빨리 지혈이라도 시켜라!"

이영회는 엉거주춤하고 서 있는 위생병에게 호령했다. 심영숙은 아픔을 참느라고 입술을 지그시 깨물고 있었다. 위생병이 꽁꽁 언 자기 손을 불어가며 응급조치를 마친 후에야 이영회는 출발명령을 내렸다.

굶주림과 추위를 무릅쓴 강행군 끝에 자정 무렵이 되자 비교적 조용한 골짜기에 이를 수 있었다.

"여기서 쉬어갑시다."

모두들 솔가지를 꺾어 눈을 쓸고 나뭇가지를 간 후 외투를 이불 삼아 눈을 감았지만 정찬우는 한숨도 잘 수 없었다. 서울 삼각산 아니면 임꺽정이 살았다는 양주골 같은 곳에 남몰래 오두막을 지어놓고 자기 집에서 식량을 날라다 먹으며 살자던 이옥련의 말이 머리를 맴돌았다. 며칠 전 이영회 부대에 합류하던 날, 쌍계사 골짜기를 오르며 이옥련이 했던 말이 유언처럼 떠올랐다.

"이러다가는 결국 저를 빼앗기고 말 거예요."

결국 전쟁 귀신에게 빼앗기고 말 것을, 자기 자신도 머지않아 깊은 산속에서 얼어 죽어 귀신이 되고 말 것을, 왜 끝까지 패잔병 대열에서 벗어나지 못했던가, 밀려오는 후회를 견딜 수가 없었다. 다른 사람들이 듣지 못하도록 이를 악문 채 소리 죽여 울고 또 우는 사이 날이 샜다.

"모두 일어나시오!"

눈을 비비면서 말하는 이영회의 얼굴은 어느 때보다 핼쑥했다. 일동은 다들 벌떡 일어났다. 추위에 시달리느라 벌써부터 깨어 있었던 것이다. 탈출구라곤 없고, 군경 토벌대를 피해 수없이 지났던 길을 다시 맴도는 비참한 행군이 시작되었다.

정찬우는 그러나 한번에 몸을 일으킬 수 없었다. 중풍 환자처럼 온몸이 후들거렸다. 양손으로 바닥을 짚고 비틀거리며 겨우 일어났으나 다리에 힘이 들어가질 않았다. 혼신을 다해 걸으려 해도 궁둥이가 자꾸만 뒤로 빠지고 무릎관절이 저절로 접혔다. 내려가는 경사로에서는 더욱 힘이 빠져 계속 주저앉았다. 차라리 그 자리에 주저앉아 국군이 오기를 기다리고 싶었다. 죽이든 살리든 더이상은 걸을 수 없을 것 같았다.

"교육위원 동무, 도저히 못 가겠소?"

정찬우가 따라오지 못하는 걸 본 김면이 걱정스레 물었다.

"걸음이 걸어지지를 않습니다. 저를 버리고 가십시오."

"그럴 수는 없소."

김면은 정찬우의 팔을 잡아 자기 어깨에 걸치게 했다. 한결 살

것 같았다. 몸도 지쳤지만 이옥련을 잃은 마음의 충격으로 정신을 놓은 자신이 부끄럽고 미안했다. 어떤 최악의 상황에서도 약해지지 않는 이영회의 힘찬 목소리가 들려왔다.

"달뜨기 능선을 따라 진주 쪽으로 내려갑시다!"

느지막이 떠오른 겨울 해가 지리산의 동쪽 끝에 남북으로 긴 병풍처럼 서 있는 달뜨기 능선을 붉게 적시고 있었다.

8장

상여를 타고

지리산의 주 능선을 벗어나 남쪽으로 향한 일행은 야산의 칠부 능선을 따라 온종일 행군하여 어둠이 깔릴 무렵 진주에서 멀지 않은 산기슭의 열가구가 안되는 작은 마을에 이르렀다.

"국군이 여기까지 오지는 않았을 듯하니 어두워지기를 기다렸다가 이 마을에서 식량을 보급합시다."

사위가 깜깜해지자 이영회는 마을을 정탐할 네명의 대원을 보내고 주변 산등성이에도 초병을 배치했다. 정찬우도 권총을 빼들고 수확이 끝난 밭 위편에 웅크려앉아 사주경계를 맡았다. 정탐 대원들은 조심스럽게 행동했다. 한참이 지나서야 마을에서 개 짖는 소리가 났다. 한 대원이 눈 쌓인 밭을 가로질러 돌아와 보고했다.

"민주부락입니다. 군경은 없고 식사를 대접하겠다고 합니다."

두어집에 등잔불이 밝혀지는 게 보였다. 이영회는 그래도 안심하지 않고 마을 곳곳에 초병을 배치해놓은 뒤 내려가며 말했다.

"교육위원 동무는 안전이 확인될 때까지 여기 잠복해 있도록 하시지요."

다시 한참을 기다려서야 전령이 왔다. 안전하니 내려오라는 것이었다. 정찬우는 몇명의 대원들과 함께 제일 모퉁이의 초라한 초가에 배치되었다.

민주부락이라고 했지만 중년의 주인 내외는 벌벌 떨고 있었다. 방이 한칸뿐이라 어쩔 수 없이 안방에 들어갔는데 어린아이들이 겁을 집어먹고 이불 속에서 웅크리고 있었다.

"걱정 말아라. 우리는 나쁜 사람들이 아니란다."

겁먹은 아이들을 달래주고는 뜨뜻한 방바닥에 다리를 펴고 앉으니 금방 잠이 쏟아졌다. 부엌에서 들어오는 장작 때는 냄새와 밥 익는 냄새를 맡으니 고향 집에 온 기분이 들었다. 몇분인가 그렇게 졸고 있을 때였다.

"적이다!"

멀리서 들려오는 외침과 거의 동시에 양쪽에서 쏘아대는 총성이 고요한 산동네를 울렸다. 마을 주민 중 누군가 몰래 빠져나가 신고했거나, 아니면 국군이 일부러 마을을 비워놓고 근처에 잠복했다가 등잔불이 켜지는 것을 신호로 기습한 것 같았다.

벌떡 일어난 정찬우는 무작정 몸을 날려 뒷문을 박차고 어둠속으로 뛰쳐나갔다. 키 높이의 돌담을 어떻게 한번에 뛰어넘었는지 기억도 나지 않았다. 죽음의 공포는 사람을 초인으로 만드는 것 같았다. 언제 따라붙었는지 대원 하나가 그를 휙 앞질러서 달려갔다. 그러나 총알보다 빠를 수는 없었다.

"서라! 쏜다!"

요란한 총성과 함께 귀 옆으로 탄알 날아가는 소리가 '새―액' 하고 나더니 앞서 가던 대원이 푹 고꾸라져버렸다. 그 대원을 돌볼 겨를도 없었다. 무작정 달렸다. 탄알이 땅바닥에 부딪쳐 튀고 바로 옆 나무줄기에 처박혔다. 이상하게 두 다리가 아무렇지도 않았다. 이옥련의 죽음 직후 한걸음도 떼기 힘들었던 다리가 이제는 날아갈 듯 가벼웠다.

"저기 한놈 달아난다! 집중사격!"

추적대는 끈질겼다. 달밤의 희미하고 어두운 길을 달리고 또 달려도 계속 따라왔다. 목숨을 운에 맡기고 뛰다보니 마지막에 두길 가량 되는 낭떠러지가 나타났다. 밑으로는 남강이 흐르고 있었다. 계곡의 하천들과 달리 얼지는 않았다.

"저기다! 거기 서라!"

국군의 고함 소리와 함께 총알이 핑핑 스쳐갔다. 망설일 겨를도 없이 낭떠러지 아래로 뛰어내렸다. 강가의 모래톱에 시신 하나가 엎어져 있었다. 추적대가 오기 전에 강물을 가로질러야 하는데 깊이를 알 수 없었다. 수영도 할 줄 몰랐다. 시신 옆에 버려진 지팡이가 눈에 띄었다. 얼른 집어들고 강물로 달려갔다. 얼음 사이로 잔잔히 흐르는 강물은 깊지 않았으나 낮과 달리 시커메서 몹시 괴상하고 무서웠다. 차가운 물에 잠긴 종아리가 끊어질 듯 아파왔다. 잠깐 머뭇대고 있는데 구름 사이로 하얀 달이 얼굴을 내밀었다. 달빛이 비치며 강물 가운데 주춤대는 그의 모습이 드러나자 또다시 총탄들이 날아와 여기저기 하얀 파문을 일으켰다. 허겁지겁 그 자리를 벗어난 그는 지팡이를 물속에 꽂고 그 위에 외투를 걸친 다음 모자를 씌워놓고는 얼음 사이로 강물을 거슬러올라가며 기도했다.

'달님이시어, 부디 구름 사이로 들어가주소서.'

간곡히 기원했다. 신기하게도 달이 구름 속으로 기어들고, 강둑에 몰려온 토벌대는 희미하게 보이는 외투와 모자를 향해 집중사격을 하느라 추격을 멈추었다. 허수아비를 향해 한바탕 총을 쏘아댄 추격대가 강변으로 내려오지 않고 돌아가는 모습이 보였다.

찬물에 젖어 허벅지 아래로는 감각이 없었지만, 야산의 중허리를 감고 돌아서 발길 닿는 대로 걸었다. 총소리가 점점 멀어지니 이제는 완전히 혼자라는 사실이 엄습해왔다. 그러자 고라니처럼 날래던 발이 또다시 쇳덩이처럼 무거워졌다. 도무지 바닥에서 떼어지지를 않았다. 낙엽 더미 속으로 파고들어 웅크리고 있다가 도저히 추위 견딜 수 없으면 다시 죽을힘을 다해 한걸음 두걸음 옮기기를 얼마나 했을까, 긴 겨울밤이 지나고 동쪽 하늘이 밝아왔다.

아무도 없는 줄 알았던 바로 머리 위쪽 산에서 연거푸 총성이 울렸다. 능선을 따라 배치되어 밤을 새운 국군이 새벽을 맞아 신호처럼 총을 쏘는 것이었다. 이쪽에서 쏘면 건너편 골짜기와 능선에서도 총성이 울렸다. 기동로에는 군인을 가득 태운 트럭이 속속 도착해 수백명의 토벌대를 부려놓았다. 수색에 나선 그들은 능선을 따라 고지로 오르기 시작했다. 능선 위에서 아래로 빗살처럼 훑기 위함이었다.

포위되기 전에 벗어나보려고 길도 없는 야산의 중허리를 따라 걷기 시작했다. 그러나 가시나무에 수도 없이 찔리고 쌓인 눈과 낙엽에 미끄러져가며 한나절이나 걸어도 겨우 아침에 건너다보았던 능선에 와 있을 뿐이었다. 게다가 수십 미터도 안되는 거리에서 한

무리의 군인들이 대숲을 향해 소리치는 소리가 들려왔다. 납작 엎드려 지켜보았다.

"손 들고 나와라! 순순히 나오면 살려주마!"

국군의 고함에 이어 절규하는 듯 만세 소리가 이어졌다.

"이승만 대통령 만세!"

"대한민국 만세!"

국군의 웃음소리도 들려왔다.

"야, 시끄럽다. 알았으니까 그냥 손 들고 나와라."

"감사합니다!"

즉결처형의 총성 대신 들려온 국군들의 웃음소리는 투항하면 살수도 있겠다는 생각이 들게 했다. 그러나 손 들고 나갈 용기도 마음도 없었다. 이는 이옥련이 그토록 갈구했건만 정찬우가 끝내 대열을 이탈하지 못하고 오히려 지리산에서 그녀를 잃은 이유이기도 했다.

'저들이 나를 받아줄 리 없다. 남이든 북이든 나라에서 시키는 대로 끌려온 하급 병사들과 나는 다르다. 살아남은 최고위 간부 중 하나인 내가 저들에게 잡혀가 조사를 받으면 도대체 무슨 말을 할 것인가? 억지로 끌려왔을 뿐이라고? 누가 그 말을 믿겠는가? 여기서 죽으나 잡혀서 총살되나 마찬가지다. 이렇게 도망치다보면 살거나 죽거나 하겠지. 전쟁의 신에게 목숨을 위탁하는 수밖에.'

산허리를 한바퀴 더 도는 사이 산 그림자가 길어졌다. 수색대원들은 그제야 대오를 정렬해 골짜기 아래로 철수하기 시작했다. 정찬우는 마지막 수색에 걸릴까봐 도저히 사람이 비집고 들어갈 틈이라곤 없어 보이는 바위틈에 숨었다가 사방이 조용해지자 기어나왔다. 하지만 갈 곳이 없었다.

배가 고파 견딜 수가 없었다. 발길은 저절로 계곡 아래로 향했다. 훔치든 얻어먹든 인가 근처에 가야 살 수 있을 것 같았다. 그러나 산중의 어둠은 너무 빨리 덮쳐왔다. 얼마 못 가 방향을 잃어버리고 헤매는데 진눈깨비까지 내리기 시작했다. 바람이 매섭게 불어 얼어붙은 뺨을 때리는 젖은 눈송이가 쇠구슬처럼 아팠다.

사람 하나가 겨우 들어갈 만한 초분을 발견한 것은 눈발이 더 굵어졌을 때였다. 초분은 시신을 곧바로 땅에 묻지 않고 산중 움막에 방치해 뼈를 골라내는 남쪽 사람들의 풍습이었다. 가끔씩 발견되는 다른 초분들과 달리 퍽 엉성하게 가마니와 볏짚으로 대충 둘러놓은 것이었다. 살짝 가마니를 벌리고 손전등을 비춰보니 남자인지 여자인지 모를 시체 하나가 누워 있었다. 수도 없이 처참한 시체를 목격했음에도 시체는 여전히 무서웠다. 차마 들어가지 못하고 문 앞에 쪼그려앉았다. 녹은 진눈깨비가 목덜미로 파고들어 속옷까지 적시자 견딜 수 없어 초분 안으로 기어들어갔다.

시신에 몸이 닿지 않으려 애썼지만 너무 비좁아 도리 없이 나란히 몸을 붙이고 누웠다. 막상 몸을 붙여도 그다지 무섭지는 않았다. 몸이 자그마해서 여자 시신 같기도 했다. 두려움도, 허기도 잊은 채 곧장 잠에 떨어져버렸다.

볏짚 틈새로 들어오는 눈부신 햇살에 일어나 옆을 보니 젊은 여자의 시신이 통통 부은 채 얼어 있었다. 죽은 지 얼마 되지 않은 시체였으나 워낙 붓고 얼어서 살아생전의 모습은 찾을 수가 없었다.

바람이 잠잠하고 구름 한점 없는 하늘에서 미지근한 겨울 햇살이 쏟아지고 있었다. 해가 떴지만 총성이 없는 것으로 보아 토벌대가 오지 않는 날 같았다. 양지쪽에 터를 잡고 두견화와 싸리나무 가지를 모아 불을 지폈다. 속옷을 말렸으나 김만 무럭무럭 날 뿐 좀처럼 마르지를 않았다. 불을 크게 피울 수는 없었다. 연기가 없는 꽃나무라지만 전혀 없지는 않았다. 조금씩 피어나는 연기가 분산되도록 키질을 해가며 겨우 절반쯤 말렸을 때였다. 멀지 않은 아래쪽에서 고함 소리가 들려왔다.

"꼼짝 마라! 나는 빨치산이다! 쌀을 내려놓고 가라!"

몹시도 귀에 익은 목소리였지만 누군지 확신할 수는 없었다. 말리다 만 내의를 서둘러 집어 입고 눈을 퍼서 불을 끈 후 아래쪽으로 내려가보았다. 나무 사이에 숨어서 동정을 살피니 우마차에 쌀가마니를 싣고 가던 두 농부를 세워놓고 누군가 총구를 겨누고 호령하고 있었다.

"목숨만 살려주이소."

"저희들 것이 아닙니다. 경찰지서 겁니다. 빨치산에게 뺏겼다고 하면 저희를 죽이고 말 겁니다."

농부들이 애원했으나 빨치산이라 자청한 사내는 계속 고함쳤다. 등을 돌리고 있어 얼굴은 보이지 않았다.

"괴뢰군을 위한 양식이라고? 그러면 더욱 좋다! 전부 내려놓아라! 우차는 필요할 테니 가져가고."

윤성남의 목소리였다. 뒷모습도 분명 그였다. 그래도 혹시 몰라 더 지켜보았다.

"그랬다간 우리가 총살당합니다. 제발 살려주시오."

두 농부는 손을 모아 빌며 하소연했으나 윤성남의 음성은 단호했다.

"잔말하면 쏜다! 저 바구니에는 뭐가 있나? 저것부터 열어봐!"

농부들은 쌀가마니 위에 묶여 있는 대바구니를 내렸다. 찰떡과 김밥, 닭고기가 가득 들어 있었다. 윤성남은 우선 김밥 한뭉치를 입에 넣고 우물거렸다. 보고 있던 정찬우는 창자가 꿈틀거려 더 참을 수가 없었다. 일부러 발소리를 내어 기척을 알리며 말을 걸었다.

"윤동무! 윤동무가 맞소?"

놀란 윤성남은 총구와 함께 상반신을 돌리더니 잠시 멈칫했다. 초췌해진 정찬우를 미처 알아보지 못한 것이었다. 그러나 이내 소리치며 반가워했다.

"교육위원 동무! 살아 있었군요!"

윤성남은 김밥을 권하며 물었다.

"교육위원 동무는 어떻게 살아났습니까? 전 혼자서 이렇게 삽니다."

"이리저리 떠돌다보니 나도 혼자가 되었소."

"옥련 동무는 어디 있습니까?"

이옥련 이름이 나오자 김밥이 목에 걸렸다. 겁먹은 농부들이 지켜보고 있었다. 정찬우는 엄숙히 말했다.

"이 음식 바구니와 한동안 먹을 쌀만 조금 챙기고 나머지는 그냥 보내시오."

윤성남은 힘없이 반문했다.

"어차피 괴뢰군이 먹을 건데 차라리 태워버리고 말지요."

"저 쌀 없애면 놈들이 농민들의 쌀을 또 수탈할 것 아니오? 아니, 쌀을 뺏겼다고 당장 이들을 죽여버릴지도 모르잖소. 그냥 갑시다. 포위망이나 벗어나도록 합시다."

"이 쌀이면 해방이 될 때까지 버틸 수 있겠는걸요. 머지않아 중국 지원군이 여기까지 내려올 테니까요."

"해방?"

정찬우는 아주 잠깐 멍한 기분이 되었다. 해방이라니, 까마득히 잊어버렸던 단어였다. 그런 날이 다시 오리라는 희망조차도 사라진 지 오래였다. 다른 사람들은 중국군 백만 대군이 내려오고 있으니 남조선은 다시 해방될 거라고 말했지만, 자신은 한번도 그런 말을 해본 적이 없었다. 엄청난 공군력에 원자탄까지 가진 미군을 물리친다는 게 상상이 되질 않아서였다. 속마음을 감추고 엄하게 말했다.

"해방의 날을 생각한다면 인민들에게 더 잘해야 하는 것 아니오?"

불만을 감추지 못하면서도 윤성남은 한동안 먹을 만큼의 쌀만 빼앗은 후 농부들을 보내주었다. 그러고는 듣는 사람도 없는데 정찬우에게 속삭여 말하는 것이었다.

"교육위원 동무, 숨어 지내기에 아주 좋은 곳이 있습니다."

숲속을 헤치고 계곡을 건너 양지쪽 능선을 오르다보니 조그만 바위굴이 나타났다. 호랑이나 곰이 살았을 법한 굴은 바로 앞까지 가기 전엔 어디서도 눈에 띄지 않았다.

허리를 구부려 들어가보니 서넛은 넉넉히 누워 잘 수 있는 넓이였다. 햇살이 들어오지는 않아도 아늑해서 좋았다. 흙과 바위가 맞닿지 않는 틈바구니는 나뭇가지로 메워 바람을 막았고 냄비와 수저 같은 식기며 담요에 목침까지 갖추고 있었다. 연기가 덜 나는 두건화와 싸리나무도 꽤 쌓여 있었는데 그 뒤로 반가마니는 될 쌀에 소금이며 고추장까지 저장되어 있었다.

윤성남은 싸릿가지로 불을 피워 몸부터 녹이게 했다. 모처럼 아늑한 굴속에서 구운 떡으로 배를 채운 정찬우는 비로소 이옥련의 죽음이며 이영회 부대와 헤어지게 된 이야기를 해주었다.

눈물을 흘리며 듣던 윤성남도 자신이 어떻게 살아남았는가, 긴 이야기를 풀어놓았다. 운장산 모퉁이에서 갈라졌던 그가 결국 차를 버리고 유격대에 편입되어 지리산까지 내려오는 사이에 겪은 일들은 정찬우의 경험과는 또 달랐다. 하급대원으로 활동한 그는 이영회 지도부와 합류한 정찬우로서는 알 수 없었던 온갖 추한 이야기들을 알고 있었다.

"양심의 가책을 받지 않는 날이 없었습니다. 야밤에 마을에 침입해 식량과 가축을 빼앗고, 밥술이나 먹는 사람은 반동분자라고 죽여버리고, 돌아올 때에는 인민들이 애써 지은 학교나 관공서를 불태워버리는 게 무슨 구국투쟁이요, 해방투쟁입니까? 자수하려고 도망쳤다 잡히거나 저처럼 이탈한 자는 돌로 쳐 죽이지 않으면 죽창으로 피 곤죽을 만들어버리는데 차마 못 보겠더구만요."

윤성남은 전쟁 전부터 지리산 일대에서 빨치산으로 활동했던 이들과 전쟁 때 함께 내려온 인민군 출신 패잔병들 사이의 갈등에 대해서도 말했다. 빨치산 출신 대원들의 포악성을 지적하던 인민군 중좌를 간호원과 간음했다는 이유로 돌로 쳐 죽였으며 이에 분개한 중좌의 연락병이 빨치산 간부를 대검으로 찌르고 행방을 감춘 일도 있었다고 했다.

"그런데 왜 자수를 하지 않았소? 그토록 빨치산 생활에 싫증을 내면서 말이오."

듣다못해 물으니 윤성남이 허허 소리를 내면서 웃었다. 허탈한 웃음이 아니었다. 말 상대가 생긴 게 너무나 좋은 듯했다.

"자수해봤자 친일파 악질경찰 출신들에게 고문당하고 감옥살이할 게 뻔한데 어떻게 그리합니까? 저는 인민군도 싫고 국방군도 싫습니다. 모든 게 전쟁 때문이려니 생각하고 종전이 되기만을 기다리고 있는 거지요. 어느 쪽이 이기든 상관 안할랍니다. 무사히 살아남으면 고향에 돌아가 농사나 지을 겁니다."

말하던 윤성남의 얼굴이 갑자기 굳어졌다.

"잠깐!"

윤성남은 말을 끊고 번쩍 고개를 쳐들었다. 분명 아무 소리도 들리지 않았는데 그는 잔뜩 겁먹은 얼굴을 한 채 굴 입구로 기어가 나뭇가지 사이로 사방을 둘러보고 왔다. 도망쳐 홀로 숨어 사는 사이에 신경쇠약에 걸린 게 틀림없었다.

"노루가 지나갔나봅니다."

돌아온 윤성남에게 낙동강 전선에서 헤어진 이동혁과 최금자의 소식을 물으니 그는 또 한숨을 쉬었다.

"그 두 동무는 덕유산에서 마지막으로 보았는데, 이동혁 교수는 모르겠고 최금자 동무는 그후 숙청되었다는 말을 들었습니다."

"숙청? 왜요?"

"영광스러운 조국해방전쟁을 비하하는 반동적인 발언을 했다고요. 특공대대장이던 박창섭이란 자가 아주 모질게 동료들을 잡아죽이고 있답니다."

가슴이 두근거렸다. 떨리는 소리로 물었다.

"최금자 동무가 박창섭이에게 처형되었단 말이오?"

"저도 전해들었을 뿐입니다. 더 자세히 알아서 또 뭣하겠습니까?"

더이상 묻고 싶지도, 물을 힘도 없었다. 몇월 며칠인지 기억도 나지 않고 지독한 피로가 한꺼번에 쏟아져내렸다. 그대로 기진해 쓰러지고 말았다.

이튿날 아침, 전날 빼앗은 닭고기를 아침으로 먹고 바가지 대용의 빈 철모를 들고 물을 뜨러 내려갔던 윤성남이 숨을 헐떡이며 굴 속으로 기어들어왔다. 어디서 놓쳤는지 손에는 철모가 들려 있지 않았다.

"큰일 났습니다! 골짜기가 새까맣습니다! 일단 이곳을 피했다가 돌아옵시다!"

"어디로 간단 말이오? 온 사방이 다 토벌대인걸."

정찬우의 말에 윤성남도 주저앉고 말았다. 여기저기 골짜기에서 총성이 터지고, 비행기 한대가 하늘을 선회하며 선무방송을 했다. 투항한 여자 빨치산이 마이크를 잡고 있었다.

"빨치산 여러분, 자수하세요. 따뜻한 조국의 품으로 돌아오세요. 민족의 품으로 어서 돌아오세요. 민족상잔의 끔찍한 전쟁을 일으킨 김일성 일당에게 더이상 속아서는 안됩니다. 조국은 여러분을 기다리고 있습니다. 왜 같은 민족끼리 총을 쏘아야 합니까……"

윤성남은 양손으로 귀를 틀어막고 고개를 흔들었다.

"지긋지긋한 저 소리! 배신자들!"

총성이 몇걸음 앞까지 다가왔다. 윤성남은 확실히 제정신이 아니었다. 귀를 가린 채 고개를 무릎 사이에 처박고 온몸을 부들거렸다. 피를 말리는 초조와 불안은 정찬우도 마찬가지였다. 오금이 저리고 온몸이 떨려 견딜 수가 없었다. 수색대가 굴을 발견하지 못할 리가 없다는 조바심이 그를 자꾸 굴 밖으로 떠다밀었다. 먼저 일어난 쪽은 윤성남이었다. 돌연 고개를 빼들더니 다람쥐처럼 빠르게 굴 밖으로 기어나갔다. 말릴 새도 없었다. 일분도 지나지 않아 고함소리가 들려왔다.

"저기 한놈 달아난다!"

"서라! 뛰면 쏜다!"

몇발의 총성이 울리더니 다시 군인들의 목소리가 들렸다.

"바보 같은 녀석, 손 들면 살았지."

군인들은 윤성남을 뒤쫓느라 바위굴을 발견하지 못한 것 같았다. 온몸을 덜덜 떨며 공포의 시간이 지나가기만을 기다리던 정찬우는 햇빛이 계곡을 벗어나 능선에 희미하게 걸쳐 있는 늦은 오후가 되어서야 굴에서 기어나왔다. 얼어붙은 눈 위에는 윤성남이 기어간 자국이 희미하게 남아 있었다.

윤성남은 언덕바지에 기어오르려고 애쓰는 자세로, 한쪽 다리는 쪼그리고 한쪽 다리는 뻗친 채 죽어 있었다. 총알이 그의 뒤통수와 가슴을 뚫어놓았다. 으깨진 하얀 골이 흩어진 가운데 선지피가 백설을 물들여놓았다. 절반이 떨어져나간 왼쪽 머리에 남은 눈은 부릅뜬 채였으며 한쪽 손은 시든 풀포기를, 다른 손은 가슴을 부여잡고 있었다. 해줄 수 있는 일이라곤 솔가지 몇개를 꺾어 덮어주는 것밖에 없었다.

굴로는 돌아가고 싶지 않았다. 매일 토벌대가 올라오는 지역에 더 머물면 안된다는 생각에 무작정 출발했다. 밤이 깊어져서야 큰 산줄기를 벗어날 수 있었다. 야산지대로 접어드니 주변에 인가라곤 전혀 없는 외딴 초가 한채가 눈에 들어왔다. 불도 밝혀져 있지 않았다.

빈집인가 하고 조심스레 접근하니 문짝은 없고 거적이 드리워져 있었다. 살짝 들추고 전등을 비춰보니 묘지까지 관을 실어나르는 상여가 방 가운데에 놓여 있었다. 붉고 푸른 원색의 천으로 씌워진 상여에서 서늘한 바람이 뿜어져나오는 듯했다. 얼른 거적을 내리고 말았다.

서리 피할 곳을 찾아 야산을 헤매는데 함박눈이 내리기 시작했다. 눈보라 속에서 노숙을 할 자신이 없었다. 다시 상엿집을 찾아 들어갔다. 금방이라도 요귀가 나올 것만 같았다. 손전등을 켜보았으나 전지가 떨어져 빛이 나오지를 않았다. 팽개쳐버리고 라이터를 켰다. 외풍에 불꽃이 흔들렸으나 어두운 것보다는 나았다. 그렇다고 언제까지나 켜고 있을 수만은 없었다. 휘발유가 떨어지면 얼어 죽을 수밖에 없었다. 불빛이 새어나가면 수색대가 들이닥칠 수도 있었다.

불을 꺼버리고 앉아 있으려니 뒤에서 자꾸 검은 그림자가 어른대는 듯했다. 방향을 바꿔 앉아보았다. 상여 속에서 머리카락을 늘어뜨리고 비통하게 우는 여인의 환상이 나타났다. 혹시 이옥련이 아닌가 싶어 눈을 똑바로 뜨고 바라보면 금방 사라지고 눈을 감으면 나타났다.

'나도 운전수 윤성남처럼 미쳐가는구나.'

다시 라이터를 켰다. 조금 나왔다. 그러나 라이터 기름은 이내 바닥이 났다. 라이터 불꽃이 마지막 기름을 빨아당기고 꺼져버리자 또다시 머리가 끓고 전신이 쑤시는 공포가 밀려왔다. 그리고 지금까지 겪은 어떤 추위보다도 훨씬 심한 오한이 들었다. 이가 으스러지도록 떨리는 오한 때문인지 무섬증은 오히려 사라졌다. 대신 금방이라도 심장이 멎어버릴 것 같았다.

죽을지 모른다 생각하니 상여도 무섭지가 않았다. 조금 나을까 싶어 상여 속으로 기어들었다. 그러나 관이 들어앉을 자리의 공간이라고 해서 따뜻할 리는 없었다. 한기는 점점 더 심해지고 숨은 더 가빠왔다. 이제 진짜 마지막이구나 하는 절망감이 엄습했다. 모든 것을 포기했다. 오한을 이겨야 한다는 생각조차 나지 않았다.

잠도 들지 않고 정신이 있는 것도 아닌 혼돈 속에서 몇시간이나 흘렀을까, 얼어붙은 눈 위로 걸어오는 군화 소리가 들려왔다. 죽인다고 해도 꼼짝할 수 없는 형편에 놓인 정찬우는 수색대의 행진을 번연히 알면서도 상여 속에 그대로 누워 있었다.

"사주경계!"

구령 소리와 함께 군화 소리가 상엿집 앞에서 멈추었다.

"여기서부터 착수할까?"

군인들은 혹시 모를 저항에 대비해 문을 벌컥 열고 고함쳤다.

"나와!"

저항이 없음을 확인한 군인들이 상엿집 안으로 들어오더니 그중 한명이 고함쳤다.

"한놈이 상여 속에 열중쉬어 자세를 하고 누워 있네."

"송장인가 잘 보게."

수색대원들은 농담을 건네면서 정찬우 곁으로 몰려들었다. 그들의 다리 사이로 들어오는 햇살이 눈부셨다.

"이 자식! 일어나!"

처음 발견한 수색대원이 카빈 소총 개머리판으로 궁둥이를 힘껏 때렸다. 뒤따라 다른 수색대원이 양 뺨을 거칠게 때리며 말했다.

"능청 그만 부리고 일어나!"

정찬우는 아무 대응도 않고 신음을 하며 모로 돌아누웠다. 몸이 너무 무거워 일어나고 싶어도 일어날 수가 없었다. 차라리 이 자리에서 총에 맞아 죽고 싶을 뿐이었다.

"정말 환자인가?"

수색대원 하나가 쪼그려서 그의 이마에 손을 얹어보고는 훌쩍 일어나 뒤로 물러났다.

"이거 뒈지겠네. 열이 보통이 아닌걸."

"그럼 일찍 골로 보내주지?"

따귀를 갈겼던 수색대원이 여러 사람의 뜻을 물어보았다.

"중대장께 물어보고."

이마를 짚어보았던 대원이 나가더니 곧 중대장을 데려왔다.

"중대장님, 걷지도 못하는 놈 데려가기도 힘드니 일찍 골로 보냅시다."

"안돼!"

중대장은 즉석에서 막았다.

"아무래도 못 살 것 같은데요?"

개머리판으로 때린 대원이 거들었으나 중대장은 단호했다.

"정보를 수집해야 하니 들것에 실어 야전병원까지 운반해!"

중대장은 이렇게 말하고 가버렸다. 수색대원들은 재수 없다고 투덜댔지만 명령을 거부하지 못했다.

"들것이니 뭐니 걷어치우고 상여에 든 채로 메고 가세."

"그거 좋은 생각일세. 어차피 송장이니."

"아따 이 자식, 키도 큰 게 꽤 무겁네."

수색대원들은 정찬우를 그대로 둔 채 상여째 어깨에 메고 밖으로 나왔다. 주위의 수색대원들이 이 꼴을 보고 조롱하며 웃어대는 소리가 들려왔다.

"그게 뭐야?"

"산송장이다."

"그 녀석 호강한다. 팔자가 늘어졌구나."

나무로 만든 상여는 무게가 꽤 나가는데다 좁은 길을 따라 메고 가는 것이라 수색대원들은 여간 부대끼지 않았다. 얼마 못 가 쉬고 또 쉬기를 되풀이하던 대원들은 어떻게 하면 좀 편히 메어볼까 상의하더니 노랫가락을 메기기 시작했다. 평소 상여를 멜 때 부르는 상여가의 가락에 가사만 바꾼 것이었다. "원호, 원애" 하는 후렴구와 함께 앞쪽을 멘 대원이 선창을 하면 뒤의 대원들이 따라 부르는 식이었다.

산송장이 불쌍하다
포로치곤 상팔자다
원호 ── 원애 ──

상여가를 부르며 내려가는 모습을 보고 주위의 수색대원들이 폭소를 터뜨렸다.

"뭣들 하는 건가? 걷어치워!"

중대장의 호령에 상여 멘 대원들이 답했다.

"무거워서 그렇습니다."

"소리 낸다고 가벼워지나?"

158

"조금 나은 것 같습니다."

"쓸데없는 소리 말어!"

중대장의 목소리가 높아지자 일동은 상여를 내려놓았다. 이제 확실히 살게 되었다는 생각에 정찬우의 의식은 조금 맑아졌다. 시야도 차츰 명료해지고 수색대의 무전 소리도 선명히 들려왔다.

"백두산 백두산! 두만강 두만강이다. 푸른산 푸른산에서 까마귀 까마귀를 잡았다. 숫놈 일곱, 암놈 다섯 모두 모두 열둘, 열둘이다."

수색대원들은 정찬우를 들것에 옮겨 기동로까지 운반했다. 구급차에 실렸을 때 귀에 익은 여자 목소리가 들려왔다.

"선생님!"

십자 완장을 두른 전애심이 구급차 안에 앉아 있었다. 꿈인지 현실인지 구별이 되질 않아 멍하니 바라보기만 했다. 틀림없이 전애심이었다. 낙동강 12단고지 전투 때 총살될 뻔한 것을 살려주었던 간호부 전애심이었다. 함포 사격에 쓰러져 있던 그를 구출해준 그 전애심이었다. 언제 투항해 간호부가 되어 일하는지는 알 수 없었지만, 그녀는 살아난 그가 처음으로 발견한 살아남은 여성대원이었다.

"선생님, 이제 아무 걱정 마세요."

아무 말도 못하고 있는 그를 다독이며 전애심은 따뜻하게 웃어주었다. 구급차는 비포장도로 위에서 심하게 흔들리며 국군 야전병원을 향해 달려갔다.

9장
진주 임시수용소

진주에 가설된 임시 포로수용소는 천막 하나에 90명씩 수용했고 통로 양편으로 45명씩 앉았다. 정찬우는 181번부터 270번까지 수용된 3호 천막의 오른쪽 네번째에 앉았다.

"243번!"

정찬우의 이름 대신 불리는 숫자였다. 가진 것이라고는 'PW' 글자가 찍힌 미군 작업복에 농구화 한켤레, 모포 한장과 알루미늄 식기가 전부로, 언제든 이동할 준비가 되어 있었지만 본인의 의지로는 절대 자리를 뜰 수 없었다. 아는 얼굴이 있다고 해서 다른 자리에 가거나 이웃 천막을 기웃대는 일은 불허되었다. 변소표를 가진 사람에 한해서 용변을 보러 갈 수 있었는데 3보 이상은 반드시 구보를 해야 했다.

정찬우도 규칙을 똑같이 지켰지만 다른 포로들보다는 여유가 있었다. 같은 포로라도 의무대 간호부로 일하는 전애심이 수시로 드나들며 남다른 편의를 제공해주었기 때문이었다. 그녀는 필요한 의약품과 주사는 말할 것도 없고 누룽지, 건빵까지 몰래 주고 갔다.

포로 사이에는 잡담이 금지되어 있었다. 그런데 어느날 전애심이 지나가자 누군가 악담을 내뱉었다.

"저거 색골이야!"

못마땅한 마음에 소리 난 쪽을 바라보니 다른 천막에 수용되어 있다가 전날 밤 3호 천막으로 이동해온 포로였다. 잊을 수 없는 얼굴, 특공대대장 박창섭이었다. 정찬우는 눈을 마주치지 않으려고 얼른 고개를 돌려버리고 말았다. 그러나 박창섭은 눈치 빠른 이였다. 변소에 다녀오는 길에 슬그머니 정찬우에게 말을 걸어왔다. 과할 정도로 친절한 말투였다.

"아휴, 교육위원 동무! 오랜만입니다."

정찬우는 마지못해 악수를 하고 떫게 웃는데 박창섭이 속삭였다.

"위신 문제가 있으니 전애심 저 계집애를 절대 상대하지 마시오. 방공호에서 그 짓거리를 했던 임상욱이란 자도 투항해서 거제도 포로수용소에 있답니다. 내 그때 두 연놈을 죽였어야 했는데 교육위원 동무가 말리는 바람에……"

박창섭의 말이 비위에 거슬려 정찬우는 대꾸하지 않을 수 없었다.

"그만합시다. 다 같은 포로 처지에 구태여 지나간 이야기를 끄집어내어 감옥생활 하는 불행한 여자를 모욕 줄 까닭이 뭐 있소?"

박창섭은 자기 자리로 돌아가며 피식 비웃음을 던졌다.

"여전하시구만요, 교육위원 동무는."

식사만 끝나면 제각기 앉아서 조는 건지 명상에 잠기는 건지 말

없이 지루한 시간을 보내는 포로생활이 며칠이나 지났을까, 입구 쪽에서 흰 철모를 쓴 헌병이 나타나 정찬우를 호출했다.

"243번!"

하얀 호루라기 줄을 팔랑거리는 헌병을 따라 붉은 페인트로 '심사실'이라 쓰인 사무실로 들어갔다. 교실만한 사무실 가운데에는 커다란 난로가 이글대고 있었고 주위로 사무용 책상 세개가 놓여 있었다. 가운데 책상에는 신사복을 입은 중년 남자가, 왼편 책상에는 털 점퍼를 걸친 젊은 장교가 서류를 뒤적이고 있었다.

헌병은 정찬우를 중년 신사에게 데려가 학생용 의자에 앉도록 권하고 자기가 먼저 그 옆에 앉았다. 정찬우가 머뭇대자 중년 신사가 안경 너머로 올려다보며 말했다.

"앉으시오."

신사복 차림의 심사관은 그가 자리에 앉기를 기다렸다가 차분히 말했다.

"지금부터 포로교환을 위한 신상명부를 작성할 터이니 사무에 오착이 없도록 바른대로 말해주시오. 조금이라도 틀리면 유엔군 포로와 교환할 수가 없으니만큼 부득이 강권을 쓰지 않을 수 없습니다. 알겠소?"

친절하면서도 위압감을 주는 말투였다. 이름과 나이, 본적, 현주소, 최종 출신학교, 정당, 사회단체 관계를 물은 다음 최고 지위가 무엇인지 물었다.

"영남지방 교육위원입니다."

"노동당에 입당한 날짜는?"

"1949년 5월 보충당원 카드에 등록했습니다."

정찬우는 솔직히 대답했다. 그러나 심사관의 인상은 험해졌다.

"보충당원이 여학교 교무주임과 사범대학 강사를 할 수 있소?"

"무소속으로 장관을 지내는 이극로나 부수상으로 있는 홍명희도 있지 않습니까?"

심사관은 펜을 놓고 말했다.

"자기 죄상을 사실대로 고백하여보시오."

정찬우는 서울을 시작으로 주요 도시에서 문화인들과 교사들을 모아놓고 연설한 일을 자세히 고백했다. 직접 전투에 참가한 적은 없고, 단 한명의 인명도 해친 적이 없다는 사실도 밝혔다.

심사관은 눈을 감은 채 고개를 끄덕이며 듣기도 하고 때로는 받아적기도 하더니 물었다.

"가명은 없소?"

"없습니다."

"포로를 교환한다면 북으로 가겠습니까?"

"………"

심사관은 다시 고개를 들어 정찬우를 바라보았다.

"왜 자수는 하지 않았습니까?"

"자수한다 해도 죽인다고 들어서 계속 피신했습니다."

"다른 동료들도 자수하면 죽는 줄 알고 있습니까?"

"아마 그럴 것입니다."

1심은 이것으로 끝났다. 천막에 돌아와 식사를 마치고 자리에 앉으니 박창섭이 다가왔다. 어느새 그는 헌병들과 친해져 다른 포로들이 누리지 못하는 특권을 행사하고 있었다. 더이상 정찬우에게 교육위원이란 호칭도 붙이지 않았다.

"정찬우 선생은 운이 좋습니다."

비꼬는 듯한, 이유 모를 말에 멍하니 바라보자 박창섭이 묘하게 웃었다.

"보통 열대는 얻어터지는데 무사히 돌아왔으니 말입니다."

"진실을 고백하는데도 때리겠소?"

"포로치고 속이지 않는 사람이 있나요?"

"나는 사실대로 말했소."

"그게 정말입니까?"

정찬우는 대답하기 귀찮아서 입을 다물어버렸다. 자기 말에 아무런 반응이 없자 박창섭은 더이상 캐묻지 않았다.

정찬우가 돌아온 뒤에 몇 사람의 포로가 불려갔는데, 그들은 얼굴이 붓고 멍들거나 다리를 절며 돌아왔다. 그렇게 고문을 당하고 오는 사람들의 모습을 바라보는 포로들의 마음은 불안했다.

"나는 언제 부르려나?"

"몇대나 맞으려나?"

자기들끼리 이야기하다가 호명관이 나타나면 얼굴이 하얘졌다. 어느 때고 당하고야 말 일, 차라리 일찍 불려갔으면 좋겠다고 말하는 포로도 있었지만 막상 호출이 되면 창백해지는 건 누구나 마찬가지였다.

정찬우는 다음 날 또 불려갔다. 연행자도 심사관도 사무실도 전날과 똑같았다. 그러나 분위기는 전날과 달랐다. 심사관은 의자도 권하지 않은 채 대뜸 쏘아붙였다.

"어제 속인 게 없소?"

"없습니다."

공손히 대답하자 심사관은 곤봉을 치켜들었다.

"이거 안하무인이군! 솔직담백! 알아들어? 솔직담백할 때까지 이 몽둥이가 대신 말한단 말이야. 어데서 닭 잡아먹고 오리발 내미는 거야?"

겁이 났으나 영문을 알 수 없었다.

"무엇을 어떻게 속였다는 것인지 그 내용이나 알려주고 때리시지요."

"허허, 이거 엉망진창이군. 이래두?"

심사관은 어이가 없다는 듯 웃으며 신임장을 꺼내 보였다. 김일성의 직인이 찍힌 신임장이었다.

"그건 어제 말했습니다만."

"그럼 이것은?"

심사관은 이번에 권총을 내밀었다. 몹시 빈정대는 투였다.

"그것 역시 어제 다 말했습니다. 심사관께서 어제 피곤하셨는지 약간 조는 것 같았습니다."

"무어?"

말문이 막힌 듯 심사관은 더 캐묻지 않고 권총의 탄창을 뽑더니 총구를 들여다보고는 미심쩍은지 권총을 분해했다. 일체 부속이 새 것 그대로였다. 손가락으로 화연이 있는가 닦아본 후 아무것도 묻어나오지 않음을 확인한 심사관이 중얼댔다.

"쏘지 않은 건 사실이구만."

평양에서 김책 사령관에게 권총을 받았으나 한번도 쏜 적이 없었다. 누굴 죽이거나 상해를 입힌 적도 없었다. 경상남북도를 담당하는 영남지방 교육위원으로 파견되어 진주까지 왔으나 인민군이 패주하는 바람에 어떠한 임무도 수행하지 못하고 도망다닌 것이 전부였다.

"쏘지는 않았다지만 몇번이나 이 총으로 사람을 위협했나? 수도 없이 많지? 끝까지 속여보우. 오늘은 겨우 2심이야. 앞으로 한이 없다는 걸 아시우."

심사관은 공갈 비슷한 말을 하고는 정찬우를 천막으로 돌려보냈다. 정찬우가 점심을 먹을 때 불려간 박창섭은 저녁식사가 운반될 때에야 돌아왔다. 때마침 정찬우에게 링거 주사를 놓아주고 가는 전애심이 박창섭을 보고는 소름이 끼친다는 인상을 지으며 돌아갔다. 미간을 찌푸린 채 그녀의 뒷모습을 바라보던 박창섭이 헌병의 귀에 대고 뭐라고 속삭이는 게 보였다.

"정선생! 정선생!"

저녁식사 후 언제나처럼 자기 한탄에 빠져 있던 정찬우는 박창섭이 부르는 소리에 마지못해 돌아보았다. 박은 무슨 비밀이나 말하려는 듯 좌우를 살피며 넌지시 물어왔다.

"저희들 어찌될 것 같습니까?"

"그걸 내가 어떻게 알겠소?"

"짐작이라도 해야 대책을 세울 수 있지 않겠습니까?"

은근히 부아가 나 쏘아붙였다.

"대책은 무슨 놈의 대책이오?"

"만약 죽인다면 탈주라도 해야지요."

정찬우는 솔직히 말했다.

"흥분하지 마시오. 기진해 졸도해 있던 나를 힘들게 후송해 살려준 사람들이오. 죽이려면 벌써 체포할 때 죽였겠지요. 유엔군은 함부로 사람을 죽이진 않을 테니 가만히 있어보시오."

"가만히 기다려보라구요? 알겠습니다."

박창섭은 다소 마음이 놓인 듯 잠잠해졌다.

"취침!"

주번사령의 고함에 모두들 재빨리 누워 잠을 청했다. 하루 종일 쪼그려앉아 있다가 지친 몸을 편히 눕힐 수 있는 시간이었다. 그러나 심사에 대한 불안 때문인지 다들 잠을 이루지 못하고 엎치락뒤치락하기만 했다.

얼마나 밤이 깊어졌을까, 조용한 천막 곁으로 군홧발 소리가 지나갔다. 소리는 여자 천막 입구에서 멈췄다. 나직한 남자 목소리가 들려왔다.

"전애심! 이리 나와봐."

매일 심사대상자를 부르러 오는 호명담당 헌병의 목소리였다. 정찬우는 헌병이 무슨 짓을 하려는가 귀를 기울였다. 잠이 안 든 다른 포로들도 온 신경을 모으고 있음이 분명했다. 헌병은 전애심을 3호 천막 옆, 바로 정찬우와 박창섭이 누워 있는 천막 뒤로 데리고 왔다. 두 사람의 이야기 소리가 천막을 넘어 들려왔다.

"전애심, 당신 과거 있지?"

"그건 왜 물으세요?"

"있다 해도 괜찮아. 나는 너를 사랑하니까."

"어마나! 그런 말씀 마세요."

"생명보다 더 중한 게 어데 있어? 내 사랑만 받아주면 내가 널 살려줄 수 있다니깐."

"안돼요, 절대로 안되어요."

"무엇이? 그거 정말이야?"

"네."

"좋아, 알았어."

신경질이 난 헌병이 거칠게 걸어가는 소리가 들리고 뒤따라 전애심이 흐느끼는 소리가 들려왔다. 천막 안에서 누군가 탄식했다.

"아, 매일 밤이로구나."

그러자 박창섭이 고개를 들고 물었다.

"지금 말한 게 누구요?"

아무도 대답하지 않았다. 이전의 포로수용소에서도 그랬듯이, 박창섭은 열렬한 충성의 증거로 다른 포로들의 반항적인 언행을 고자질함으로써 며칠도 안되어 헌병들의 총애를 차지하는 데 성공했다. 포로들은 헌병을 등에 업은 이 비열한 작은 권력자 앞에서는 입을 다무는 게 최선임을 잘 알고 있었다.

모든 권리를 빼앗긴 포로들의 밤은 깊어만 갔다. 언제 잠이 들었는지 모르게 정찬우도 악령이 괴롭히는 밀림 속을 헤매고 있었다. 아무리 인가를 찾으려 해도 보이지 않았다. 산봉우리를 지표로 삼아 방향을 찾으려고 고지를 올려다보다가 그만 소리를 지르고 말았다. 자신의 머리 바로 위에서 커다란 바위가 떨어지고 있었던 것이다.

"으악!"

잠꼬대를 한 직후 누군가 어깨를 마구 흔들어 깨웠다. 놀라 눈을 뜬 정찬우는 악몽보다 더 무서운 광경에 다시 비명을 지를 뻔했다. 탐정소설이나 그림책에서 본 것 같은 검정 복면을 쓴 사내들이 착검한 소총으로 자신의 가슴을 겨누고 서 있었다.

"꼼짝 마라! 떠들면 죽는다!"

복면 하나가 총구로 옆구리를 찌르며 윽박질렀다. 숨이 막혀 말을 하고 싶어도 할 수가 없었다. 경황없이 천막 밖으로 끌려나간 그는 밤하늘을 보고서야 정신이 좀 들었다.

"어디로 갑니까?"

"특별 심사실!"

"특별 심사실이라니요?"

"뒷문 말이야!"

뒷문이란 말이 처형장으로 이해되었다. 가슴이 무섭게 뛰면서 숨이 콱 막혀왔다. 정찬우는 그대로 땅바닥에 주저앉아버렸다. 어차피 죽을 거라면 천막의 다른 포로들에게 자기가 끌려가 총살된다는 사실을 알려줘야 할 것 같았다. 그는 있는 힘껏 큰 소리로 말했다.

"밤중에 뒷문으로 가자는 이유가 어데 있소? 즉결처형하려고 하는 거 아닙니까? 이런 부당한 처형이 어디 있소?"

소리를 지르며 버티니 국군 대위가 다가와 부하들을 채근했다.

"왜 그리 소란스러운 거야?"

"243번이 특심에 항거하고 있습니다."

"특심에 항거해?"

대위가 좋은 말로 부드럽게 권했다.

"죽이는 거 아니니 잠자코 따라가우."

"주간에 버젓이 조사를 못하는 이유를 말해주시오."

목덜미를 잡고 있던 헌병이 대신 말했다.

"주간에 취급 못하는 비밀이기 때문이지."

순순히 따라가지 않을 수 없었다. 특별 심사실은 뒷문 쪽에 따로 마련되어 있었다. 들어가자마자 두건을 쓴 헌병들이 그의 무릎을 꿇렸다.

"탈주는 누가 선동했나?"

헌병 한명이 반말로 물었다.

"탈주요? 무슨 말입니까?"

어리둥절해 되물으니 다른 헌병이 연거푸 힘껏 따귀를 갈기며 물었다.

"요 빨갱이 놈의 새끼, 정신 못 차리나? 우리 헌병들이 매일 밤 여자 포로를 불러내어 강간한다는 말을 했다며? 대책을 세워야 한다고 기다려보라고 했다며?"

대위는 그래도 점잖았다.

"지성인이라면 순순히 자백하시오. 탈출 모의를 인정한다고 해서 지금보다 더 나빠질 일도 없잖소?"

비로소 느낌이 왔다. 박창섭의 짓이 틀림없었다. 그가 물어온 말에 건성으로 대꾸를 한 것뿐인데 자신이 탈출을 모의하고 또 헌병들이 전애심을 매일 밤 강간한다는 소문을 자신이 퍼뜨렸다고 보고한 것이다.

"무엇을 자백합니까? 진부를 가리시려면 상호 대조를 하십시오. 그런 후에 뜻대로 하시오."

헌병들의 군홧발이 날아왔지만 계속 버티고 있으니 달래다 못한 대위가 명령했다.

"좋아, 이 사람을 독방에 수용해!"

복면 헌병들은 "독거수용!"이라 복창하고 천막이 아닌 창고로 데려갔다. 그들은 정찬우를 가두며 말했다.

"솔직담백하게 말하면 되는 거야. 탈출 모의를 했다고 해도 죽이지 않을 텐데 뭘 걱정하는 거야?"

정찬우는 분하고 억울해서 견딜 수가 없었다. 얼마나 속이 상하던지 소금을 넣은 주먹밥을 받자마자 팽개쳐버리고 점심마저 굶어버렸다. 정찬우는 석양에 이르러서야 소장실로 호출되었다.

소장실에는 박창섭과 전애심이 호출되어 있었다. 헌병이 시키는 대로 셋이 한쪽 구석에 쪼그려앉아 기다리니 특무대위와 소장이 미군 고문관과 함께 들어왔다. 박창섭에게 묻는 소장의 말투는 친절했다.

"250번 박창섭. 진상을 말해보우."

"말하겠습니다. 243번은 저와 가까운 거리에 있습니다. 구면인 관계로 자유로이 말할 수 있습니다. 처음에는 우리가 어떻게 될지 미리 알아야 대책을 세울 수 있다고 하였습니다. 다음 날은 간호원 전애심을 통하면 가능하다고 하였습니다."

소장은 고개를 끄덕였고 통역관을 통해 듣고 있던 고문관은 싸늘한 눈초리로 정찬우를 노려보았다. 두 사람의 눈치를 살펴본 박창섭은 수줍게 착한 표정까지 지어 보이면 또박또박 말했다.

"자기가 사랑하는 전애심이를 강간하는 날엔 저를 가만두지 않겠다고 했습니다. 심지어 그제 밤에는 저에게 함께 탈주하자고까지 하였습니다."

듣다못해 정찬우가 버럭 고함을 질렀다.

"여보, 하늘이 무섭지도 않소? 어찌 그리 입에 침도 안 바르고 거짓말을 하오?"

동시에 전애심도 얼굴을 바짝 추켜들며 떨리는 목소리로, 손가락을 들어 박창섭을 가리키며 소장에게 말했다.

"소장님! 박창섭 저 사람은 참으로 악마입니다. 과거에는 저와 군의관이 방공호 속에서 못된 짓을 했다고 죽이려고 했습니다. 그때 살려준 사람이 저분 정찬우 씨입니다. 그랬더니 지금 사실무근의 모함으로 저와 정찬우 씨를 무고하고 있습니다. 정찬우 씨와 저 사이엔 아무 일도 없습니다. 저를 살려준 분을 만났기에 친절을 베풀었을 뿐입니다."

여기까지 말한 전애심은 잠깐 숨을 고르고는 당차게 말했다.

"저는 지금도 숫처녀이니 저의 몸을 조사하면 모든 사실은 자연히 판명될 것입니다."

모두들 놀라서 서로 두리번댔다. 소장은 눈을 똥그랗게 뜬 채 물었다.

"틀림없는 처녀인가?"

전애심은 얼굴을 붉히면서 대답했다.

"네."

박창섭의 얼굴이 일그러졌다. 억울하다는 듯 외쳤다.

"저는 공산당의 꼬임에 넘어갔던 과거를 뉘우치고 멸공에 이바지하겠다는 신념뿐입니다. 저 여자는 243번을 사랑하고 있음을 참작하여주시기 바랍니다."

정찬우도 가만히 있지 않았다.

"뭐요? 말을 꾸미는 게 도리어 화가 되는 거요."

두 사람의 다툼을 지켜보던 소장은 그 자리에서 일차 판결을 내렸다.

"그러면 이렇게 하지. 전애심의 정조를 검사한 결과 이상이 없다면 무죄, 243번이 헌병이 강간한다는 말을 한 적이 없다면 박창섭의 착오로 한다. 자, 제각기 천막으로 돌려보내라."

복면 헌병들에게 잡혀 행방불명이 되었던 정찬우가 나타나는가 하면 소장, 고문관, 박창섭, 통역관, 그리고 특무대위 등이 우르르 천막 안으로 들어오자 포로들은 눈이 둥그레졌다.

"전원 차렷! 소장님께 경례!"

헌병이 힘찬 구령과 함께 거수경례를 하자 포로들은 일제히 머리를 숙여서 공손히 인사했다.

"쉬엇!"

헌병의 손이 내려올 때 하얀 호루라기 줄이 팔랑거렸다. 소장은 일동에게 편히 쉬라고 말한 다음 입을 열었다.

"그저께 밤 243번이 여자 포로가 강간당한다는 말을 했는지 안했는지, 누가 또 그런 말을 했는지 밝히러 왔습니다. 솔직담백하면 관용할 것이오, 속이는 자는 엄단을 할 것이니 지체 없이 말해보시오."

미군 고문관도 통역을 통해 진범이 빨리 자수하면 엉뚱한 사람들이 고생하지 않을 거라고 말했다. 그러자 포로 하나가 번쩍 손을 들고 일어나더니 씩씩하게 말했다.

"소장님, 제가 말했습니다!"

"강간당한다고 한 게 자네인가?"

"강간이라는 말은 한 적도 없고 본 적도 없습니다. 그저 매일 밤 이로구나 하였습니다."

포로의 거침없는 대답에 소장이 고개를 끄덕였다.

"솔직담백해서 좋군. 이름이 뭔가?"

"조관병입니다."

"헌병들은 이 사람 절대 건드리지 마라. 솔직담백했으니까."

헌병에게 다짐한 소장은 뒤도 안 돌아보고 나가버렸다. 고문관과 통역관도 박창섭과 정찬우를 흘끔 바라보고는 소장의 뒤를 따라 나가버렸다. 특무대위는 정찬우와 전애심을 원대로 복귀시킨 후 박창섭을 데리고 나갔다.

다음 날 전애심이 언제나처럼 약통을 들고 와서 소화제를 줄 때 정찬우가 나직하게 물어보았다.

"그래서 검사 결과는?"

전애심은 무슨 말인가 짐작하고 싱긋 웃으며 속삭였다.

"감옥에서 누가 그런 검사를 하겠어요? 박가 놈을 골탕 먹인 것뿐이에요."

이 사건 후 한동안은 비교적 잔잔한 포로생활이 이어졌다. 높다란 경계초소에는 소총에 날 선 검을 꽂은 헌병들이 서서 온종일 포로들을 내려다보았다. 언덕에는 중기관총과 경기관총이 배치되어 언제든 포로들을 몰살시킬 준비가 되어 있었고 동초가 끊임없이 천막 주변을 오가며 감시했다. 겹겹이 쌓인 철조망에는 5미터 거리로 전구가 있고 전구와 전구 사이에는 '위험 지뢰매설'이라는 표지가 붙어 있었다. 삼엄한 분위기였지만 한동안은 폭행도 기합도 없이 평온하게 흘러갔다. 그러나 마음까지 평온할 수는 없었다. 고달픔에 지쳐 눈을 감으면 고향과 가족이 그리워 눈물이 옷깃을 적시곤 했다. 포로들의 마음은 다 비슷했다. 수용소에서 노래는 국군의 군가밖에 허용되지 않았다. 누군가 나직이 고향을 그리워하는 노래를 하면 다들 구슬픈 얼굴로 고개를 떨어뜨린 채 가만히 듣기만 했다.

몇차례나 모진 눈보라가 치더니 날이 차츰 풀려갔다. 봄이 오자 평온한 시간도 끝나버렸다. 날이 푹해지면서 수용소장은 포로들에게 화단을 만들게 했는데 기운차게 일하라며 꼭 국군 군가를 부르게 했다. 핏기 없는 얼굴로 목이 메어 부르는 군가는 국군이 부르는 것과 달리 몹시도 처량했다.

화단을 만들게 한 것은 포로들의 정신 건강을 위한 것만은 아니었다. 아무 할 일도 없는 포로들을 육체적으로 지치게 해서 생각을 못하게 하고 천막 안에서 대화하는 것을 막으려는 의도였다.

"잡념이 없어야 한다. 그러기 위해서는 공상할 여가를 주지 않아야 한다."

소장이 한 말이었다. 며칠간 목이 쉬도록 군가를 부르며 화단을 만들어놓으면 곧바로 허물어뜨리고 다시 만들게 했다. 천막마다 나무로 복도를 만들어 곱게 다듬게 한 다음, 완성되자마자 분해해버렸다. 종일 노래를 가르치고 쉴 새 없이 미화작업을 시켰다.

주간만이 아니었다. 가장 중요한 일과는 인원 점검과 모포·식기 정돈이었다. 취침 점호가 무사히 통과되는 날은 거의 없었다. 국군은 포로를 직접 때리지 않았다. 그럴 경우 생길 수 있는 원한을 막기 위해서인 듯, 내무반의 소대장과 선임하사, 그리고 이들을 관리하는 주번감찰을 모두 포로에게 맡겼다.

포로 소대장과 선임하사는 날마다 주번감찰에게 얻어터지고 엎드려뻗쳐를 당했는데, 그 보복이 그대로 일반 포로들에게 돌아왔다. 주번감찰은 기합대장으로 불렸고 소대장과 선임하사들은 주먹질 대장으로 불렸다.

포로 간부는 대개 인민군 시절 군관이었던 이들이 맡았다. 공산주의에 가장 열성적이던 인민군 장교들이 포로수용소에 와서는 반대로 반공포로로서 사병 출신을 괴롭히는 것이었다. 박창섭, 이봉춘 같은 이들이 바로 그런 자였다.

봄이 오면서 대장염이 창궐했다. 하루에 열번씩 변소를 찾는 환자들로 변소 앞은 장사진을 이뤘다. 포로의 생명 보호를 책임진 소장은 고문관과 통역관을 대동하고 여론 수습에 나섰다.

"제일 시급한 요구가 뭐요?"

소장이 3호 천막에 들어와서 묻자 누군가가 소리쳐 말했다.

"자유의 몸이 되는 것입니다!"

폭소가 터지자 소장도 웃으며 다시 물었다.

"이 안에서 말이오."

"똥통 하나 더 놔주시오."

대장염을 앓고 있던 환자 하나가 누운 채로 힘없이 가늘게 말했다. 그는 종일 변소만 찾았는데 똥통이 모자라서 순번을 기다리다 번번이 옷에 배변을 하곤 했다. 그날도 기다리다 못해 쓰러진 그를 변소 보초가 업어왔다.

"알겠소. 다른 사람은 할 말 없소?"

소장이 한번 더 묻자 나이 많은 포로 하나가 부끄러운 표정으로 머리를 긁적이며 일어섰다.

"자극성 강한 음식을 한번만이라도 먹어보았으면 좋겠습니다."

천막에 수용된 후 몇달간을 소금과 풀내 나는 고구마순 아니면 굳어 말라빠진 시래기만 넣은 멀건 국에 밥을 말아 먹는 데 염증을 느낀 이들의 요구였다. 소장은 수첩에 이를 꼼꼼히 받아적은 뒤 나갔다.

똥통 하나 더 놔달라던 포로는 결국 죽고 말았으나 그의 요청대로 몇개의 드럼통이 더 배당되어 다른 환자들은 비교적 수월하게 용변을 보게 되었다. 자극 있는 음식을 먹게 해달라는 요구는 예산의 애로 때문에 좀 기다리라는 말뿐 좀처럼 시행되지 않았다.

정찬우는 똥통이나 매운 국수가 시급한 요구일 수는 없다고 생각했다. 그가 생각하기에 누구나 원하는 제1의 공통 요구는 과학적인 취조였다. 극좌에서 극우로 돌변한 이들의 폭력을 막아달라는 것이었다. 하지만 그들의 교묘한 술수와 아부, 무자비한 폭력을 막기엔 역부족이었다. 누구도 감히 제안하려고 나서지 못했다. 야비한 보복이 기다리고 있을 게 뻔하기 때문이었다.

봄에 한 요구가 받아들여져 매운 국수가 배급된 것은 천막 너머 산아에 널린 감나무에 붉은 감이 주렁주렁 매달린 가을이 되어서였다. 다들 너무 감격에 겨워 고춧가루 붉은 국수를 받아놓고 제사 지내듯 보고만 있다가 한올 한올 국수 가락을 헤아리다시피 하며 천천히 아껴서 먹었다.

국수가 배급된 바로 다음 날이었다. 초보 심사를 완료한 포로들은 진주 임시수용소 천막을 나오게 되었다. 임시수용소는 포로들을 심문해 토벌작전에 유리한 정보를 수집하고 아직 체포되지 않은 빨치산의 명단을 작성하는 곳이었다. 더이상 캐낼 정보가 없는 이들은 중간수용소로 옮기고 이들 대신 새로 체포된 빨치산을 수용했다.

정찬우도 임시수용소에서의 세차례 초보 심사를 일단락 짓고 2단계인 개인 심사가 기다리고 있는 중간수용소로 이송되었다. 전라

북도 남원읍에 가설된 남원 포로수용소였다.

"626번!"

중간수용소에 옮겨진 후 받은 번호였다. 숙소는 여전히 천막이었다. 7호 천막 오른쪽 맨 앞에 앉게 되었다. 수감자 90명을 인솔하는 소대장은 하필이면 박창섭이었다.

"정선생, 여기서 또 만났구려. 참으로 반갑습니다."

무척이나 절친한 사이처럼 구는 박창섭의 인사가 조금도 반갑지 않았다. 정찬우는 끓어오르는 혐오감을 감추느라 애써야 했다. 정찬우가 눈길만 주고 말자 박창섭은 구걸하듯 말했다.

"정선생님, 정말 보고 싶었습니다."

"그거 고맙군요."

정찬우는 겨우 답을 하고서 그 자리를 피했다. 포로 선임하사가 장항제련소 지배인이었던 유영석인 것이 위로가 되었다. 무주에서 배철에게 죽임을 당할 뻔하다가 정찬우의 도움으로 살아난 유영석은 벌써 체포되어 중간수용소에 와 있었다. 박창섭은 하루 종일 통로를 오가며 반원들을 감시했으나 유영석은 명목만 선임하사일 뿐 종일 자기 자리를 지키고 앉아 있었다.

중간수용소에서 박창섭은 이전과는 다른 모습이었다. 속셈은 알 수 없으나 굳이 강권을 쓰려고 하지 않았고 일부러 사건을 꾸며 국군의 신임을 얻으려는 짓도 하지 않았다. 때로는 실수하는 포로들을 너그러이 용서해주기까지 했다. 특히 정찬우에 대해서는 여간 깍듯이 대하지 않았다. 소대장과 선임하사는 3인분을 배식받아서 나눠먹도록 했는데 박창섭은 간혹 자기에게 추가로 배식된 밥을 나눠주기도 했다. 그의 밥이 아니라도 유영석이 가져다주는 밥이 넉넉해 배고프지 않았으나 사양하면 무슨 악감정을 가질지 몰라 일단 받아서 다른 포로에게 나눠주곤 했다.

정찬우는 이렇게 보름 정도 편안하게 지냈다. 모처럼 배급된 김밥에 다들 어린아이들처럼 좋아하고 날뛰던 점심때였다. 아직 밥도 못 먹었는데 국군 정훈장교가 찾아와 호출했다.

"626번!"

천막 밖에는 지프가 대기하고 있었다. 오랜만에 차에 올라타서 극장 옆을 돌아 경찰서 앞에 내리니 헌병이 정훈감실이라 쓴 곳으로 데려갔다. 넓은 사무실에는 몇명의 국군 장교들이 나란히 앉아 정찬우를 기다리고 있었다.

"626번 데려왔습니다."

안내장교가 정훈감인 듯 양복을 입은 중년 신사에게 보고했다. 머리만 끄덕여 인사를 받은 신사는 점잖은 목소리로 의자에 앉으라고 했다. 심문관들은 교대로 질문을 하기 시작했다. 먼저 중년 신사가 물었다.

"전직이 교원이라지요? 어느 학교에서 근무하시었소?"

"여자중학교와 사범대학에 있었습니다."

신사 곁에 앉은 대위가 다소 딱딱하게 물었다.

"정확히 말하시오. 어느 중학교입니까?"

"평양제일여자고급중학교입니다."

대위는 반가운 표정으로 정훈감에게 나직이 말했다.

"잘됐습니다. 여기 그 학교 출신이 수용되어 있으니까 대질이 되겠습니다."

대위는 학교의 위치가 어디며 교장은 누구이고 교사와 학생 수는 얼마인지, 주위에 어떤 건물이 서 있으며 운동장의 넓이와 화단의 모양, 그밖에 강당, 도서실, 심지어 변소 구조까지 캐어물으며 부산하게 적더니 어디론가 가버렸다.

"무슨 과목을 가르쳤소?"

대위가 나간 뒤 정훈감이 물었다.

"역사를 담당했었습니다."

"유물사관 말입니까?"

"사상 쪽은 인민교육담당 강사가 맡습니다. 저는 국사, 문화사, 세계사를 맡았습니다."

"공산당은 왕을 거부하니 왕조사가 담긴 고대 문헌을 용납하지 않지요?"

"아닙니다. 정당이나 사회단체에서 가르치는 '인민해방투쟁사'와는 달라서 학교 내에서 가르치는 역사는 고대 문헌은 물론 고적, 유물, 언어 등을 신중히 다루고 있습니다."

이때 여태껏 입을 떼지 않고 있던 중위가 질문했다.

"실례지만 역대 왕 이름을 외울 수 있습니까?"

정찬우는 약간 모욕감을 느꼈으나 공손히 답했다.

"삼국시대부터는 외울 수 있을 것 같습니다."

정찬우의 표정을 눈치챈 정훈감은 구두시험처럼 되어 미안하지만 환경이 환경이니만큼 어찌할 수 없으니 기분 나빠하지 말라고 말했다. 그러고는 고전 문헌을 일독해보았는지, 『삼국사기』와 『삼국유사』가 결함이 있다면 어떻게 시정되어야 하는지를 묻고는 종이와 펜을 주었다.

"지금 이 자리에서 이조시대의 피폐상을 대강 쓸 수 있겠습니까?"

잠자코 받아서 몇자 적고 있을 때 대위가 돌아왔다. 그는 정훈감 곁으로 다가가 다른 사람은 알아듣지 못하게 낮은 목소리로 소곤거렸다. 대위의 말을 들은 정훈감의 태도는 더욱 부드러워졌다.

"평양제일여중을 다닌 이가 정찬우 씨의 말을 모두 확인해주었다고 하니 이제 됐습니다."

정훈감은 정찬우에게 악수를 청했다. 대위도 쓰고 있던 종이와 펜을 회수하며 악수를 청했다.

"진솔한 답변임을 확인했으니 그만 돌아가시오."

안내 장교의 뒤를 따라 사무실 밖으로 나왔을 때였다. 심영숙이 어떤 장교와 함께 정훈감실로 들어가고 있었다. 스쳐 지날 때 그녀는 살며시 머리 숙여 인사했다. 심영숙이 그의 진술을 확인해준 인물임을 알 수 있었다.

심영숙 덕분에 4심은 정찬우에게 좋은 결과를 가져다주었다. 장교들은 물론 모든 헌병들이 지극히 친절하게 그를 대해주었다. 이제는 박창섭이 전과 같은 행동을 할지라도 두렵지 않을 만큼 그에 대한 신뢰가 높아졌다.

비교적 잔잔한 중간수용소 생활은 포로들의 마음을 어느정도 안정시켜주었다. 종교활동도 허가되었다. 포로들이 수용된 천막 안에 제의를 입은 신부와 검정 너울을 쓴 수녀들이 날마다 찾아왔다.

"여러분은 사회생활에서 실패했으니 천주님을 모시어 영적 삶에서라도 성공하기를 바랍니다. 천주님을 믿고 구원을 받으세요."

신부와 수녀는 마주치는 포로마다 붙잡고 천주교에 귀의할 것을 권했다. 내일을 기약할 수 없고 하루하루를 공포와 불안 속에 살아가는 포로들에게 전도사업은 용이했다. 환자 천막이나 여자 천막에서는 거의 다 미사에 참가했다.

아무리 사악한 죄를 지었어도 예수만 믿으면 구원된다는 말은 모두에게 복음이었다. 적어도 미사시간만큼은 전투과정과 빨치산 활동 때 지은 죄를 회개하고 구원을 얻겠다는 소망으로 진심 어린 기도를 하는 이가 많았다. 고향과 가족에 대한 그리움과 겹쳐져 여기저기 흐느끼는 소리가 끊이지 않았다. 그러고는 다들 상쾌한 표정이 되어 천막으로 돌아왔다. 자연히 천주교가 중간수용소를 휩쓸다시피 했다. 소대장인 박창섭과 선임하사 유영석도, 배식담당자들도 모두 미사에 참여했다.

다만 정찬우는 두어번 참석하고는 더이상 나가지 않았다. 하나님이란 존재 자체가 마음에 와닿지 않았을뿐더러, 설사 하나님이 실존한다고 해도 이 끔찍한 세상을 만든 그런 존재를 모시고 싶지 않았던 것이다. 아무리 잔학한 범죄를 저질렀어도 예수만 믿으면 모든 죄를 사해준다는 교리도 일종의 사기극에 불과해 보였다. 더욱이 신자들의 마음 한편에는 아무런 죄도 짓지 않았다는 정신적 오만이 잠재해 있었다. 친일파들이 부와 권세를 장악하고 미국의 식민지가 된 남한을 해방해야 하며 가난한 인민을 위한 새 나라를 만들어야 한다는 자신의 연설이 틀렸다고는 생각되지 않았다. 권총을 가지고 다녔어도 한번도 쏜 적이 없으며 오히려 처형 위기에 처한 이들을 여러명 구해주었다는 자부심도 있었다. 전면전이라는 최악의 수단을 선택한 평양의 권력자들을 저주하게 되었다고 해서 남한체제에 순응하려는 건 아니었다.

밀려온 겨울바람에 감나무 잎도 다 떨어지고 드디어 함박눈이 쏟아지던 1951년 12월 초였다. 미사에 참가하고 돌아온 박창섭이 정찬우 곁으로 다가와 앉으며 물었다.

"종교를 어떻게 생각하시오?"

"어떻게 생각하다니요?"

"필요한 것인가를 물어보는 것입니다."

"필요하기 때문에 나타난 것 아니겠소?"

"과학문명이 발달한 앞날에도 유익을 줄 수 있을는지요?"

"물질문명이 발달한다고 해서 인간의 근원적인 갈등과 고민이 해소되는 건 아니니까요."

정찬우는 또 무슨 꿍꿍이인가 슬슬 불안해졌으나 박창섭은 꼬치꼬치 캐물었다.

"단순히 고민을 덜기 위한 수단으로밖에는 생각지 않으시오?"

정찬우는 질문이 영 불쾌하게 느껴졌다. 임시수용소에서의 수법이 또 나오나보다 싶은 게 소름이 끼쳐왔다.

"나는 종교학자도 아니니, 구체적인 것은 교계 인사들에게 물어보시오."

정찬우는 대화를 회피했으나 박창섭은 집요했다.

"그런데 정선생은 어째서 미사에 참예하지 않으시오?"

말문이 막혔다. 종교에 대한 솔직한 마음을 털어놓고 싶지는 않았다. 가만히 있으니 박창섭이 거듭 채근했다.

"저와 같이 미사에 나갈 용의는 없으시오?"

정찬우는 어설픈 웃음을 머금은 채 아무 답도 하지 않았다. 박창섭은 그래도 물러나지 않고 천주교를 전도하고자 했다. 적어도 이 순간만큼은 트집을 잡으려는 게 아니라 전도를 하기 위해 말을 걸어온 것 같았다. 정찬우는 열심히 하나님의 뜻을 설파하는 박창섭을 다시 보지 않을 수 없었다.

전도하는 박창섭은 죄 없는 사람들에게 누명을 뒤집어씌워 죽음의 구렁에 몰아넣고 저만 살겠다고 발버둥 치던 임시수용소에서의 250번과는 달랐다. 사람의 공허한 영혼을 채워주고자 신앙의 길을 권유하는 중간수용소의 541번 박창섭은 분명 다른 사람으로 보였다. 적어도 그날은 그랬다.

몇달 동안을 천막 안에서만 지내서 얼마나 추운지조차 분간하지 못한 채 봄을 맞은 1952년 3월 6일, 살아남은 겨울 추위가 마지막 발악을 하던 바람 차가운 날이었다. 정찬우는 중간수용소와도 작별을 하게 되었다. 2단계 심사를 마친 포로들은 최후의 심판이 기다리는 광주의 중앙포로수용소로 옮기게 된 것이다.

10장
광주 중앙포로수용소

중앙포로수용소는 전라남도 광주시에 있는 의과대학 운동장에 설치되어 있었다. 군용 버스에 실려 정문 앞에서 내린 일행은 철조망 안에 가득한 천막을 볼 수 있었다. 그곳에서도 포로가 포로를 관리하고 있었다. 수용소 정문을 들어서면서 일행은 '감찰'이란 완장을 두른 포로들에게 검신을 받았다.

정찬우를 검신한 포로는 105부대장 이봉춘이었다. 개전 3개월 만에 후퇴할 때 추풍령에서 유격전 문제로 언쟁하다가 다른 부대 장들을 비겁자라고 비난하며 권총을 들고 설치던 바로 그 사람이었다. 조금만 수틀려도 아무에게나 반혁명분자니 기회주의자니 하며 비난하던 골수 공산주의자가 돌연 국군의 수족이 되어 동료를 검신하고 있는 모습이 묘했다. 이봉춘은 그래도 반갑게 인사를 하며 정찬우의 주머니를 뒤졌다.

"교육위원 동무, 오랜만입니다."

대성골에서 행방불명이 되어 죽은 줄 알았는데 죽기는 고사하고 살까지 피둥피둥했다. 반가워하는 얼굴을 외면할 수는 없었다.

"이봉춘 동무는 언제 여기에 왔습니까?"

"두 달 전에 왔습니다."

이봉춘은 말하면서 재빨리 주위를 둘러보더니 나직이 속삭였다.

"나는 여기서 지병석이라 불리고 있다오. 앞으로 꼭 지감찰로 불러주시우."

무슨 꿍꿍이인가 싶어 쳐다보는데 이봉춘은 시치미를 떼고 다음 사람을 외쳐 불렀다. 감찰 완장을 찬 그는 이곳에서도 대장 행세를 하며 포로수용소를 자기 집 마당처럼 활보하고 다녔다. 그는 검신을 마친 정찬우 일행을 새로운 천막으로 인솔해가는 내내 주변의 헌병이나 포로들과 큰 소리로 인사를 주고받으며 떠들고 웃어댔다.

새로 입소한 포로들은 제8대대에 편입되었다. 대대장은 박창섭, 담당감찰은 이봉춘이었다. 연대를 구분하는 중문을 지나고 대대를 구별하는 소문을 거쳐 제8대대 1호 천막에 당도하기까지 좌우에 즐비한 천막에서 수많은 포로들이 내다보며 무어라고 떠들어대는데 알아들을 수가 없었다.

도중에 의무병의 십자 완장을 두른 심영숙과도 마주쳤다. 그러나 심영숙은 분명 눈을 마주쳤음에도 눈짓도 않고 못 본 척 외면하면서 가버렸다. 무엇 때문에 외면하는지 궁금했지만 이유가 있으려니 하고 말았다.

정찬우는 6306번이라는 새로운 번호를 부여받았다. 자리는 1호 천막 오른쪽 맨 앞으로 지정되었다. 이봉춘이 정해준 것이었다. 이봉춘은 도쿄의 '화조 악극단'에서 연출을 했다는 박용덕을 소대장에 임명하고, 정찬우를 선임하사로 천거했다. 정찬우는 내키지 않았으나 시키는 대로 할 수밖에 없었다.

대략 수용인 정리가 끝나자 건장한 국군 헌병이 걸어들어와 큰 소리로 말했다.

"전원 주목! 나는 여러분의 규율을 담당하는 김상사다. 3보 이상은 구보하라. 조사 시에는 솔직담백하라. 인사할 때 멸공 구호를 크게 외치는 것은 중간수용소와 같다. 그러나 보다시피 많은 인원을 수용하고 있는 중앙수용소에서는 중간수용소에서처럼 꾸물거리다가는 얻어터진다. 멍청히 굴다가는 볼 장 다 볼 것이다. 그런 만큼 제반 동작을 신속히 취해야 한다는 것을 명심하라. 나는 신상필벌주의자다. 질서유지에 협조하는 사람은 그만큼 우대를 해줄 것이요, 반대로 나의 임무수행에 지장을 주는 사람은 주먹질, 구둣발질, 헬멧 박치기 등 여지없을 테니 그리 알아라! 알았는가?"

"네."

포로들의 대답이 마음에 안 들었는지 상사는 다시 물었다.

"소리가 작다. 다시! 알았는가?"

"넷!"

"좋아."

큰 소리의 대답에 만족한 상사는 경례도 받지 않고 바쁘게 다음 천막으로 가버렸다. 본격적인 포로수용소 생활이 시작된 것이었다.

새로운 질서에 막 적응을 해나가던 며칠 후의 저녁 무렵이었다. 이봉춘이 정찬우를 찾아오더니 감찰취조실이라는 붉은 글씨가 쓰인 천막으로 데려갔다. 그곳에는 철사로 칸을 나누고 광목을 내려뜨려 여러개의 조사실을 만들어놓았다. 다른 사람은 보이지 않았다. 이봉춘은 그를 감찰 책상 앞에 놓인 의자에 앉게 하고 자신도 의자 하나를 가져와 앉았다. 그러고는 주머니에서 누룽지를 내놓으며 입을 열었다.

"누룽지 좀 드시우. 시장하실 것 같아서 가져왔수. 따로 챙겨드리고 싶어도 원체 보는 눈이 많아서 그럴 순 없구."

지나치게 친절했다. 이봉춘이 박창섭과 같은 부류라는 것을 잘 아는 정찬우는 더욱 긴장이 되어 누룽지는 거들떠보지도 않았다.

"정선생, 심사 끝났수?"

"글쎄요. 서너차례 받았습니다만……"

"제가 좀 협조해드릴까 해서요."

날카롭게 쏘아보면서도 눈웃음을 짓는 그 기묘한 눈빛에 소름이 돋아 입을 다무니 이봉춘이 물어왔다.

"심사관에게 군인이라고 말하셨수?"

"………"

"군인이라고 해야 하우. 포로교환 때 고향에 돌아가려면 그렇게 하는 게 가장 좋답니다."

"그런가요? 하지만 사실을 속일 수야 없지요. 나는 군인이 아니라 민간인 교육위원으로 온 것인데."

"평양에 돌아가고 싶지 않으시오?"

이봉춘이 질문하는 의도를 알 수 없었다.

"나도 고향으로 가고 싶기는 하지요."

"평양 출신이 아니시우?"

"내 고향은 전북 고창이라오."

돌연 이봉춘이 큰 소리로 웃어댔다.

"나에게까지 속일 필요는 없지 않수?"

이봉춘은 파안대소하며 정찬우의 입술을 뚫어지게 바라보았으나 정찬우는 모욕당한 기분이 들어 아무런 답도 하지 않았다. 이봉춘은 비로소 속내를 드러냈다.

"천주교 포교 반대, 심영숙과의 연애관계, 전애심과의 사건 등 상당한 죄과로 위급한 처지에 놓여 있기에 좀 도와드릴까 했더니 그토록 시치미를 떼시우? 이젠 고향까지 속여가면서?"

이봉춘은 야유를 하며 싱글벙글 웃었다. 박창섭이 천주교를 전도하는 것처럼 보였던 것은 무고를 위한 음모였다는 생각이 드니 두 사람에 대한 혐오가 끓어올랐다. 말을 섞는 것조차 싫어 눈을 다른 곳으로 돌리니 이봉춘이 빈정대며 말했다.

"꽃 같은 비서 이옥련이를 밤마다 품고 자던 옛일을 생각하면 심영숙도 구미가 당기겠지만 새장 안에 갇힌 새라는 걸 아시오. 허허허."

정찬우는 도저히 참을 수가 없어 입술을 지그시 깨물며 경멸의 눈으로 그를 쏘아보았다.

"그렇게 쏘아보지 마시오. 유격운동을 안하면 죽이겠다고 내 가슴에 권총을 겨누던 그때와는 다를 것이오."

전혀 예상치 못한 말에 정찬우는 깜짝 놀라지 않을 수 없었다. 추풍령에서 남해여단장 김면과 102부대장 정세룡을 배신자라 비난하며 "민족해방의 영웅 김일성 장군의 전통을 받들어 이 자리에서 사생결단을 내자"고 소리친 건 정찬우가 아니라 바로 이봉춘이었다. 공산주의 광신자처럼 권총을 뽑아 겨누며 비겁자는 죽여버리겠다던 그가 이제 대한민국의 애국자가 되어 그때 일을 정찬우에게 뒤집어씌우려는 것이었다. 정찬우는 전신이 부들부들 떨려왔다.

"정선생, 잘 생각하시오. 심영숙이나 전애심에게서 당장 손을 떼시오. 그러지 않으면 천주교 포교 반대자라는 사실을 고발하겠소. 소장님 이하 장교들이 천주교 신자라는 것을 참고하시오. 한가한 시간이 있거든 소대 내부의 기밀이나 수집해서 알려주우. 그러면 이 지병석 감찰이 편안한 생활을 할 수 있도록 뒤를 봐드리겠소."

순간, 정찬우는 자리를 차고 일어나 있는 힘을 다해 그의 따귀를 갈겼다. 개선장군처럼 으스대던 이봉춘은 예상치 못한 사태에 어안이 벙벙해 어쩔 줄을 몰라했다. 다시 한번 힘껏 뺨을 갈기며 고함쳤다.

"악마 같은 놈!"

그러고는 이봉춘이 준 누룽지를 그의 면상에 던지고 앉아 있던 의자를 번쩍 들어올렸으나 차마 내리칠 수는 없어 이를 갈고 있을 때였다. 고함 소리를 듣고 뛰어들어온 주변감찰이 정찬우를 거칠게 떼밀며 떼어놓았다.

"이게 뭐야? 지감찰, 어찌된 일입니까?"

뜻밖의 봉변에 대항할 생각도 잊은 듯 멍하니 앉아 있던 이봉춘은 능청스럽게 둘러대며 일어났다.

"망할 자식이 옛정을 생각해 좀 도와주려 했더니 개뿔 같은 자존심을 내세우네그랴."

이봉춘은 그에게 정보원 노릇을 권했다가 거부당한 것처럼 둘러댔다. 그러나 정찬우는 그의 말에 맞장구쳐주고 싶지 않았다. 주변감찰이 서있다는 것도 잊은 채 고함을 질렀다.

"뭐, 옛정? 생사람이나 죽이지 말아라. 악귀처럼 남의 생명을 빼앗는 취미를 가진 네놈들과 달리 서로 생명을 구해준 은인일 뿐, 내가 언제 심영숙이나 전애심을 여성으로 보고 희롱하더냐? 또 내가 언제 천주교를 반대했다는 거냐? 믿고 싶으면 믿고 아니면 그만이지, 도대체 내가 언제 어디서 그런 말을 했는지 말해봐라, 이 악마 같은 놈아!"

이봉춘은 기어코 속내를 드러냈다.

"모든 것은 내 손아귀에 있다. 어디 두고 보자."

"나는 내 죄를 모른다. 그러나 네 죄만큼은 너보다 더 잘 알고 있다. 지병석이라고? 웃기지 마라, 이 간교한 놈아!"

자신의 비밀이 들통날까봐 이봉춘은 더 떠들지 못하고 새파랗게 질려 노려보기만 했다. 주번감찰이 정찬우를 달랬다. 주번감찰은 그의 팔을 잡아끌어 천막으로 데려다주며 말했다.

"교육위원 선생, 저를 모르시겠소?"

정찬우는 그제야 그의 얼굴을 유심히 들여다보고서 놀라 외쳤다.

"아아! 102부대장 정세룡 동무 아니오?"

너무 화가 나서 미처 알아보지 못한 것이었다. 정세룡은 웃으며 손을 잡아 흔들고는 말했다.

"예전에도 그랬지만 온 사방에 이봉춘이 같은 자들이 널려 있습니다. 시대의 권세를 좇아 간에 붙었다가 쓸개에 붙었다 하는 놈들이 언제나 권력을 쥐고 있으니 한심하지요. 명색이 유토피아를 꿈꾸는 공산주의자가 저런 자들을 이용해 공포정치를 하더니 반공주의자들 역시 저런 자들을 앞세워 약한 사람을 억압하니 참 우스운 세상입니다."

"그러게 말입니다. 우리는 저자의 과거 악귀 같은 행적과 본명을 알면서도 인생이 불쌍해 밀고하지 않고 입을 다물어주는데, 사실 무근의 누명까지 만들어 사람을 괴롭히다니, 진정 세상에는 악이 존재하는 것 같습니다."

착잡한 심정으로 새벽이 되어야 겨우 선잠을 잔 다음 날, 정찬우는 감찰 취조실에 정식으로 불려갔다. 포로가 포로를 심문하는 취조실이었다.

천막 안은 텅 비었던 전날과 달리 살풍경했다. 광목이 드리워진 칸마다 잔인한 연극들이 벌어지고 있었다. 눈을 부릅뜨고 고문하는 감찰과 애걸복걸하는 포로의 모습이 식민지시대 일본 경찰서를 연상케 했다. 달라진 것이 있다면 고문을 가하는 자들이 대개 북쪽 사투리를 쓴다는 점이었다.

정찬우가 불려간 옆칸에는 지배인 유영석이 잡혀와 박창섭에게 매를 맞고 있었다. 그런데 정찬우를 담당한 감찰부대장 석경환은 아무 조사도 않은 채 자술서를 쓰게 하더니 광목을 열어 옆칸을 보여주는 것이었다. 유영석이 당하는 모습을 보여주어 겁을 주기 위함이었다.

"이 종간나 새끼! 원산폭격을 시켜야 알갔나?"

"살려주시오. 내가 뭘 잘못했다는 거요?"

싹싹 비벼대는 유영석의 손을 발로 걸어찬 박창섭은 삼십분간 원산폭격을 하도록 시켰다. 머리를 바닥에 박고 뒷짐을 진 채 엉덩이를 든 유영석의 얼굴은 금방 새빨개졌고 두 다리는 주정뱅이처럼 흔들거렸다. 두 눈에는 핏줄기가 서고 땀이 온몸을 뒤덮었다.

"감찰님! 아이고 감찰님!"

견디다 못한 유영석은 울음을 터뜨리고 말았다. 다른 포로들을 두들겨패다가 울음소리를 듣고 수탉 걸음으로 어기적어기적 걸어온 박창섭은 다짜고짜 곤봉으로 유영석의 엉덩이와 등짝을 내려쳤다.

"아이쿠! 살려주시오!"

유영석은 엉엉 울며 사정했다.

"좀더 버텨보아라."

애원하는 유영석의 목소리를 들은 체도 않고 싸늘하게 말한 뒤 박창섭은 호주머니에서 화랑 담배를 꺼냈다. 유영석의 얼굴은 붉다 못해 새까맣게 되었고 온몸을 발발 떨었다. 유영석은 마침내 항복했다.

"감찰님! 승인하겠습니다."

"좋아, 일어나!"

박창섭은 반 넘어 피운 담배를 집어던지고 일어섰다. 무슨 내용인지 알 수는 없지만 유영석은 박창섭이 들이미는 백지에 자술서를 쓰기 시작했다.

"어때? 견학 잘하셨수?"

정찬우를 불러다놓은 채 아무 조사도 않고 유영석이 당하는 장면만 구경시키던 감찰부대장 석경환이 비로소 광목을 치고 입을 떼었다.

"사실을 부인하는 사람에게는 원산폭격과 곤봉 세례가 있을 뿐입니다. 그런즉 솔직담백하게 털어놓고 관용을 바라는 게 상책일 것입니다."

그는 이봉춘보다 말솜씨가 능란했다. 정찬우가 답했다.

"지금까지 나는 아무것도 속인 게 없소."

"누구나 말로는 그러는걸요. 우리를 속이려는 자들의 모습을 보여드렸으니 서론은 그쯤하죠. 고향이 어디시죠?"

"전북 고창입니다."

답이 나오기 무섭게 석경환의 음성이 달라졌다. 친절하고 점잖던 존대어는 사라지고 쌍욕이 터져나왔다.

"이 새끼가 누구를 속일려구? 한때는 사단의 작전참모였어, 내가!"

석경환은 곤봉을 치켜들고 내리치려 했다. 정찬우가 말했다.

"내 고향 고창에 조회해서 진실이 드러나면 어떻게 하실려우?"

석경환은 어이가 없다는 듯 바라보더니 곤봉을 내렸다.

"어떡하긴 뭘 어떻게 해? 그뿐이지."

일단 수그러든 그는 투덜대듯 말했다.

"흥! 배짱은 좋다마는 사흘이면 조회가 끝나는 거 아우?"

"빠를수록 좋지요. 모든 것을 시원하게 알게 될 것이오."

기본적인 조사를 마친 석경환은 순순히 정찬우를 천막으로 돌려보냈다. 이후로는 한동안 아무 조사도 이뤄지지 않은 채, 날씨는 나날이 따뜻해져 지내기가 한결 나아졌다. 그러던 5월 어느날이었다. 제8대대 전원을 연병장에 집합시키라는 소장의 특명이 떨어졌다.

대대원이 모두 집합한 연병장의 공기는 봄 같지 않게 싸늘했다. 평상시에는 두 천막의 포로도 한꺼번에 모인 적이 없는데 아홉개 천막을 총집합시켰으니 경계부터 살벌했다. 철모의 턱걸이를 풀어 목덜미에 내려뜨린 헌병들이 통로마다 지키고 서고, 감찰들은 곤봉을 들고 철조망 곁에 줄지어 섰다. 망루에 배치된 경비원들은 여차하면 사격할 듯이 포로들을 향해 기관총 총구를 겨누고 있었다.

보초와 동초도 장탄을 한 채 '앞에총'을 하고 있었다.

한참을 부동자세로 기다리고 있으니 소장을 비롯한 과장들과 호위원들이 연병장에 나타났다. 수용소 안을 순시할 때에는 탈취를 예방하기 위해 무기를 소지하지 않는 게 원칙인데 이날은 소장부터 권총을 차고 있었다.

"소장님께 가운데로 보았!"

헌병 상사의 호령에 따라 주의를 모았다. 소장은 인사를 받는 둥마는 둥 하며 쉬라고 손짓하고는 마이크를 잡았다. 언제나처럼 존댓말이었다.

"어젯밤 열한시에 누군가가 변소에서 담당감찰 6386번의 옆구리를 차서 똥통에 쓰러뜨린 후 주먹으로 갈겨 안면에 타박상을 입힌 엄중한 사건이 발생하였습니다. 그래서 환자 이외에 전원이 집합한 가운데 범인을 색출하려고 합니다. 어떻습니까? 수용 벽두에 선포한 바와 같이 솔직담백하고 관대한 처분을 받겠습니까? 아니면 끝까지 버팀으로써 전원이 연대기합을 당하겠습니까? 현명한 여러분의 자유재량에 맡깁니다. 비밀은 존재할 수 없다는 천리와 누가 그랬는지를 대강 짐작하고 있다는 사실을 참고 삼아 알려드리고 삼십분간의 여유를 드리겠습니다."

"경례! 모두 고개를 숙여라. 해당자만 손을 들어라!"

얻어맞은 6386번은 다름 아닌 박창섭이었다. 정찬우는 아무 관계가 없음에도 난처했다. 이봉춘의 독기 어린 시선이 그를 노려보고 있었다. 감찰부대장 석경환도 마찬가지였다. 심지어 정세룡까지 두차례나 정찬우 앞에 서서 의심의 눈길을 던지고 갔다.

"십분!"

시간은 흘러갔다. 십오분, 이십분이 지나갔다.

"앞으로 십분!"

손목시계를 들여다보며 소장이 외쳤다. 그때였다. 대열 속에서 고함이 터졌다.

"소장님!"

모두 고개를 들고 소리 나는 쪽을 보았다. 임시수용소에서 "매일 밤이로구나"라는 말을 했다가 자수했던 조관병이었다.

"박창섭 감찰은 제가 때렸습니다. 연대기합은 하지 말아주십시오."

여기저기서 안도의 한숨이 새어나왔다.

"이리 나와봐."

소장의 목소리가 의외로 부드러웠다. 조관병은 달려나가 소장에게 경례를 붙였다.

"무엇 때문에 그런 사고를 저질렀나?"

"박창섭이가 생사람을 많이 죽이기 때문입니다."

"생사람을 죽이다니?"

"사실을 밝히려 하는 게 아니라 감찰의 복안대로 하지 않으면 무조건 몽둥이 찜질입니다. 저도 견디다 못해 있지도 않은 사실을 불었습니다. 마을에 들어온 인민군의 총구가 무서워 제비뽑기로 의용군에 끌려왔는데 마치 제가 자원해서 입대한 걸로 진술서를 쓰고야 말았습니다. 억울해서 견딜 수가 없어 너 죽고 나 죽자는 심정으로 그리한 것입니다."

눈물과 함께 나온 그의 말은 소장의 마음을 움직이게 했다. 살기를 띠었던 헌병들의 표정도 부드러워졌다. 포로들은 그래도 연대기합이 떨어질까봐 바짝 긴장한 채 소장의 훈시를 기다렸다.

"좋아. 귀관의 죄를 용서해주겠다. 과연 사나이야. 처음에 바로 나왔더라면 더 훌륭했을 텐데 그러지 않은 게 유감이지만. 앞으로 헌병들은 감찰의 비행도 엄정하게 단속하도록 하라. 생사람을 괴롭히는 일이 없도록 포로들의 생활을 관리하는 선임하사들이 책임 지도록!"

말을 쏟아낸 소장은 뒤도 안 돌아보고 씩씩하게 걸어나갔다. 감찰들의 얼굴은 찌푸려진 반면, 포로들은 밝은 얼굴로 웃고 떠들며 천막으로 돌아왔다.

포로수용소는 끊임없이 문제의 도가니였다. 날씨가 더워지면서 환자가 부쩍 늘었고 사망자도 적지 않았다. 대장염과 영양실조로 인한 부종이 가장 많았다. 의무관은 부종 환자를 위해 매일 의무대원들을 동원해 주변 논에서 개구리를 잡아와 끓여 먹였다. 나중에는 의무대원만으로는 부족해 개구리 잡이를 위해 몇 사람을 선발했다. 앞을 다투어 나오는 지원자 중 행운아 몇 사람만 뽑혀 논밭으로 나갔으나, 그들은 개구리를 잡을 생각은 않고 나무뿌리와 풀을 캐 먹기에 여념이 없었다.

그만큼 배가 고팠다. 다들 먹을 것에 환장한 지경이라 한그릇 밥이나 몇개비 담배면 이성이 무딘 포로를 심복 정보원으로 두고 마음대로 조종할 수 있을 정도였다. 식사시간 후에 은밀히 빈 천막에 데려가 배불리 먹여주고는 포로들에게 불리한 정보를 물어보고 슬쩍 돌려보내는 게 종전과 달라진 감찰의 취조방법이었다.

소장의 특명이 있은 후 국군 헌병이 직접 수사에 참여하니 포로 감찰들은 무턱대고 곤봉으로 내리치거나 원산폭격을 시킬 수가 없게 되었다. 소장의 조치는 포로들의 심리를 한결 안정시켰다. 그러나 감찰들의 행패가 아주 사라지지는 않았다. 자신들의 역할을 되살리기 위해 그들은 될 수 있으면 사고가 나기를 바랐다. 작은 일도 가능한 한 키워서 포로들을 곤경에 빠뜨리려 들었다. 또 경쟁적으로 정보원을 확보하려고 포로들의 밥을 마구 빼앗았다. 감찰과 정보원들이 배불리 먹는 광경을 보면서 포로들은 투덜거렸다.

"제기랄! 낙동강에서도 살아났는데 여기서는 굶어 죽겠군."

소장의 조치로 고문은 많이 사라지고 의무관들이 적극적으로 활동해 질병도 많이 줄었으나 배고픔은 해소되지 않았다. 기아 해소가 수용소 당국의 첫째 목표로 떠올랐다. 밥의 양만이 아니라 설익고 질고 까맣게 탄 밥이 나오는 게 더 큰 문제였다.

"이걸 먹으라고 주는 건가?"

"배가 고파도 먹을 수가 있나!"

어느날 천막 안에서 누군가 불평을 내놓자 너도나도 한마디씩 참견해 마침내 천막 안이 아주 소란스러워졌다. 하필 이때 감찰대장과 선임하사가 취사반장과 함께 천막 안으로 들어왔다. 천막 안은 갑자기 조용해지고 포로들은 얼른 젓가락을 들어 맛있게 먹는 시늉을 했다. 선임하사와 취사반장이 온 것은 취사원을 뽑기 위함이었다.

"많은 양의 취사를 해본 경험이 있는 분은 손을 들어보시오!"

포로들은 서로 얼굴만 쳐다볼 뿐 욕먹는 일에 지원하려 들지 않았다. 취사반장이 투덜댔다.

"새끼들이, 지들도 밥할 줄 모르면서 불평만 한단 말야!"

감찰대장도 맞장구를 쳤다.

"어느 놈이 선동을 하는 모양이지!"

취사반장 일행은 지원하는 사람이 없자 그대로 돌아섰다. 그때 정찬우가 손을 들고 말했다.

"내가 시험 삼아 밥을 한번 지어보겠습니다."

취사반장의 인상이 찡그러졌다.

"뭐? 당신이 밥을? 자신있소?"

"못 먹을 정도까지는 되지 않도록 노력해보겠습니다."

봉천사범학교 시절 본과 2부생 때 취사반장을 해본 경험을 살려 밥을 지어보려는 것이었다. 책임이 무겁고 귀찮기는 했지만 구역질 나는 밥이 나오니 참을 수가 없었다.

"말해보시오. 밥이 설고 탄내가 나는 걸 어떻게 하면 막을 수 있겠소?"

감찰대장이 심사하는 듯이 물었다. 정찬우는 몹시 창피했으나 예전의 경험을 살려 대안을 말해보았다.

"우선 솥이 반듯하게 잘 걸려야 할 뿐 아니라, 굴뚝이 제 방향으로 뻗어 화기를 시원스럽게 뽑아야 합니다. 마른 쌀과 덜 마른 쌀을 분간해서 수량을 적절히 조절하고 그때그때 바람과 화력의 정도에 맞춰 불을 잘 때야 한다고 봅니다."

듣고 있던 취사반장의 얼굴이 빨개졌다. 감찰대장과 선임하사가 머리를 끄덕이자 당황스러워했다. 선임하사는 당장 모포와 식기를 가지고 취사반으로 옮기라고 했으나, 정찬우는 우선 시험 삼아 밥을 지어보자고 하며 그냥 따라나섰다.

정찬우는 먼저 취사장을 둘러보았다. 한가마니의 쌀을 안칠 수 있는 솥이 좌우로 열다섯개씩 서른개가 걸려 있었고, 그보다 더 큰

솔이 좌우로 다섯개씩 열개가 놓여 국을 끓이고 있었다. 밥솔에는 삽이 한개씩, 국솔에는 국자가 하나씩 비치되어 있었다. 취사원은 60명인데 쌀 씻는 사람이 다섯명, 국거리 씻는 사람이 열명, 화부가 마흔명, 나무 운반하는 사람이 다섯명이었다. 한끼에 쌀 25가마니가 들어가고 있었다.

정찬우는 점심 짓는 모양을 가만히 살펴보았다. 한참 밥이 익어갈 때 한자루의 삽으로 밥을 휘젓는다는 건 힘든 일이었다. 주로 이때 밥이 탔다. 솔 하나에 한 사람씩 불을 때다가 물이 부족하면 부리나케 우물로 달려가 물을 떠왔는데 다른 솔들도 비슷한 사정이니 우물 앞에서는 매번 대소동이 벌어졌다. 물을 늦게 부으니 밥이 설고 탈 수밖에 없었다.

가만히 보니 모든 원인은 일이 분담되어 자기 몫만 하는 데 있었다. 다섯명이 25가마니나 되는 엄청난 쌀을 씻으려니 쌀에 돌이 섞이기 마련이었다. 또 엄청난 양의 시래기를 열명이 씻으니 흙이 들어가기 마련이었다. 쌀과 국거리를 씻는 사람이 바쁠 때 불 때는 사람은 놀고, 불 때는 사람이 분주할 때 삽을 가지고 젓는 사람은 구경만 했다. 한창 밥이 익을 때 삽 하나로 밥을 휘젓는 것은 무리여서 자연히 어디는 익고 어디는 타는 현상이 일어났다. 25가마니의 쌀을 서른개 솔에 나누려니 매번 쌀의 양이 들쑥날쑥했고 자연히 물의 양도 매번 헷갈리기 마련이었다.

"무어 발견한 거라도 있으시오?"

제 딴에는 규모 있게 지도하고 있다는 듯 턱을 치켜올리면서 취사반장이 물었다. 감찰대장도 그의 생각을 떠보았다.

"인원이 모자라지 않습니까?"

"요령 있게 조절하면 인원은 충분합니다."

정찬우의 말에 취사반장이 발끈했다.

"내가 인원을 요령 없이 배치했다는 말씀이오?"

"좀더 나은 방법을 택할 수 있다는 말이지요."

"엎어치거나 뒤집어치거나 매한가지 아니오? 점잔 빼지 말고 말씀해보시우."

"현재 쓰고 있는 솥 하나는 한가마니의 쌀을 다루기에 족합니다. 그런즉 다섯개의 솥은 쓸 필요가 없습니다. 한 솥에 쌀 한가마니씩만 넣으면 매번 물을 새로 맞출 필요가 없고 표준화할 수 있어 편할 것입니다."

정찬우는 이어서 다섯명이 쌀을 씻기 힘들고 열 사람이 시래기를 씻기 힘드니 이때 놀고 있는 화부와 삽질하는 사람도 함께 일하게 하자고 했다. 불을 때는 일도 화부 한 사람에게 맡기지 말고 남는 인원을 배치해 교대로 불을 때고 물을 길어오게 하자고 했다.

"그럼, 밥이 타서 화기내 나는 것은?"

처음부터 못마땅하게 여기던 취사반장이 싸울 기세로 육박하면서 말했다.

"삽을 더 구해서 둘이 함께 위젓도록 하면 될 것입니다."

선임하사와 감찰대장은 깊은 인상을 받은 듯했다. 신경질이 난 취사반장은 당장 기술풀이를 해보라고 갈구쟁이를 걸었으나 정찬우는 침착하게 말했다.

"내일부터 천천히 시도해봅시다. 이 일은 여러 사람이 먹는 음식을 맛있게는 못할지라도 못 먹을 정도까지는 되지 않도록 노력하는 데 기본 취지가 있는 것이지, 개인의 체면을 위하거나 취사반장의 이권을 침범하는 데 뜻이 있는 게 아니니 화를 내실 필요는 없지 않습니까?"

취사반장의 얼굴은 아예 새빨개졌다.

"내가 이래뵈두 일제시대 평양사범을 나왔고 괴뢰군 시대 선우곤 중위라면 연대까지 알려진 사람이오."

무엇이 분해서인지 선우곤이라고 이름까지 밝힌 취사반장은 눈물을 흘렸다. 정찬우는 그가 자신을 내세우는 모양이 우습기도 했지만 원통해하는 모습이 마음에 걸려 더 지적하지 않고 돌아섰다.

다음 날 새벽 세시에 취사장으로 간 정찬우는 선임하사를 통해 취사원들의 임무를 재배치했다. 불을 때다가 물을 기르려 우물 앞에서 장사진을 치는 혼란은 빚어지지 않았고 부글부글 끓는 밥을 둘이서 함께 휘저으니 타는 일이 없었다. 포로들은 오랜만에 탄내 나지 않은 잘 익은 밥을 먹을 수가 있었다.

"정선생 인기가 대단합니다."

여론 수습에 나갔다 온 감찰대장이 만면에 웃음을 띠며 말했다. 선임하사는 한시름 덜었고 취사원들은 이제 욕을 안 먹게 되었다. 선우곤은 취사반장에서 해임되고 정찬우가 임명되었다. 분해서 울던 선우곤을 측은히 생각해 그대로 두자고 거듭 사양했으나 선임하사가 들어주지 않아 별수 없이 취사반장을 맡을 수밖에 없었다.

취사반장은 수용소 안의 포로 계급으로는 대위였다. 졸지에 포로 대위가 된 정찬우는 다음 과제로 공평한 분배에 관심을 가졌다. 우선 정보원들에게 나가던 특별배식을 없애도록 했다. 무쇠솥에 장작불로 밥을 하니 솥바닥에 눌러붙은 누룽지의 양이 상당했다. 헌병과 일부 포로 간부들끼리 나눠먹던 누룽지는 3등분해서 하나는 취사장을 담당하는 헌병이 책임지고 헌병과 포로 간부들에게 나눠주고 나머지는 임산부와 여자 환자에게 분배하도록 했다. 숭늉도 일절 중간치기를 없애고 환자 천막에 교대로 보내주도록 했다. 정량 80킬로그램에 많이 부족한 쌀가마니는 받지를 않았다. 그리하여 일반 포로들은 적지 않은 혜택을 보게 되었다.

그러나 인기 높은 취사반장 생활은 금방 끝나고 말았다. 두달쯤 지난 7월 초순, 정찬우는 정훈부 성중위의 호출을 받았다.

"다름이 아니라 정훈부의 활동범위가 지나치게 커져서 어떻게 감당해나갈 것인가를 토의하고 싶어서 이렇게 청했습니다."

서두를 꺼낸 성중위는 사정을 자세히 말했다.

"지금까지는 유엔군 포로와의 교환을 전제로 포로수용소를 운영해왔습니다만 이제 시책을 바꿔 반공포로를 민족의 품으로 끌어들이는 개과천선의 방향을 내세우게 되었습니다. 따라서 종래의 감찰대 중심의 통제 정책과 달리, 정훈부 중심의 교화 선도가 있어야 하겠습니다. 골치 아팠던 취사 문제를 잘 해결한 정선생과 상의하면 뭔가 좋은 비책이 있을 것 같다는 모두의 의견입니다."

인민군 포로 중에 공산주의에 반대하여 북으로 송환되기를 거부하는 이는 석방시켜 자유를 주겠다는 말이었다. 희망이 밀려왔다. 무사히 살아남아 포로가 된 후에는 평양으로 돌아가고 싶다는 생각이 점점 사라지고 있었다. 이남 사회가 아무리 문제가 많더라도, 한 개인의 운명을 당에서 마음대로 결정하는 그런 사회로 돌아가고 싶지는 않았다.

"당국의 새로운 시책에 감사할 따름입니다."

자유의 몸이 될 수 있다는 생각에 잠시 행복한 상상에 빠져 있으니 성중위가 물었다.

"어떻습니까? 지금 포로들의 심정으로 보아 모처럼의 이 시책이 성과를 거둘 수 있을까요?"

정찬우는 얼른 희망적인 답을 내놨다.

"백 퍼센트의 실적을 거둔다는 건 어려운 일이겠지만, 잃는 것에 비하여 얻는 것이 훨씬 많을 것 같습니다."

"됐습니다! 그러면 취사반장이 정훈부를 맡아주지 않겠습니까?"

돌연한 부탁에 응할 아무런 준비가 되어 있지 않았다. 섣불리 응했다가 책임을 감당하지 못하게 되면 그 이상 괴로운 일이 없을 것 같았다.

"좀 생각할 여유를 주시면 좋겠습니다."

"하룻밤 쉬면서 마음의 준비를 해주십시오. 나만이 아니라 소장님 이하 모두가 취사반장을 정훈부의 적임자로 보고 있습니다."

포로에게조차 본인의 뜻을 물어보고 선택을 하게 하는 성중위를 보니 허가이가 전화로 호출해 일방적으로 임명장을 건네던 그날 아침이 떠올랐다. 모든 사람과 고위급 간부들조차 당 중앙의 한마디에 운명이 결정되는 사회가 더욱 싫어졌다.

"취사반장을 믿겠소. 구체적인 계획을 세워봐요."

성중위는 정찬우를 직접 취사장까지 바래다주었다. 바쁜 취사장 일을 마치고 나서 밤이 깊어 동료들이 잠든 후까지 정훈부로 옮길 것인가, 끝까지 사양할 것인가를 고민했다.

'남쪽에서 억지로 의용군에 끌려나온 이들은 물론이지만, 북쪽 출신들도 해방 후 갑자기 공산당 정권이 세워지니 어쩔 수 없이 그 환경에 얽매어 인민군에 동원된 이가 대다수가 아닌가? 그들을 설득해 교정, 교화시키기란 어렵지 않은 일일 것이다. 그래, 보복이 아닌 포섭 정책을 펴려는 남쪽 정부의 성의를 무시하지 말고 나서 보자.'

일단 결심은 했으나 좀처럼 잠이 오지를 않았다. 사회주의를 선전하던 자신이 반공포로를 양성하는 일을 한다는 것이 왠지 언짢았다. 설사 사상이 바뀌더라도 조용히 은둔해 사는 것이 진정으로 과거 행적을 반성하는 길이 아닌가 하는 생각도 들었다. 굳이 공개적으로 나서서 자신의 과거와 옛 동지들을 비판할 필요가 있을지, 그것이 과연 올바른 지식인의 태도일지 괴롭기도 했다. 이런저런 생각에 빠져 있으려니 갑자기 외로움이 엄습해왔다.

'아니다, 굳세어야 한다. 내가 돌아가고 싶지 않은 땅에 다른 사람들을 돌려보낼 수는 없다. 자유보다 더 소중한 게 어디 있으랴. 누가 나를 배신자라고 욕하고 손가락질해도, 옳은 일을 해야만 한다.'

다음 날인 1952년 7월 4일부로 정찬우는 광주 포로수용소 정훈대장에 임명되었다. 인민군 지프를 타고 서울에 들어선 후 2년째 되던 날이었다. 포로 계급도 중령이 되었다. 취사반장은 유영석에게 넘겼다.

정찬우는 우선 지식인 포로들을 상대로 '포로들을 어떻게 개과시킬 것인가'라는 논문을 모집했다. 인민군과 의용군 출신 중에는 국군 병사들과는 비교할 수 없을 정도로 높은 학력을 가진 이들이 많았다. 논문 모집에 응한 포로 중에 성품이 온화한 이들을 선발해 정훈부원으로 뽑았다. 극렬 공산주의자로 날뛰다가 체포되자 극렬 우익으로 돌아선 감찰들이나 연대 지휘관들은 천막으로 돌려보내고 특히 포로들에게 원한을 사온 몇몇 감찰은 작업부대로 재배치했다.

김상욱을 부관, 박용덕을 부대장으로 한 정훈대는 산하에 교육부, 강연부, 연극부, 음악부, 체육부, 미술부, 종교부를 두고 다시 각 부서 안에 몇개 반을 만들어 각각 전임자를 골라서 맡겼다. 여자포로는 본부에서 직접 지도하긴 했으나 천막 내에 무단출입하는 일이 없도록 하기 위해 심영숙을 대장으로, 전애심을 부대장으로 하여 독립된 부서를 만들고 간부들은 서로 만나서 상의할 수 있으나 일반포로는 접촉하지 못하게 했다.

반공포로 양성을 위한 교화 정책은 상당한 성과를 거두었다. 어느 누구도 동족을 죽이는 전쟁에 뛰어들어 비참한 전투를 치르고 처량한 포로생활을 하고 싶어하는 이는 없었다. 천막 안으로 스며드는 별빛을 바라보며 처절한 운명을 저주하던 포로들은 자유세상으로 석방될 수 있다는 새로운 희망에 들떴다.

문예부의 창작활동은 포로들의 메마른 마음을 따스하게 적셔주었다. 많이 배웠든 적게 배웠든 시를 존중하고 수필 쓰기를 좋아하는 전통 속에서 자란 사람들이었다. 포로들이 쓴 시를 종이에 옮겨 천막에 붙여주니 다들 좋아했다. 하루하루 똑같은 철조망 안의 생활에 지친 이들에게 아코디언과 하모니카로 감미로운 멜로디를 들려준 음악부의 활동은 큰 호응을 얻었다. 정훈부의 설득에 따라 남한을 택하는 반공포로는 나날이 늘어났다.

화기애해한 분위기는 그러나 3개월밖에 가지 못했다. 지루하게 끌어오던 포로교환 협상이 결렬되었다는 소식이 전해진 것이다.

환자와 일부 정규군 출신의 포로만 교환하는 것으로 약정이 되다보니 포로의 상당수가 북으로 가지도 못하고 반공포로로 인정받지도 못한 채 일반인과 마찬가지로 고등군법회의에 넘어가게 되었다. 수용소 공기는 하룻밤 사이에 예전 상태로 되돌아가버렸다.

살벌한 군법회의에서 어떤 형을 받을지 모르는 포로들은 다시 우울해졌고 수용소 측도 더이상 정훈부 사업에 관심을 두지 않게 되었다. 오직 수사의 편의를 제공하는 감찰대의 활동만 다시 표면화되었다. 박창섭은 다시금 수탉 걸음으로 걸었고 이봉춘은 특유의 묘한 웃음을 짓고 다녔다. 석경환의 거만한 눈초리도 되살아났다.

11장
대구형무소

최후의 심사가 시작되자 포로수용소는 아주 삭막해졌다.

매일 아침 기상하기 바쁘게 주번감찰이 천막들 사이 통로 네거리에 나타나 그날 심사받을 포로를 불러주었다. 각 소대 선임하사는 천막 밖에서 주번감찰이 불러주는 번호를 듣고 있다가 자기 천막에 해당자가 있으면 큰 소리로 복창했다. 주번감찰은 두번 다시 불러주지 않았다. 매일 수십명의 심사대상자를 천막 사이 통로에 줄세워놓고 점검해서 안 나온 포로가 있으면 누가 실수를 했든지 간에 소대 선임하사가 얻어터지곤 했다.

전쟁 주범들을 대상으로 한 것은 아니지만, 이것도 전범재판이었다. 이전의 조사가 단순히 개인 이력을 기록하기 위한 것이었다면, 사형장 혹은 감방에 보내기 위한 이 마지막 심사는 훨씬 엄중했다.

전쟁 중 어떤 범죄를 저질렀는가에 대한 심문이니 포로들로서는 형량을 줄이기 위해 거짓말을 할 수밖에 없었고 수사관들은 무자비한 고문과 폭행을 가했다. 아침에 멀쩡한 몸으로 불려나간 포로가 석양 무렵에 걷지도 못해 등에 업혀오거나 부축받고 다리를 절며 돌아왔다. 한차례 수사로 끝나지 않은 사람은 몇번이고 불려갔고 그때마다 멍든 채 절뚝이며 돌아왔다. 조금이라도 덜 맞는 게 모두의 소망이었다.

정찬우의 차례가 왔다. 46명의 포로와 함께 헌병사령부에 끌려가니 땡볕이 내리쬐는 한여름 운동장 가운데에서 머리를 숙이고 앉아 차례를 기다리게 했다.

"이 자식이! 바른대로 말 못해?"

"아이쿠, 정말입니다!"

"그래도 거짓말을 해?"

건물 안에서는 끊임없이 고함과 비명, 울음소리가 흘러나왔다.

"6306번!"

보통 키에 비대한 몸집을 가진 중년이 나와 정찬우를 호출했다.

"당신이 정찬우요? 김일성종합대학을 나오고 수용소 포로 정훈 대장이고?"

그렇다고 하니 앞장세워 어떤 사무실로 데려갔다. 좁은 사무실 안에서는 아직 다른 취조가 진행 중이었다. 차례를 기다리면서 앞사람이 취조받는 광경을 보았다. 색안경을 쓴 심사관이 중년 포로에게 질문하고 있었다.

"김일성이를 아시오?"

중년 포로는 귀밑머리가 희끗희끗했고 풍만한 몸에 대머리였는데, 본 적은 없지만 고위 군관임을 알 수 있었다.

"잘 알디요."

"이번 침략전쟁을 어떻게 생각하시오?"

"삼팔선을 당신네들이 먼저 넘어선 것 아님메?"

"허허 고질적이야. 우리가 먼저 쳐들어갔으면 부산까지 밀리는 고난을 치렀겠소?"

"일부러 후퇴해서 유엔군을 불러들인 거 아님메."

"언론 자유가 넘치는 자유사회에서는 그런 음모가 통하질 않아요. 당신네 신문들이나 온통 거짓말로 도배하지. 정말 자유세계의 물정을 전혀 모르시는군."

"자유세계요? 부럽지 않수다."

"하기야 도 책임자였던 당신이 마음을 돌이킬 수는 없겠지?"

"비단 도 책임자로 있어서가 아니라 신념이 그렇디요."

중년의 포로는 완고했다. 정찬우는 포로수용소에서 수많은 포로를 보았지만 그토록 당당한 이는 처음이었다. 심사관은 담배를 권하며 마지막으로 물었다.

"더이상 할 말은 없소?"

"당신을 상대로 무슨 말을 하겠소?"

육중한 포로는 권하는 담배를 거들떠보지도 않고 대기 중인 헌병과 함께 밖으로 나가버렸다. 심사관은 고개를 저으며 정찬우를 불러들였다. 인적 사항을 확인하던 그는 고개를 갸웃했다.

"가족 사항이 어떻게 되오? 진술서에 가족에 대한 이야기가 하나도 없구만."

"양친 계시고 삼남매가 있습니다."

"왜 진술서에 쓰지 않았소?"

"아무도 물어보질 않더군요. 저는 가족이 어디 사는지도 모르고요."

정찬우가 한숨을 내쉬며 답하자 심사관은 더욱 의아해했다.

"가족의 행방을 모른다고? 그게 말이나 되나?"

"만주에서 함께 살았지만 해방되기 전 제가 봉천사범학교에 입학하면서 갈라졌습니다. 삼팔선으로 남북이 가로막혔는데 어떻게 알 수 있었겠습니까?"

고개를 끄덕이던 심사관은 담배를 빼어물고는 의자 등받이에 기대앉아 여유로운 표정으로 물었다.

"한번 과거사를 양심적으로 말해보시오."

정찬우는 만주에서 공부를 위해 집을 떠난 후부터 지금까지의 이야기를 조서 작성에 편리하도록 조리있게 말해주었다. 거짓 없는 고백에 만족한 듯, 심사관은 잠자코 받아쓰기만 했다. 진술하는 내용마다 꼬투리를 잡아 몇번이나 확인하고 주먹다짐을 하는 다른 포로들과는 전혀 다른 대우였다. 끝까지 다 적은 심사관이 머리를 끄덕여 만족을 표하더니 뜻밖의 질문을 했다.

"전애심을 아시오?"

"잘 압니다만."

"내가 애심이의 당숙이오. 당신이 우리 애심이와 그 남편 될 사람을 구해주었다는 이야기를 여러번 들었소. 고맙소이다. 심사 내용은 최대한 유리하게 써줄 테니 재판정에 가면 무조건 잘못했다고 비시오. 그것만이 살길이오. 알겠소?"

무조건 빌라는 말이 맘에 걸렸으나 알았다고 답하니 심사관은 전애심의 소식을 전해주었다.

"우리 애심이는 내일 재판을 받고 바로 석방될 거요. 정찬우 씨도 부디 좋은 결과를 얻기 바라오. 자, 그럼 행운을 비오."

심사관은 악수까지 하며 배웅해주었다. 그토록 두렵던 심사는 매 한대 맞지 않고 조용히 끝났다. 심사관의 말대로 전애심은 다음날 사령부로 호출되어 들어가더니 다시 수용소로 돌아오지 않았다. 집행유예로 석방되었다는 소식이 들렸다.

1952년 10월 15일, 중부전선에서 서로 조금이라도 더 땅을 차지하려고 치열한 고지전이 계속되고 있을 때였다. 정찬우에 대한 마지막 심사가 열렸다. 경찰관 입회 아래 심사관의 조서와 본인 자술서를 대조해보는 합동심사위원회의 최종 심사였다. 진주에서부터 남원을 거쳐 광주까지 19개월간 이 사람 저 사람에게 여러가지 방법으로 당한 문초가 이날로 종지부를 찍게 되었다.

처음부터 속이거나 숨기는 것 없이 솔직하게 진술해온 정찬우에게는 마지막 심사도 두려울 것이 없었다. 미군 정보부대인 CIC나 헌병대 IPW에서 심사한 것을 그대로 인증하는 정도의 절차로, 이따금 지엽적인 사건을 물어보는 정도였다.

"고향 가는 길은 아시오?"

전혀 고향 소식을 모르고 있는 정찬우에게 전남도경에서 왔다는 경위가 물었다.

"정읍역에서 버스를 타고 장승백이에서 내려서 4킬로미터를 걸어가면 됩니다."

너무 정확히 답변한 것에 도리어 의혹을 느꼈는지 경위는 다시 물었다.

"다른 경로는 없습니까?"

"신홍리나 사거리에서 가는 지름길도 있습니다."

"어릴 때 떠난 사람이 어찌 그리 잘 아시오"

"아무리 어려서 떠났어도 생생히 기억이 납니다."

끄덕이며 듣던 경위가 악수를 하며 친절한 위로의 말까지 해주었다.

"재판 잘 받아 하루빨리 고향에 돌아가기를 바라겠소. 이 세상에 내 부모, 내 형제만한 사람이 어디 있겠소."

이로써 모든 취조는 끝났다. 정찬우는 며칠을 대기한 후 군사법정으로 갈 서른명의 포로와 함께 광주수용소를 떠났다. 포로를 보내는 자리에는 연대장 이하 포로 간부 전체가 정문까지 나와 작별 인사를 했다. 거듭된 심사에도 불구하고 여전히 지병석으로 불리고 있는 이봉춘도 정찬우에게 악수를 청하며 말했다.

"정선생, 부디 자유롭게 되기를 바랍니다."

웬일인지 다정하고도 정중한 말투였다. 그러나 정찬우는 이제 사람이 변할 수 있다는 말을 믿지 않았다. 말 속에 가시를 넣어서 답했다.

"심은 대로 거둔다는 천리에 따라 살아갑시다."

박창섭까지도 그의 손을 잡으며 다정하게 말했다.

"정훈대장님, 국가와 민족을 위하여 많은 일을 하여주시오."

박창섭은 천주교 천막에 빼놓지 않고 다니고 있었으나 그의 신앙이 진짜인지 가짜인지는 본인 외에 아무도 모르리라는 생각이 들었다. 정찬우는 웃으며, 그러나 이번에도 말 속에 뼈를 넣어 답했다.

"모략자의 미끼가 되지 않을 정도의 실력을 갖추겠습니다."

박창섭이 자신의 말을 이해했는지는 알 수 없었다. 일행을 실어 갈 트럭이 도착했다. 광주지방법원에 설치된 군사법정으로 향하는 트럭은 성중위와 권상사가 인솔하고 있었다.

포로수용소로 쓰이고 있는 의과대학과 법원은 지척이었다. 금방 도착해 마당에 쪼그리고 앉아 호명을 기다리고 있는데 권상사가 보따리 하나를 들고 왔다. 고급 과자와 불고기, 배추김치, 찰밥, 과일 등이 담겨 있었다. 포로수용소에서는 물론, 평양에서도 보기 어려운 귀한 음식이었다.

"전애심 씨가 보내왔습니다. 아직 시간 여유가 있으니 어서 드시오."

하나같이 굶주림에 지쳐 바싹 마른 일행의 눈이 모두 음식 보따리에 쏠렸다. 정찬우는 포로들에게 일일이 불고기 한점, 과일 반쪽, 과자 한개, 김치 한쪽, 찰밥 한숟가락씩 나눠준 후에 남은 것을 먹었다. 얼마 만에 먹어보는지 기억도 나지 않는 맛있는 음식이었다.

"정찬우! 따라오시오."

법원 서기의 부름에 따라 법정에 들어가니 군법무관들과 변호인, 서기들이 앉아 있었다. 합동심사여서 법무관이 세명이었다. 방청석에는 권상사와 성중위, 그리고 취사반원으로 있다가 전애심처럼 집행유예로 석방된 포로 출신 몇이 맨 앞줄에 앉아 있었다. 뒤로는 소수의 민간인 외에 모두가 군인과 경찰이었다.

법무관은 정찬우가 피고석에 앉기를 기다렸다가 물었다.

"방금 이 법정에 들어서면서 느낀 감상을 말해보우."

예상 밖의 질문에 정찬우는 잠깐 생각했다가 공손히 말했다.

"약소민족의 비애를 느꼈습니다."

다른 법무관이 뜨악한 표정으로 캐물었다.

"약소민족의 비애라면?"

"우리 민족이 강대하였더라면 일본의 식민지 노예가 되지 않았을 것이고, 남북으로 양단되는 서러움도 없었을 것입니다. 국토가 두 동강이로 나누어진 이 약소민족의 처지가 저로 하여금 법정에 서지 않을 수 없게 만들었다고 생각됩니다."

비장한 태도로 말을 마치자 또다른 법무관이 물었다.

"그밖에 다른 느낌은 없소?"

"그게 생각난 전부입니다."

좀더 말할까 했으나 입을 다물어버렸다. 말할 기회만 준다면 할 말이 너무나 많았다. 무턱대고 용서를 구할 수도 없고, 잘했다고 할 수도 없었다. 모든 정황을 설명하고 싶었다. 하지만 법무관들의 질문은 주어진 요식절차에 불과한 것이란 생각이 들었다. 그들의 자비로운 처분만을 바랄 뿐이었다.

"변호인 말해보시오."

법무관이 권하자 관선 변호인이 열없는 표정으로 일어나 변호를 시작했다. 피고인 정찬우가 고향에 돌아오지 않고 북에 머문 것은 피난과정에서 빚어진 비극이지 피고인이 공산주의에 경도되었기 때문은 아니라고 했다. 교육위원으로 파견된 것도 피고인이 자원한 것이 아니라 일방적으로 배치된 것이라고 주장했다. 소지하던 권총을 단 한번도 쏜 적이 없으며 오히려 전선에서 여러 사람의 생명을 구해주었다는 사실을 강조하며 관대한 처분을 바란다고 변호인은 말했다.

다른 사람의 공판이 진행되는 동안 법원 정원에 나와서 기다리고 있을 때였다. 성중위가 다가왔다.

"약소민족 이야기는 왜 했습니까? 그저 죄송할 따름이라고 하지 그랬어요?"

"느낌 그대로 솔직히 말했을 뿐인데, 문제가 있을까요?"

조금 걱정이 되어 되묻는데 재판관인 법무관 한 명이 정찬우를 찾아왔다.

"혹시 의주에서 제일 부자였던 집안 소식을 아시오?"

"조금 압니다."

"아는 대로 말해보시오."

"토지는 몰수당했고 가옥은 노동당 사무실로 쓰고 있다고 합디다."

"가족은 살아 있나요?"

"처형되지는 않았다고 들었습니다."

법무관은 무척이나 반가워하며 좀더 자세히 알려달라고 했다.

"깊은 내용은 모릅니다만, 그 집 식구들이 살아남은 것만은 확실한 모양입니다."

"그래요?"

법무관은 기뻐하면서도 석연치 않은 표정으로 돌아갔다. 그래도 재판관에게 조금이나마 도움이 된 이야기를 한 것이 판결에 도움이 되지 않을까 하는 일말의 희망이 일었다.

일행은 온종일 서로 대화도 못하고 쪼그려앉아 기다린 끝에 해가 저물어서야 다 함께 법정에 섰다. 군사법정은 단심이었다. 재심도 삼심도 없었다. 이날의 구형이 사실상 선고로 이어져 모두의 운명이 결정되는 것이었다.

법무관은 먼저 28명의 명단을 부르더니 구형의 논고를 읽어내려 갔다. 그리고 마지막에 형량을 불렀다.

"이상 28명에게 국방경비법 제32조 위반으로 사형을 구형한다!"

경비원들이 소총과 권총에 장탄하는 소리가 들렸다. 포로들의 반항으로 법정 소란이 일어날까봐 미리 겁을 주는 것이었다. 그러나 다들 넋이 나가 멍하니 앉아 눈물만 쏟을 뿐 저항하거나 고함치는 사람은 없었다.

이윽고 정찬우의 차례가 되었다. 약간 흥분한 듯, 법무관의 음성이 떨리고 있었다. 정찬우도 떨고 있었지만 희망의 떨림이었다. 사형이라면 앞의 28명 속에 끼였을 것이었다. 그동안 적극적으로 당국에 협조한 점을 인정받아 집행유예로 바로 석방될지도 모른다는 희망에 가슴이 두근거렸다. 떨리는 주먹을 꽉 쥐고서 한 문장으로 이뤄진 법무관의 구형에 귀를 기울였다.

"피고인 정찬우는 본 고등군법회의가 개최된 이래 최고 재량을 소유한 지성인의 한 사람으로서 많은 투사들이 반공의 일념으로 북한 공산주의 정권에 저항하다가 월남하였음에도 작반하지 못하였을 뿐 아니라, 계속 북한에 머물면서 젊은이들에게 괴뢰정권 지지 교육을 했고 동란이 터진 후에는 이 땅에 내려와 괴뢰군 치하의 청년들에게 여러차례 사자후를 토하였으며, 수복 후에도 자수하지 않았을 뿐 아니라, 포로 정훈대장으로서 포로 전원을 개과천선시켜야 할 중차대한 책임이 있는 사람이 공판정에 들어온 이 마당에서까지 대한민국에 충성을 다할 결의를 나타내지 않는 것으로 미루어 상당 시일 반성할 필요가 있다고 여겨 이에 국방경비법 제32조 위반으로 징역을 선고한다. 구형 10년!"

예상 밖의 구형에 정신이 몽롱해졌다.

"피고인! 형량에 이의 있소?"

다른 법무관이 물어왔으나 정찬우는 얼이 빠져 아무런 대답도 하지 못했다.

"이의 없는 모양이구만."

또다른 법무관의 목소리가 아득하기만 했다. 그만 눈을 감고 말았다. 포로수용소 생활 2년은 형기에 포함되지 않으니 10년 후인 1962년 말에나 석방될 수 있다는 말이었다. 그가 정신이 나가 앉아 있는 사이에 마지막 죄수인 여자 포로에게 징역 7년을 구형한 후 법무관들은 무심히 퇴장해버렸다. 사형이 구형된 28명은 그 자리에서 수갑이 채워지고 포승에 묶였다.

성중위는 전남도경 유치장으로 포로를 인계하고 떠나면서 정찬우를 위안했다.

"너무 상심하지 마시오. 오늘은 구형이니 선고에서 형량이 줄 겁니다."

정찬우가 수용된 방은 1호 유치장이었다. 넓지 않은 방에 죄수가 68명이나 되어 앞뒤로 옴짝달싹할 수가 없었다. 제일 곤란한 건 용변이었다. 때로는 실외의 변소에도 보내주었으나, 한구석의 똥통 앞에는 설사병 환자들이 종일 줄지어 서서 얼굴을 찡그리고 있었다. 식사만 끝나면 회색 벽만 바라보고 있을 뿐 종일토록 입을 여는 사람이 없었다.

날마다 몇 사람씩 판결 언도를 받고 옮겨갔으나 유치장은 넓어지지 않았다. 포로수용소에서 계속해서 새로운 사람들이 들어오고 있어서였다. 정찬우의 경우처럼 전쟁포로에서 국방경비법을 위반

한 민간인 죄수 신분이 된 이들이었다. 자연히 나이 든 이들이 많았다. 인민군 치하에서 마을 인민위원장 등으로 부역한 이들로 거의 남쪽 출신들이었다. 10년은 보통이고 사형도 수두룩했다.

지루한 나날이 지나고 선고공판을 하루 앞둔 날이었다. 깊은 밤중에 돌연 바깥에서 요란한 총성이 들려오기 시작했다. 다들 놀라두리번대는데 헌병과 감시병이 우르르 유치장 철창 앞으로 몰려왔다.

"불을 꺼라!"

"입을 다물어라!"

"철창에 손대면 쏜다!"

감시병들은 살기등등한 기세로 고함을 질렀고 헌병들은 총을 겨눈 채 유치장 철창 앞에 도열했다. 창밖의 총성은 점점 커져갔다. 국군의 엠원 소총과 카빈 소총 소리도 들렸고, 인민군의 다발총과 소련제 소총 소리도 들렸다. 창문 너머로 예광탄이 유성처럼 날아다니는 것도 보였다. 빨치산의 공격이 틀림없었다. 죄수들이 속삭였다.

"아군이 공격해오는 것 같은데?"

"만일 경찰서가 무너지면 헌병들이 일단 우리를 다 쏴 죽일 텐데?"

이런 불안한 예상을 확인시켜나 주는 듯, 감시병 한명이 잠긴 철창문을 재점검하며 소리쳤다.

"이 새끼들 하나도 살려서 내보내면 안돼!"

죄수들은 새파랗게 질려 있었다. 어떠한 전투나 포위망 속에서보다도 더 초조한 몇시간이 흘렀다. 모두들 입술이 타고 오줌이 뻘

젛게 나왔다. 아무런 저항도 할 수 없는 조롱 안의 새들이었다.

새벽까지 간간이 계속되던 총성은 하늘이 조금씩 파랗게 될 때쯤 멀어져갔다. 유치장에 내려졌던 계엄령도 해제되었다. 밤새 공격을 해온 무리가 무등산 유격대라는 사실을 알게 되었다. 밤을 꼬박 지새운 죄수들은 그제야 마음을 놓고 꾸벅꾸벅 졸기 시작했다.

무등산 유격대와 군경의 치열한 전투는 정찬우와 함께 재판을 받는 이들에게는 불행이었다. 바로 다음 날 열린 선고공판에 악영향을 주었기 때문이다. 아직 전쟁은 끝나지 않았고, 산악마다 여전히 빨치산이 준동하고 있다는 새삼스러운 사실이 재판관들의 동정심을 앗아가버렸다.

"오늘 공판이 연기되었으면 좋겠소마는."

공판장으로 호송하기 위해 온 성중위는 탄식했다. 대답하는 정찬우의 표정도 처량했다.

"운명인 걸 별수 있습니까?"

군사법정의 분위기는 역시 살풍경했다. 죄수들을 바라보는 군경의 눈에서 적개심이 뿜어나오는 게 역력히 보였다. 밤을 새워 전투에 참가했을 법무관들도 몹시 흥분한 상태에서 충혈된 눈으로 죄수들을 쏘아보았다.

'이제 10년 형만 받아도 감사하겠구나.'

이윽고 운명의 심판이 시작되었다. 법무관들은 정찬우 일행을 3열 횡대로 세워놓은 후 공명정대하게 판결하겠다고 선서했다. 그리고 먼저 28명에 대해 일괄적으로 선고했다.

"28명 전원 사형!"

경비병들이 또다시 철거덕거리며 총탄을 장전했다. 무기징역이라도 받을 수 있지 않을까 엷은 희망을 가졌던 이들의 표정은 처연했다. 여자 포로에 대한 7년 형도 그대로였다. 선고를 받은 여자가 그대로 주저앉자 법원 서기가 일으켜세워주었다. 마지막 순서로 정찬우가 남았다. 예외는 없었다.

"정찬우, 징역 10년!"

울지 않으려고 멍하니 천장을 바라보기만 했다. 정신이 빠져나가 아무런 생각도 나지 않았다. 유치장에 돌아와 취침명령을 받고 누워서야 여러가지 생각이 들었다. 10년이나 되는 끔찍한 옥살이를 이겨내고 살아서 바깥세상을 볼 수 있을까, 자신이 없었다. 다시는 살아서 맑은 공기를 마실 수 없을 것 같았다. 잇몸을 찢는 거친 잡곡밥과 기름기 없는 소금국만 먹고는 살 수 없을 것 같았다. 해마다 수많은 생명을 데려가는 아귀 같은 질병을 이겨낼 수 없을 것 같았다. 무엇보다도 이 깊은 절망과 외로움을 이겨낼 수 없을 것 같았다. 죽고 싶은 충동이 밀려왔다. 그러나 죽고 싶어도 죽을 수가 없는 곳이 감방이었다. 자살을 할 수 없도록 위험한 물건을 소지하지 못하게 하고 또 감시하는 곳이 감방이었다. 목숨을 끊기 위한 노력은 살아남으려는 노력보다 훨씬 힘들었다. 긴 밤을 지새우고 쪽창이 하얗게 밝을 무렵에야 겨우 잠이 들었으나 반시간도 못자고 눈을 뜨니 다시 지옥으로 돌아온 기분이었다. 매일 아침 눈을 뜰 때마다 지옥으로 돌아온 기분이었다.

마지막 절차로 서류심사라는 게 있었다. 단심제를 보완하려는 제도였지만 이 역시 그를 절망에서 구해내지 못했다. 서류심사를 마친 다음 날, 정찬우를 비롯한 백명의 국방경비법 위반 사범들은 경상북도 대구형무소로 이송되었다. 전쟁포로가 아닌 대한민국 죄수로서였다.

　죄수들을 태운 트럭이 광주역에 도착하니 대구행 화물열차가 기다리고 있었다. 헌병들의 호루라기 소리와 고함 소리에 정신이 빠진 채 시커먼 화차에 오르는데 권상사가 말해주었다.

　"심영숙 씨도 10년 구형이랍니다. 아마 같은 형무소로 가게 될 겁니다."

　정찬우는 아무 대답도 하지 못했다. 아무런 소리도 들리지 않았다. 아무 생각도 나지 않았다.

12장
목포형무소

　대구형무소에 수감된 지 한달이 지날 무렵 광주에서 넘어온 포로 60명이 수용된 감방을 대표하여 정찬우는 난생처음으로 교회 예배에 참석했다.

　예배당이라야 마루만 놓은 게 다를 뿐 작업장 그대로였다. 주일 날이라 해서 쓸고 닦는 체하기는 했으나 먼지투성이였다. 여자의 치마 같은 수인복을 걸친 죄수들은 맨발로 드나들고 있었으나 관리와 사방 잡역이라는 완장을 두른 이들은 신발을 신은 채로 들어와서 2천명의 수형자를 정렬시키느라고 정신이 없었다. 그들은 호령하면서 주먹질, 구둣발질을 일삼았다.

　"이상 없습니다!"

　간수의 우악스러운 고함 소리에 강당은 간신히 고요해졌다. 금테 안경을 쓴 중년 신사가 앞장을 서고 그 뒤에 네 사람이 따라왔다.

세 사람은 신사복 차림이고 맨 나중 사람만 관복을 입고 있었다.

"소장, 서무과장, 목사, 계호과장."

대열 중의 누군가가 묻지도 않은 말을 중얼거렸다.

"소장님께 경례!"

간수부장의 호령이 떨어지자 일동은 정중히 머리를 숙였다. 몸이 육중한 소장은 약간 머리를 숙여 답례한 후 편히 쉬라고 손짓하더니 구석에서 구석까지 훑어보고 나서 천천히 입을 열었다.

"살을 에는 추위에 얼마나 고생들이 많습니까? 소장으로서 심히 민망의 뜻을 표합니다. 지금 나라 안에서는 복구사업이 거족적으로 전개되고 있으며 포로교환 문제는 공산 측의 부당한 제안으로 말미암아 깨지고 말았습니다. 세계정세는 지난번 이야기한 것에서 달라진 게 없고…… 크리스마스를 뜻있게 맞이하기 위하여 연극과 음악, 무용 등을 보여줄까 하는데 혹 여러분 가운데 소질이 있으신 분은 많이 협력하여주시기 바랍니다."

부드럽고 우렁찬 음성이 듣기 좋은 소장의 훈시가 끝나자 목사가 단상에 올랐다. 목사는 먼저 두 팔을 높이 들고 다 같이 머리 숙여 기도하자고 했다. 일동이 머리를 숙이자 목사는 한참이나 기도했지만 맨 뒤에 앉은 정찬우에게는 거의 들리지 않았다. 예수의 이름으로 기도한다는 마지막 목소리만 뚜렷이 들렸다.

"아멘!"

한 죄수가 목사의 말끝에 커다란 목소리로 호응하자 주위에 앉은 죄수들이 키득키득 웃었다. 목사의 선창으로 찬송가를 부르기 시작했다. 절반은 두 사람 앞에 성경과 찬송가가 한권씩 배당되었으나 나머지 인원은 목사의 입만 쳐다볼 뿐이었다. 아멘 소리로 일동을 웃겼던 죄수는 찬송가도 보지 않고 신나게 불렀으나 대부분은 속삭이며 장난만 치고 있었다.

노래가 끝나자 목사는 성경을 펼쳐들고 어떤 구절을 낭독한 후 한시간 동안 열을 다해 설교했으나 정찬우는 여전히 한마디도 알아들을 수가 없었다. 목사의 음성이 작았을 뿐만 아니라 장내가 소란스러웠기 때문이다.

"좁은 문! 좁은 문으로! 좁은 문이요!"

목사가 연거푸 세번이나 발을 구르며 외쳤기 때문에 좁은 문이라는 말만 확실히 기억되었다.

점심때가 다 되어서야 예배가 끝났다. 감방에 돌아온 정찬우는 60명을 대표하여 다녀온 책임으로, 처음부터 끝까지 보고 들은 것을 사진 찍듯 말해주었다. 듣고 난 죄수들은 제각기 한마디씩 늘어놓았다.

"예수쟁이들이 횡령에는 더 소질이 있더만."

"자기 죄를 숨기기 위한 처세인걸. 아무리 사악한 짓을 해도 예수만 믿으면 죄를 다 사해준다니, 이거이 사기가 아니고 뭐요?"

"악행이란 악행은 다 저지르면서 성당에 나가는 박창섭이나 이봉춘 같은 놈들 안 보았소?"

듣고 보니 문득 두 사람이 궁금해진 정찬우는 며칠 전 입감한 포로 이호에게 물었다.

"아 참, 그 사람들은 어떻게 되었소?"

"두놈 다 사형을 받았습니다."

이호의 말에 젊은 죄수 하나가 의아해했다.

"심사경과가 좋다고 낙관하던데요?"

박창섭 밑에서 배식담당을 하며 조그마한 권력을 가졌던 젊은이였다. 그런 사정을 아는 이호는 넌지시 교훈을 주려는 듯 말했다.

"원래 남을 구렁에 빠뜨리려 하면 제가 먼저 빠지는 법이라오. 가만히 앉아 있었으면 어떻게 되었을지 모르지요. 이봉춘이가 심영숙이를 겁탈하려다가 모든 것이 탄로나고 말았지요."

이호의 말에 젊은 배식담당이 초조해하며 물었다.

"모든 것이 탄로나다니요?"

"지병석은 낙동강에서 죽은 인민군 대위의 이름을 훔쳐 쓴 거고 본명이 이봉춘이고 대좌였다는 게 드러났다오. 자기만 살려고 그렇게 우리를 괴롭혔지만 결국 자기도 국군의 총알밥이 되고 만 거지요."

젊은 배식담당은 퍽이나 실망한 표정으로 돌아앉았다. 정찬우가 물어보았다.

"심영숙 씨가 고발했나요?"

"이봉춘이가 환장해서 물불을 가리지 않고 덤비니까 심영숙 씨가 한때 인민군 대좌로 부대장까지 했던 분이 이게 무슨 망조냐고 힐책하는 걸 우연히 국군 선임하사가 들어버렸답니다."

"박창섭의 정체는 또 어떻게 탄로났습니까?"

"박창섭이야말로 빨치산으로 있을 때 남한 군경에 협조한 주민들을 여럿 도륙한 자 아니요. 여러 사람의 증언으로 다 밝혀지고 말았답니다. 사필귀정이지요."

"짐작이 갑니다."

정찬우가 고개를 끄덕이는데 벽에 머리를 박고 앉았던 젊은 배식담당이 돌연 절규했다.

"두놈 다 잘 죽었소! 전쟁터에서 그렇게 많은 사람을 죽이고도 무사할 줄 알았단 말이야? 당신들도 마찬가지야! 사람을 죽인 자들이 무슨 면목으로 나는 반성했으니 살려달라고 탄원을 하냐고! 잘못했으면 죽어야지! 다들 철면피들이야!"

젊은 배식담당의 살기 어린 고함에 감방은 조용해져버렸다. 정찬우는 문득 운전수 윤성남이 떠올랐다. 북이 옳은 건지, 남이 옳은 건지 분간을 할 수 없는 혼돈에 빠진 채 정신착란을 일으킨 듯 발광하며 굴 밖으로 뛰어나가 죽은 그의 최후가 떠올랐다. 젊은 배식담당과 운전수만이 아니었다. 학교에서 배운 사상이론은 단순했지만, 전쟁은 모든 사람의 생각을 헝클어놓았다. 선과 악의 경계를 오가던 이봉춘도 그랬고 박창섭도 그랬다. 어쩌면 정찬우 자신도 정신분열 상태에 있을지도 모른다는 생각이 들었다. 절대 진리나 절대 선이 존재하지 않음에도 북 아니면 남을 선택해야 하고, 공산주의 아니면 자본주의를 선택해야 하는 처지가 정신을 분열시켜놓았다는 생각이 들었다. 정찬우는 그만 벽에 기대 눈을 감고 말았다.

얼마 후부터 출역이 시작되었다. 각 공장에 배치된 죄수들은 아침저녁 오갈 때마다 알몸으로 검신을 받아야 했다. 무기가 될 만한 물품을 빼돌리지 못하게 하기 위함이었다. 다른 형무소에서는 눈이 오든, 영하 20도가 넘든 완전히 벗은 알몸으로 공장까지 뛰게 한다는데 대구형무소는 그래도 속에 아무것도 입지 않은 채 치마 같은 수인복을 열어 보이는 것으로 대신했다. 수인들이 자기 번호를 외치고 수인복을 활짝 열어 불알을 내보이면 출입구에서 검신을 하던 간수들은 역겨워서 고개를 돌리곤 했다. 처음 하는 일이라 어물어물하면 뜰 앞에 꿇어 엎드려 있다가 출역수들이 다 나간 뒤에 따귀 몇대 맞고 몇마디 복창을 한 후 공장으로 달려갔다.

정찬우는 8공장에 배치되었다. 420명이 배치된 8공장은 건빵 봉지와 약 봉투를 붙이는 작업을 했다. 담당이 점잖게 주의를 주었다.

"잡역의 말에 복종하며 부지런히 일하도록!"

죄수 중에 선발된 잡역은 일종의 공장장으로, 죄수들 사이에서 막강한 권한을 행사했다. 잡역은 처음 온 정찬우 일행을 찬바람이 들어오는 추운 출입구 쪽에 배치하고는 한참이나 공갈·협박에 가까운 엄포를 놓았다.

공장 안은 간수가 앉은 담당대에서 변소까지 반듯한 길을 내고 이 통행로 좌우에 일정한 간격을 두어 때가 줄줄 흐르는 좁은 판자를 책상 높이로 걸쳐놓았다. 밥상 겸 작업대로 사용되는 이 판자의 첫머리에는 사방 10센티미터의 판자와 포탄피 각 50개가 놓여 있었다. 판자는 밥그릇이요, 포탄피는 국그릇 대용이었다.

형무소 밥은 주걱으로 푸는 게 아니라 국자처럼 생긴 틀로 밥을 찍어서 배식했다. 가다라 불리는 틀의 크기는 여러가지였고 노역의 강도에 따라 밥의 양이 달라졌다. 노동을 하면 감방에서 노는 죄수보다 한 등급 높은 4등식을 받을 수 있었다.

건빵 봉지나 약 봉투 붙이는 일은 그리 어렵지 않았다. 그런데 판자 첫머리에 앉아 있는 젊은 수인 몇은 작업을 거의 하지 않고 잡역이나 지도와 장난치고 떠들며 놀았다. 그러면서도 끼니때가 되면 밥은 두 몫, 세 몫 실컷 먹는 것이었다.

"만약 풀을 마시는 날이면 뼈다귀가 부러질 거다."

"재료를 남용하면 모가지를 비틀어 죽인다!"

이렇게 갖은 악독한 말을 다 하며 죄수들을 괴롭히기로 유명한 잡역도 이들 젊은이들에게는 관대하기만 했다. 놀고먹는 젊은 수인들은 하나같이 귀엽게 생겼고 애교가 있었는데 아무 생각 없이 사는 것처럼 보였다.

아무리 봐도 이해가 되질 않았지만 상관 않고 있던 어느날, 정찬우 옆에 놀러 와 있던 젊은 죄수가 말했다.

"꾀꼬리 담당 오신다!"

"그게 무슨 뜻이오?"

젊은 죄수는 언제나처럼 귀엽게 웃으며 수줍은 처녀처럼 몸을 비비 꼬며 말했다.

"이 안에서 면회 소식보다 아름다운 멜로디가 없잖아요? 면회 소식을 알려주러 오는 간수니까 꾀꼬리 담당이죠."

"그런가요?"

면회객이라곤 없는 정찬우가 심드렁하자 곁에 앉아 있던 또다른 젊은 죄수가 말했다.

"가장 좋은 일은 자유롭게 되는 거지만, 그럴 수 없다는 건 다 아는 사실이고, 면회와 편지 외에는 기쁜 소식이 없잖아요? 이 멜로디만 바라고 사는 걸요."

그 젊은이 역시 여자처럼 교태를 부리며 말했다.

"그렇다면 접견이나 서신이 없는 나 같은 사람은 무엇에 취미를 붙이고 살아야 하오?"

정찬우가 묻자 먼저 말했던 젊은 죄수가 말했다.

"하루 세끼씩 먹는 취미가 있잖아요."

"하루 세끼씩 먹는 취미라……"

정찬우는 중얼거렸다. 하루 세 끼 밥이 10년 옥살이의 유일한 낙이라니. 얼마나 누추하며 절망적인 생활인가? 한숨이 절로 나왔다.

잠시 후 젊은 수인들이 세면장으로 나가자 중년 죄수 한명이 나직하게 정찬우에게 말을 걸어왔다.

"똥갈보들하고 무슨 말을 하시오?"

"똥갈보라니요?"

"꾀꼬리 담당 오신다고 말한 자는 잡역의 밑짝이고 면회, 편지만 바라고 산다고 한 녀석은 지도의 밑짝이랍니다."

무슨 뜻인가 알아듣고 나니 젊은 죄수들이 한가한 시간에 자기 팔다리의 털을 뽑는 것이 이해가 되었다.

"아, 그래서 쉬는 시간마다 몸의 잔털을 뽑는 거로군요?"

"털뿐인가요? 눈썹을 그리고 크림과 분을 바르고. 밤에 들어가보시오. 주물러주고 두들겨주고 불 꺼진 후에는 물고 빨고 또……"

중년은 경멸의 조소를 섞어가며 자세히 알려주었다. 정찬우는 비로소 그들이 일하지 않고 놀면서도 배불리 먹는 이유를 알았다.

예쁘장한 젊은 죄수들을 차지하고 사는 잡역들은 강간, 강도 전과자들이었다. 그들은 몇명씩 남창을 거느리고 이들을 먹여 살리기 위해 악착같이 일반수들을 괴롭혔다. 간수들은 자신들이 할 일을 대신해주는 이들의 편의를 봐주었다. 때문에 대구형무소는 이 상습범들이 실권을 잡고 있었다.

상습범들의 횡포를 견디고 산다는 것은 여간 고역이 아니었다. 하지만 결국은 약자가 적응하게 되어 있었다. 정찬우도 날이 지나가면서 형무소 생활이 익숙해졌다. 면회와 편지를 바라고 산다거나 하루 세끼 밥 먹는 취미로 산다는 젊은 수인들의 말도 전혀 무의미한 이야기가 아니었다. 어느새 자신도 그렇게 되어가고 있었던 것이다.

죄수들은 스스로를 전중이라고 낮춰 불렀다. 아무도 찾아주지 않는 수인은 찌그러진 전중이라고 하여 거들떠보지도 않았다. 면회를 자주 와서 영치금이 넉넉하고 영치물이 많은 죄수를 깃발 전중이라 불렀다. 전중이니 깃발이란 단어가 무슨 뜻인지는 몰라도 다들 그렇게 부르며 익숙해져갔다.

포로수용소에서 늦게 넘어온 이호는 금방 깃발 전중이가 되었다. 경상도가 집인 그는 가족이 자주 면회를 오니 먹을 것과 필수품, 용돈이 넉넉해 늘 생기가 돌았다. 잡역과 지도들도 특별히 봐주었다. 돈이 있어서 잡역들과 잘 사귄 그는 오래지 않아 공장 화단을 가꾸는 미화부로 선정되었고 배식도 하게 되었다. 감방이나 공장에 갇혀 있지 않고 배식대를 끌고 감방 곳곳을 돌아다니는 배식은 특과 중의 특과였다.

정찬우와 절친한 이호는 면회실에서 돌아올 때마다 먹을 것과 필수품을 갖다주었고 이것저것 자기 집안 소식도 들려주었다.

"이 미제 털옷은 정형이 입으시오."

어느날, 소포로 보내온 두벌의 목 긴 털스웨터 중 한벌을 정찬우에게 선물한 이호는 언제나처럼 자기 식구들 자랑을 꺼냈다.

"학창시절에 배구선수로 말괄량이였던 누이가 도청 산림과 주사에게 시집가서 아들을 낳았다지 뭡니까?"

따뜻한 털옷을 만져보며 기뻐하던 정찬우는 슬며시 일어나 정원으로 나갔다. 어두워진 그의 표정을 본 이호가 갸우뚱하며 뒤따라갔다. 정찬우는 달아나듯 변소로 들어가버렸다. 그리고 벽에 머리를 박고 소리 죽여 울었다.

헤어진 식구들이 그리웠다. 그중에서도 헤어질 때 열두살이던 여동생 순님이 가장 보고 싶었다. 비 오는 날이면 우산을 들고 학교까지 마중 나와주고 눈이 오면 외투를 가져와서는 그 댓가로 업어달라고 하던 사랑스러운 여동생이었다. 점심때가 되어 들에 나간 아버지를 모시러 갈 때에는 먼저 가기 내기 달리기를 했고 바둑놀이를 하다 판이 불리해지면 헝클어버리던 귀여운 말괄량이였다. 하교시간이 되면 굴뚝 모퉁이에서 발돋움을 하며 기다리던 착한 동생이었다. 오빠에게는 짜증을 곧잘 내면서도 동생의 성화는 다 받아주어 어른스러운 누나이기도 했던 순님의 사랑스러운 모습이 시간이 갈수록 자주 아른거렸다.

'다들 무사히 귀국해 고향 땅에 돌아갔을까? 설마 고국에 돌아오지 못하고 황량한 중국 땅에 남은 건 아니겠지?'

가족의 소식을 모르는 그로서는 서글프기 한이 없었다. 변소에서 눈물이 마르도록 실컷 울고 나서 돌아오니 이호가 퉁퉁 부은 그의 눈을 바라보며 동정했다.

"가족들에게 편지를 해보시지 그러오?"

"주소를 모르는데 어디로요?"

해방되던 해 만주에서 헤어진 가족이 어디로 어떻게 갔는지 모르는데 어디로 편지를 쓰나? 막연했다. 해방 직전부터 지금까지 8년의 시간이 모두에게 얼마나 긴 시간일까 생각하니 막막했다. 옆에서 듣고 있던 죄수가 끼어들었다.

"원래 고향이 있잖소? 그리 편지하면 누군가 전달을 해주겠지."

서울대 농대 작물시험장의 책임자였다고 해서 최박사라 불리는 이였다.

"고향으로요?"

고향이라는 단어가 나오니 가족에 대한 그리움이 더 밀려왔다. 한그루의 나무, 한개의 돌맹이까지 추억이 서려 있는 고향 땅이 선연히 떠올랐다. 옛 고향집 주소로 편지를 한다는 것은 막연한 일이었다. 그러나 아무리 생각해도 그 이상의 묘책은 없을 것 같았다. 주위의 격려에 마음을 굳힌 그는 공장담당을 통해 엽서 한장을 얻어 어디 사는지도 모르는 아버지에게 편지를 썼다.

아버님 보시옵소서.

엎드려 비옵는데 기력 강건하시나이까? 어머니도 평안하시고요. 8년 전 살구꽃이 피던 봄, 봉천사범학교로 떠나는 저를 금주시 정차장까지 환송 나와주신 일이 어제인 듯싶습니다. 오늘에 이르기까지 이 못난 자식 걱정에 얼마나 괴로워하시었습니까? 청운의 뜻을 품고 배움의 길로 달리던 운명의 열차가 오늘의 이 불효를 초래하게 할 줄이야 꿈엔들 생각하였겠습니까? 저로서는 감당할 수 없는 이 죄를 아버님 용서하여주시옵소서. 순님이, 춘성이 다 잘 자라고 있습니까? 피난살이 만고환난을 겪는 중에 재앙이라도 안 당하셨는지 소식을 모르는 불효자의 심정은 어지간히 답답합니다. 지금 이 글을 쓰면서도 정녕 임자 없는 휴지가 될 것만 같아 못내 서글퍼집니다. 대구형무소로 찾아오시옵소서. 만수무강하심을 삼가 비옵니다. 불효자 찬우 올림.

연필로 깨알처럼 또록또록 박아 쓰느라고 무척 힘이 들었다. 공장에서 그를 담당하는 간수가 읽어보더니 감탄했다.

"필적도 좋지만 그 정성이 지극한데?"

간수 중에 식견이 높고 품성이 좋은 이였다. 그는 그 자리에서 제안을 했다.

"자네는 글과 글씨를 참 잘 쓰는데 말이지, 내가 지금 신학을 공부하는 중인데 설교 때 필요한 예화를 적어줄 수 없을까?"

"성경을 알아야지요?"

"역사나 문학전집에 소개된 것 중에 수양에 도움이 될 만한 재료면 되네."

담당은 기어이 수고해달라는 태도였다. 응낙하지 않을 수 없었다. 일반 재소자들은 편지 쓰는 감방이 따로 있어서 정해진 날짜와 시간에만 이용할 수 있었고 감방 안에는 일체의 필기도구가 허용되지 않았다. 그러나 담당은 출역을 하는 날이면 일 대신 앉아서 글만 쓰라며 종이와 펜을 마음껏 제공했다.

남들이 일하는 시간에 책상 앞에 앉아 있다고 해서 편하다고 할 수는 없었다. 설교문을 써주는 것은 머리 무거운 일이었다. 거의 잊어버리다시피 한 교사생활의 기억을 더듬어 참고할 아무 책도 없이 이야기를 꾸며내야 했다. 자신에게 친절을 베푸는 성품 좋은 간수의 부탁을 들어주기 위해 성심껏 썼다.

매일매일 몇달 동안 쓰고 보니 그 분량이 꽤 됐다. 국사나 동서양사 중에서 뽑은 교훈담을 적은 게 대학노트로 두권, 문호나 시인 또는 음악가 등의 작품이나 그의 생애 중 거울삼을 만한 이야기를 쓴 게 한권, 그밖에 철인이나 학자의 주관을 발췌한 것이 두권 하여 모두 다섯권이나 됐다. 이 짧은 글들을 기초로 매주마다 설교문을 만들어주었다.

간수는 여간 좋아하지 않았다. 자연히 정찬우의 옥살이는 부드러워졌다. 공장담당 간수가 전적으로 기거생활을 보살펴주자 사나운 잡역이나 물불을 가리지 않고 주먹질을 해대는 지도들도 그에게는 퍽 친절히 대했다. 그렇잖아도 이호와 최박사 같은 지식인 출신 동료들은 그에게 세속을 능가하는 우정을 베풀어주고 있어 가족처럼 지내던 중이었다.

환경이 편해지자 세월도 빨리 흘러 한해가 꿈결같이 지나갔다. 그사이 전쟁은 드디어 끝이 났다. 1953년 7월 27일 휴전협정이 맺어져 3년간 수백만명이 살상된 동족 사이의 전쟁은 종식되었다. 남과 북은 여전히 휴전선을 사이에 두고 대치했지만 포성은 멎었다.

휴전협정이 맺어지기 한달 전, 남한 정부는 여러 수용소에 갇혀 있던 반공포로 2만 7천명을 석방했다. 유엔과 북한은 남과 북의 포로 전원을 본국으로 보내기로 합의했기 때문에 반공포로 석방은 국군의 작전 아래 수용소를 탈출하는 형식으로 이뤄졌고, 그 과정에서 수십명이 사망했다고 들었다. 나머지 포로 십만명은 판문점을 통해 북으로 돌아갔다.

함께 남파되어왔음에도 군인이 아니라고 해서, 혹은 빨치산으로 체포되었다고 해서 북으로 가지도 못하고 반공포로로 인정받지도 못한 정찬우 같은 민간인 죄수들은 그대로 형무소에서 형기를 채워야 했다.

이듬해인 1954년, 정찬우를 비롯한 백여명의 죄수는 목포형무소로 이감되었다. 죄수들을 되도록 고향과 가깝거나 가족이 사는 곳과 가까운 형무소에 수감해 가족이 자주 면회 올 수 있게 함으로써 죄수들에게 반성과 재활의 기회를 마련해주라는 법무부의 지시에 따른 것이었다.

대구형무소에 정이 든 정찬우는 목포에 가고 싶지 않았다. 간수들과 잡역들도 그를 보내지 말라고 형무소장에게 청원까지 했다. 그러나 목포에서 온 법무부 관리가 개개인의 사정을 보아주면 상습범이나 근성 나쁜 재소자만 자기네에게 배당되니 전라도 출신은 무조건 보내라고 버티는 바람에 이감자 명단에서 빠질 수가 없었다.

이감자 대열 속에 정찬우가 끼자 8공장 출역수들은 퍽 섭섭해 했다. 한방에서 생활하던 수인들은 수건과 비누, 칫솔, 치약 등 필수품을 한보따리나 모아 건네며 눈물을 글썽였다. 특히 이호는 이감자 일행이 공장 밖으로 나갈 때 담당대에 상반신을 기댄 채 통곡까지 했다. 이호가 흐느껴 우는 모습을 본 정찬우의 눈에서도 눈물이 멈추지를 않았다.

이감자만 별도로 수용한 감방으로 옮겨온 정찬우가 허공만 쳐다보며 이별의 슬픔에 빠져 있을 때였다.

"2926번!"

담당 간수가 번호를 불렀다.

"2926번! 2926번!"

소제부도 연거푸 불렀으나 정찬우는 깊은 슬픔에 잠겨 도무지 알아듣지를 못하고 있었다.

"2926번 정찬우!"

경비원이 더 큰 목소리로 이름을 불러서야 겨우 자신을 찾는 줄 알게 된 그는 패통을 쳤다.

"누구야, 2926번이?"

"접니다."

"귀가 먹었나?"

"미안하게 되었습니다."

"이감만 아니라면 그저 확! 자, 받아!"

간수는 한바탕 호통치더니 편지 한장을 넣어주었다. 고맙다는 인사도 잊은 채 겉봉을 훑어보았다. 순간 가슴이 뭉클했다. 요즘 들어 꿈에 자주 나타나던 여동생 순님으로부터 온 편지였다. 떨리는 손으로 편지를 펼치는데 눈물이 마구 쏟아져 글씨가 잘 보이지를 않았다.

오빠!

편지를 받고 놀랐어요. 틀림없는 찬우 오빠인지요? 정말 우리 오빠가 보내주신 글인지 펜을 달리는 이 순간까지도 믿어지지 않아요. 꼭 돌아가신 줄 알고 있었던 우리 오빠가 살아 계시다니 그 기쁨을 어데다 비하겠어요. 그러나 형무소에 계시다니 한껏 서럽기도 하구요. 아버지께서는 그게 무슨 말이냐고 하시며 안절부절 어찌할 바를 모르고 계셔요. 당장 찾아가고 싶은데도 확실히 믿어지지 않아서 망설이고 있는 중이랍니다. 그러니까요, 집안 식구들이 다 믿을 수 있도록 분명한 글을 주시어요. 그러면 아버지께서 곧 가실 거예요. 즉시 편지하세요. 꼭요.

아직도 추위가 가시지 않은 1954년 2월 27일 새벽 네시, 이감자 백여명은 대구역에서 화물열차에 올랐다. 대구에서 목포까지 직접 연결하는 철도가 부설되지 않아 일단 경부선을 타고 대전까지 북행했다가 다시 호남선을 타고 남으로 내려가는 노선이었다. 간수장 지휘 아래 십여명의 간수와 두명의 간수부장이 계호를 위해 동반했는데 여죄수 십여명도 이감자에 포함되어 있었다.

네명의 허리를 포승줄로 이어 묶고 각자 수갑을 채워놓았다. 달아나려야 달아날 수도 없고, 한 사람이 움직이면 네 사람의 팔목과 허리가 아팠다. 오줌은 깡통에 누면 되었으나 대변보기가 불편했다. 드럼통 하나를 싣고 판자 두개로 발판을 올려놓은 게 화장실이었다. 한 사람이 발판에 올라가면 세 사람은 드럼통 옆에 서 있어야 했는데 바로 코 높이에서 엉덩이를 드러내고 뿌득뿌득 똥을 누는 꼴은 눈 뜨고 볼 수가 없었다. 나중에 여죄수 한명은 대변 마려운 걸 억지로 참다가 결국 푸른 수인복에 배설하며 울고 말았다.

"도라무통에 올라서는 편이 나았겠지?"

간수장은 졸린 듯 눈꺼풀을 닫고 빈정거렸다.

"이걸 가지고 닦기라도 해."

키다리 간수부장은 보고 있던 신문을 내밀었다. 여죄수는 점점 머리를 숙였다.

"몇번인고?"

뚱뚱한 간수는 가뜩이나 딱한 처지의 여죄수에게 짓궂게 수번까지 물었다. 여죄수가 고개를 숙인 채 대답을 거부하자 간수장은 기침을 쿨룩거리며 말했다.

"놀리지 말고 놔둬. 대전역에 도착하면 오래 쉴 테니까 변소에 보내."

열린 문 사이로 스며드는 영하의 바람이 창백한 수인들의 얼굴 피부를 찢는 듯했다. 기차가 대전에 이르자 졸음에서 깬 간수장은 점심을 먹이라 하고는 계속 기침을 해댔다.

여죄수 두 사람이 돌아다니며 원래 아침에 나눠줬어야 할 주먹밥까지 두덩이를 나눠주었다. 아침에 먹이면 변이 많아져 곤란하다고 점심때 한꺼번에 준 것이다. 뚜껑 없는 드럼통과 십여개의 소변 깡통에서 나는 악취가 지독했다. 바람이 불 때마다 숨도 못 쉬게 밀려왔다. 그래도 다들 식은 주먹밥으로 꾸역꾸역 허기를 채울 때였다.

"정선생님, 심영숙 언니 몫까지 자시래요."

대구형무소 동료들과 헤어진 울적함에 눈을 감고 있던 정찬우는 배식 온 여죄수의 말에 놀라 고개를 들었다. 내내 슬픔에 빠져 제대로 쳐다보지도 않았던 어죄수늘 쪽을 살펴보니 심영숙이 희미한 미소를 띤 채 마주 보고 있었다. 웃음이 나오지를 않아 고개만 끄덕여주었다.

한끼에 네덩이의 밥을 먹을 수는 없었다. 그러나 심영숙의 정성이 고마워서 뿌리치지 않고 받은 뒤 동료들에게 나눠주었다. 다른 수인들은 호기심 어린 눈으로 이 광경을 지켜보며 부러워했다.

"연애해서는 안되는데."

마음 좋은 키다리 간수부장이 이렇게 놀리자 심부름 온 여죄수가 활발한 목소리로 말했다.

"은수정을 차고서 연애는 걸어 뭘 하게요."

"하긴 그렇지. 목포에 가면 다시 보기도 힘들 테니."

열차는 호남선으로 접어들자 남으로만 치달렸다. 정찬우는 고향 근방인 정읍역을 지날 때 목을 길게 늘어뜨리고 바깥을 내다보았으나 승강장의 사람들은 아무도 그에게 관심을 갖지 않았다. 정읍에서 버스를 타고 가다 장승백이에서 내려 방장산 팔정자를 바라보고 4킬로미터만 걸어가면 고향인 반룡마을이 나오지만 앞으로 7년 후에나 가능한 일이었다.

열차는 사정없이 달려 휘황한 전등불이 밤하늘을 비추는 밤 열한시경 목포역에 도착했다.

"웬 도적놈들이 저렇게 많은고?"

"모두 빌어먹게 생겼네."

객차에서 내리는 승객들은 이런 말을 주고받으며 수인들 옆을 스쳐 지나갔다. 일행은 화물칸에서 내려 두세차례 거듭 인원 점검을 받은 후 대기 중인 트럭에 올랐다. 마침 트럭 바닥에 정찬우와 나란히 앉게 된 심영숙이 들릴락 말락 속삭였다.

"살아서 저 바깥세상에 나갈 수 있을까요?"

창백한 피부에 수심이 가득한 얼굴에는 예전의 청초함은 거의 사라지고 없었다. 정찬우는 앞수정이 채워진 손을 그녀의 차가운 손등에 올리며 다독였다. 두 사람의 수갑이 부딪치는 소리가 달그락거리며 났다.

"운명에 맡깁시다. 어차피 앞날은 우리 의지를 떠난 지 오래니. 우리가 할 수 없는 일에 대해 번민해봐야 무슨 소용이 있겠소?"

심영숙이 물기 가득한 눈을 감고 말했다.

"어쩐지 저는 이 지옥에서 살아서 나가지 못할 것만 같아요."

"미래를 생각하지 말아요. 희망도 절망도 우리를 좀먹을 뿐이에요. 하루하루가 인생의 전부라 생각하고 충실히 살다보면 언젠가 좋은 날이 오겠지요. 우리는 꼭 살아서 나갈 거요."

심영숙과의 대화는 이것이 마지막이었다. 이윽고 트럭이 멈추었다. 주위에 묘지가 있어 다소 기분이 나빴으나 하얀 돌담으로 된 목포형무소는 붉은 벽돌로 된 대구형무소 건물보다 부드러운 인상을 주었다.

"앞열부터 번호!"

하차 후에도 연거푸 인원 점검을 했다. 정식으로 인계를 마친 대구형무소 관리들은 아무런 말도 없이 가버렸다. 새로이 인수한 목포형무관들은 우선 여죄수부터 인솔해 철창 안으로 들어갔다. 뒤따라 포승을 푼 남자 죄수들이 목동의 채찍에 길들여진 소떼처럼 온순하게 철창에 들어갔다.

정찬우가 들어간 감방은 서른명이 정원으로, 2공장 출역수 가운데서 권세를 누린다는 깃발 전중이들은 다 모여 있었다. 잡역, 재단공, 통 만드는 기술공, 소제부에 목공 기술자와 배식담당까지 있었다. 잡역은 인원 점검이 끝난 후 신입 신고식의 사회를 자처하고 나섰다.

"지금부터 새로 들어온 468번의 신입식을 거행합니다."

468은 정찬우의 새로운 이름이었다. 잡역은 누구를 막론하고 처음 온 사람은 똥통에 절 세번, 목침 밀기 세번, 이야기 하나, 노래 하나를 하도록 되어 있으나 정찬우는 특별히 고려해 이야기 셋만 들어보겠다고 선고했다.

"이것은 정말 특별대우입니다. 재미있는 이야기를 못하면 정식으로 신입 신고를 받을 거요."

소제부인 연동이란 어린 죄수가 어리광을 부리며 재촉했다.

"어서 하시어요."

신고식을 예상하고 있던 정찬우는 먼저 신라의 화랑인 검군의 이야기를 들려주었다. 이야기가 끝나자마자 감방원들은 입을 모아

요청했다.

"한자리 더 하시오!"

다음에는 연암 박지원의 소설인 「호질」을 소개해주니 다들 신이 나서 세번째 이야기를 재촉했다. 이번에는 뚜르게네프의 소설 「부자」를 풀어서 이야기해주었는데 감격의 박수까지 나왔다.

"앞으로 많이 배워야겠습니다. 날마다 한마디씩이라도 가르쳐주시오."

감방원들이 치사를 하는데 맨 처음 어리광을 부리며 재촉하던 연동은 뭐가 못마땅한지 미간을 찌푸렸다.

"이야기가 좋기는 한데……"

연동은 떫은 감을 씹은 듯 인상을 쓰며 입맛을 쩝쩝 다셨다. 이유는 말하지 않았지만 정찬우로서는 찜찜하지 않을 수 없었다.

2공장에 배치된 정찬우는 고석순이라고 하는 목공의 견습공이 되었다. 기술자들은 견습공을 심하게 다루는 게 보통이었다. 형무소는 더했다. 그러나 정찬우는 예외적인 대우를 받았다.

원래 목공이던 고석순은 전쟁 때 피난을 가지 않고 있다가 인민군 치하에서 토건노동자직업동맹에 가입해 부역한 죄로 복역 중이었다. 자신의 역경이 무지에서 기인했음을 알고 한 글자라도 배우려 열성이던 그는 김일성대학을 나온 정찬우를 스승으로 삼겠다고 선언하고는 연장 이름이며 그 용도를 친절히 가르쳐주었다.

생전 해보지 않은 손 쓰는 기술은 좀처럼 익혀지지가 않았다. 정찬우는 되도록 빨리 기술을 습득하려 애썼지만 노동이라고는 생전 처음이라 계속 실수만 했다. 날이 선 대패로 각목 몇개를 깎고 나면 숨이 차서 견딜 수가 없었고 깎아놓은 각목은 각이 다 틀리고

면이 고르지 못해 퇴자를 맞곤 했다. 이를 본 영기라는 젊은 죄수가 정찬우를 도와주었다.

정찬우가 영기와 친하게 지내는 것을 배 아파하는 이들이 있었다. 고석순까지 그랬다.

"정선생, 영기를 조심하시오."

어느날 점심 후 쉬는 시간에 고석순이 넌지시 말하는 것이었다.

"어째서요?"

유쾌하지 않은 인상으로 반문하자 고석순은 우물거렸다.

"글쎄요? 무어라고 해야 좋을는지, 하여간 경계하시오."

정찬우는 대구형무소에 수용된 죄수들보다 목포형무소 죄수들은 인화가 부족하다는 느낌을 받았다. 하지만 정찬우가 지물공으로 일하면서 2공장 출역수들의 분위기는 빠르게 바뀌어갔다.

"하루에 한자씩 배우자."

대구형무소에서 그랬듯이, 정찬우는 주변의 수인들에게 공부를 하자고 제안했다. 배움에 굶주린 이들의 마음은 어렵지 않게 열렸다. 정찬우로서도 가르치는 일보다 즐거운 일은 없었다. 그는 송판을 하나 만들어 백묵으로 사회생활에 필요한 일반상식을 매일 한 단어씩 한글, 한자, 영어로 쓰게 하고 이를 알기 쉽게 풀이해주었다. 수인들은 휴식시간이나 작업이 한가할 때면 송판에 적은 것을 돌려가며 열심히 외웠다. 정찬우는 공부하는 그들의 모습을 보고 있으면 교사로 돌아간 듯 자신의 괴로움을 잊을 수 있었다.

송판 학습은 성과가 컸다. 한달이 지나고 두달에 접어들면서 향학열은 부쩍 올라서 하루에 세 문제까지도 취급하게 되었다. 노는 시간만으로는 양이 차지 않은 출역수들은 일하면서도, 변소에 가면서도 암송을 했고 감방에 돌아가서는 서로 토론까지 했다. 학습에 전력을 기울이게 되면서부터 동료들 사이에 우애도 생기고 분위기도 명랑해져 생산 능률이 올랐다.

정찬우의 존재는 점점 알려졌다. 통 만드는 기술자인 남종은 자기 혼자만 알고 지내기가 아쉽다며 세탁 잡역으로 취업 중인 신갑성에게 그를 소개해주었다. 신갑성은 또한 경비원인 이석귀에게 그를 소개했고, 상습강도인 재단공 책임자 10번 영감은 취사장에서 출역하고 있던 한인동을 불러 정찬우를 소개했다.

이런 식으로 정찬우의 존재가 형무소 전체에 알려지자 행동이 자유로운 깃발 전중이들은 누구의 소개도 없이 정찬우를 찾아왔다. 경리부인 정면원, 양재공 재단기술자인 남희철, 6공장 잡역인 홍부남이 그런 이들이었다.

자존심 강하고 자신의 실력을 믿는 홍부남은 초면부터 엉뚱한 질문을 내놓았다.

"요석 공주가 고려시대 왕녀입니까?"

요석 공주가 고려가 아닌 신라의 왕녀라는 건 역사를 공부한 이들에겐 기본 상식이었다. 유도질문임을 뻔히 알면서도 정찬우는 빙글빙글 웃으며 답했다.

"무열왕 김춘추의 따님일 겝니다."

"그의 남편이 있었던가요?"

"남편은 어린 화랑이었는데 출가 직후에 전사했다나봐요."

"설총은 그 남편의 유복자입니까?"

"원효대사와의 사이에 생겼을 겁니다."

"감사합니다."

244

슬슬 눈치를 살펴가며 이것저것 시험을 하던 홍부남은 몹시 유쾌한 기분으로 돌아가서 다른 죄수들에게 떠들어댔다.

"훌륭한 선생이 오셨다."

이런 일들이 있자 형무소 내에서는 새로운 구호가 생겨났다.

"우리는 졸음에서 깨어나야 한다."

"2공장을 본받아 한 글자라도 배우자."

별안간 형무소 안에 학습 열풍이 일었다. 전에는 돈으로 빵이나 사먹던 죄수들이 유용한 서적을 구입하기 시작했다. 다른 사동에서도 자발적으로 송판 공부를 하는 이들이 늘어났다.

정찬우는 비록 영어생활이나마 보람있게 사노라고 자부하게 되었다. 그러나 이 생기는 오래지 않아 꺾이고 말았다.

활짝 피었던 복사꽃이 지고 신록이 담 안에까지 찾아온 5월 중순이었다. 한나절 노동을 마치고 하루 중 가장 즐거운 삼십분간의 운동시간을 맞아 신나게 떠들며 운동장으로 몰려나가던 2공장 출역수들은 뜻밖의 방송에 발길을 멈췄다.

"모든 출역수는 즉시 작업을 중지하고 감방으로 돌아가라. 다시 알린다. 각 공장 출역수와 외부에 일하러 나간 출역수까지 모두 입방 대기하도록 한다. 이상!"

옥살이 경험이 많은 남종이 심각한 표정을 지으며 고개를 갸웃거렸다.

"이상한데? 9·14의 재판인가?"

1950년 9월 14일 인천상륙작전 직후 마을과 도시마다 국군과 지역주민들이 인민군 부역자들을 색출해 무참히 학살했던 사건을 떠올린 것이었다. 고석순도 파랗게 질렸다.

"9·14 때 안 죽은 사람은 결국 남해바다의 고기밥이 된걸."

인민군이 퇴각하자 국군과 지역의 반공청년들이 인민군에 협조했던 주민들을 철사로 수십명씩 엮어 산 채로 바다에 밀어넣어 수장시키기를 헤아릴 수 없이 했다고 들었다. 남해안과 제주도에서는 한동안 물고기를 먹지 않았다는 말까지 있었다.

출역은 사흘이나 중지되었다. 초조해한 지 사흘 만에 일터에 나간 죄수들은 칼날 끝에 앉은 새처럼 불안했다. 공장담당이나 보조근무자들도 전처럼 활발하지 않았다. 전쟁으로 폐허만 남은 도시에 사는 시민들처럼 쓸쓸하고 불안한 공기가 수인들을 감쌌다.

날이 가면서 냉찬 공기는 어느정도 물러갔으나 께름칙한 기분이 깨끗이 가시지는 않았다. 그토록 열을 내던 학습도 한풀 꺾이고 말았다. 감방 동료들끼리 오순도순 이야기하려던 의욕도 사라져갔다.

취역이 재개된 지 열흘째 되던 날이었다. 전날 내린 봄비로 운동장이 질어서 취업 중인 2공장 출역수들은 운동시간에 후원에서 햇볕을 쪼이고 있었다. 제가끔 흩어져 자유로운 자세로 바람을 쐬고 있는데 때마침 건조장에서 이것저것 세탁한 것을 감독하던 신갑성이 찾아왔다.

"정선생, 며칠 전 비상경계가 바깥 정세와는 관련이 없겠지요?"

작은 키에 비해 기형적으로 큰 두 눈을 껌뻑거리며 조용히 묻는 것이 무척 궁금한 모양이었다. 남북의 정세에 따른 변동은 아닌 것으로 확신했기에 이렇게 대답했다.

"가까운 형무소에서 도주 사고라도 있었는지 모르지요."

신갑성은 여전히 두려움을 감추지 못했다.

"지난날 이승만 정부의 좌익 학살이 워낙 극악했던지라 저는 정말 치를 떨었습니다. 전쟁으로 남조선 민간인이 백만이 죽었다면 그중 삼분의 일은 이승만 군대가 직접 잡아 죽인 남조선 민중일 것입니다. 그러니 앞으로도 그놈들이 또 무슨 악마 같은 짓을 할지 저는 겁이 납니다."

"그때는 이승만 정부가 당황한 데서 나온 실책이고 앞으로는 그러한 사변도 없으려니와 설사 제한적인 전쟁이 벌어진다 하더라도 생명만은 보호해주겠지요."

"그걸 믿을 수 있어야지요."

"이승만 정부라면 몰라도 이제는 유엔이 지켜보고 있잖습니까?"

"그렇지요? 유엔의 체면이 있으니 이승만이나 극우반동들이 함부로 사람을 죽이지는 못하겠지요?"

다소 안도한 듯한 신갑성은 정찬우에게 잘 세탁한 수인복 한벌을 주고 자기 일터로 돌아갔다.

일광욕을 마치고 작업장으로 돌아온 정찬우는 세면도 하지 못한 채로 접견담당이 불러서 그의 뒤를 따라갔다.

"누가 왔을까?"

금방 알게 될 일이지만 몹시 궁금했다.

"정찬우 면회하실 분 들어오시오."

필기담당인 박간수는 정찬우의 수감일지인 신분장을 펼치며 대합실을 향해 외쳤다. 뚫어져라 출입문을 바라보고 서 있는 정찬우의 가슴이 요동쳤다. 포로수용소에 들어온 이래 최초의 면회였다. 기대와 두려움이 섞인 걷잡을 수 없는 초조감에 입술이 타들어갔다. 이윽고 출입문이 열리며 나이보다 훨씬 늙어 보이는 노인이 들어섰다.

"아버지……"

정찬우는 말문이 막혀 겨우 한마디뿐이었다. 그는 하얀 머리칼과 주름 잡힌 얼굴, 수척한 몸매와 수심 어린 눈망울을 멍하니 바라보고만 있었다. 난생처음 형무소 접견실이라는 곳에 와본 아버지는 아들의 목소리가 귀에 안 들어오는지 어리둥절하더니 아들의 눈과 마주치자 박간수 곁에 놓여 있던 긴 의자에 털썩 주저앉고 말았다.

"사람을 잘못 데려온 건 아니오?"

면회 감독을 맡은 김부장은 정신이 나간 사람처럼 앉아 있는 아버지와 전신주처럼 까닥 않고 서 있는 아들을 번갈아 보면서 박간수에게 물었다.

"틀림없는 정찬우 부자인데요? 10년 만의 재회여서 그런가봅니다."

"10년?"

김부장은 간수가 된 이래 처음 보는 장면인 듯 놀란 표정이었다. 아버지는 잠자코 앉아서 호주머니에 깊숙이 간직했던 사진 한장을 꺼냈다. 봉천학교 시절에 찍어 집으로 보냈던 증명사진이었다. 사진과 실물을 대조해본 아버지는 오장이 썩는 긴 한숨을 내뿜었다.

"틀림없습니다. 내 아들 맞소. 후진을 양성하는 훌륭한 선생이 되겠다고 말하며 집을 떠난 지 10년이 되도록 소식을 모르고 있었는데 얼마 전에야 편지가 왔소. 이 좋은 곳에서……"

아버지가 말을 마치지 못한 채 고개를 돌리며 눈물을 씻자 김부장이 물었다.

"어느 학교에 다녔는데요?"

"봉천사범학교 본과 2부생이었습니다."

"여기에는 김일성종합대학 역사과 졸업이라고 쓰여 있는데요?"

아버지는 몰랐던 사실에 놀라는 듯했으나 이내 한숨을 내쉬며 말했다.

"해방 후의 일은 내가 모르지요."

아버지가 또 울자 박간수가 달랬다.

"사연인즉 딱합니다만 규칙상 눈물을 흘리면 면회를 중지시키게 되어 있습니다. 진정하시고 하고 싶은 말씀이나 잊지 말고 하세요."

아버지는 정신을 가다듬고 아들에게 말했다.

"네 엄마도, 훈성이도 다 잘 있다. 순님이는 교회밖에 모르고 산 단다."

비로소 마음이 놓였다.

"그럼 지금 어느 동네에 자리잡고 계십니까?"

"자리가 다 뭐냐? 온 마을이 다 파괴되었는데. 피난민 수용소에서 구호 양곡으로 근근이 목숨을 이어가고 있다. 그래도 우리는 마을이 복구되는 대로 돌아갈 것이다마는 이곳에서 너는 고생이 오죽할까?"

"제 걱정은 조금도 마세요. 생각보다 살 만한 곳입니다."

"허, 네 얼굴이 말이 아닌데?"

겨우 여기까지 말했을 뿐인데 면회시간 오분이 다 끝나버렸다. 박간수는 두 사람의 대화 내용을 기록한 신분장을 덮었다.

"아버지, 부디 평강을 누리십시오."

"오냐, 오냐. 너나 몸조심하여라."

사진을 호주머니에 집어넣고 나가려던 아버지는 되돌아서서 가져온 보따리를 쥐어주었다. 비둘기집이라 불리는 면회대기실로 나온 정찬우는 보따리를 안은 채 한동안 주저앉아 울기만 했다.

외부 음식은 감방으로 반입할 수 없어 대기실에서 다 먹어야 했다. 보따리 속에는 계란 열개, 찰떡 스무개, 사과 다섯개, 기타 여러가지 다과가 들어 있었다. 그는 계란 몇개를 먹었을 뿐, 목이 메어 음식 보따리를 그대로 놓은 채 돌아오고 말았다.

철길이 형무소 근처에 나 있었다. 저녁 점검을 마치고 감방 벽에 기대앉아 있으려니 날이 흐린 탓인지 달리는 기차의 기적 소리가 유난히 크게 들려왔다.

'아버지는 저 기차를 타고 가시겠지. 같은 열차에 몸을 실은 사람들의 마음가짐은 천차만별일 것이다. 그러나 아무리 서러운 심정을 지닌 사람도 아버지보다 더하지는 않으리라. 10년 만의 면회가 단 오분, 오실 때는 만나보겠다는 희망이나 있었지만 정작 철창 속에 아들을 떼어놓고 돌아서실 때의 그 마음은 오죽할까?'

슬픔에 잠겨 있는데 영기가 옆에 와 앉았다.

"정선생, 무엇을 그리 깊이 생각하시오?"

"너무도 허전합니다."

"그러시겠지요. 이해됩니다."

영기가 위로를 하고 있으니 고석순 역시 위로를 하며 말했다.

"정선생, 이 기회에 지나온 이야기나 좀 해보시오."

다른 죄수들도 모여들어 정찬우가 살아온 이야기를 듣고 싶어했다. 정찬우는 울적한 마음도 달랠 겸 가족이 만주에 가게 된 연유부터 자신이 체포되기까지의 이야기를 간략히 해주었다.

"고생 많이 하시었소."

"참으로 기구한 팔자요."

남종과 영기가 측은하다는 표정으로 말할 때였다. 열심히 듣고 있던 어린 연동이 뚱딴지같은 질문을 했다.

"이북에서는 근로자가 살 만하다지요?"

정찬우로서는 싫은 질문이었다. 이북에는 아예 사람이 살지 않는다는 듯 얕추 보는 이들도 못마땅했지만, 진실한 내막도 모른 채 이북을 지상천국이라고 동경하는 이들도 어리석어 보였다. 각기 자기가 믿고 싶은 대로만 믿고 유리한 쪽으로만 해석하는 그 양편의 편견을 없애는 일은 거의 불가능하다는 생각이 들었다.

"글쎄요, 나는 학교에만 있어봐서 잘 모릅니다."

심드렁하게 대답하자 연동은 새침하게 돌아앉았다. 대화는 그것이 전부였고 정찬우는 아무 생각 없이 잊어버렸다.

13장
이면의 곡선

　1954년 5월 28일 아침이었다. 정찬우는 출역하기 바쁘게 계호과장의 호출을 받았다.

　"468번, 특경대로 출두!"

　공장 안의 분위기가 별안간 험악해졌다. 특경대는 범칙자들을 조사하는 형무소 내 수사실 같은 곳으로, 재소자들은 특경대 소리만 들어도 몸이 뻣뻣이 굳었다. 남종이 독백처럼 뇌까렸다.

　"이거 또 일이 터졌군."

　아무리 생각해도 까닭을 알 수 없는 정찬우는 얼굴이 창백해져서 잡무담당의 뒤를 따랐다. 특경대 사무실에는 그가 처음 출역했을 때 공장담당관으로 있던 임부장과 면회 때 입회한 김부장이 침상 위에 걸터앉아 있었다.

　"468번! 자네가 목포형무소를 어떻게 할 작정인가?"

들어서자마자 터져나오는 임부장의 목소리가 쌀쌀했다.

"무엇을 어떻게 한단 말씀인지요?"

"짐작은 가겠지?"

"까닭을 모르겠습니다."

"조직 음모 말이야!"

임부장은 마루를 발로 굴리며 소리 질렀다. 정찬우는 진심으로 전혀 상상이 되지를 않아 뭐라고 답할 수가 없었다. 김부장까지 이미 심증을 굳혔다는 듯 맞장구를 쳤다.

"놀랬지? 우리가 기가 막히게 알아챘지?"

정찬우가 계속해서 눈만 껌뻑거리며 이해를 못하자 두 간수는 교대로 협박을 했다.

"모르는 체하는 거야? 역시 고문을 해야겠구만."

"속 시원히 실토해! 우리끼리만 아는 게 유리할 걸세."

정찬우가 두려움에 사로잡힌 채 도대체 무슨 꿍꿍이인가 하고 그들을 계속 쳐다만 보자 김부장이 몇장의 서류를 슬쩍 흔들어보였다.

"대략 힌트를 줄까? 2공장에서 노동당 지하세포를 만들었지? 매일 사상교양과 조직훈련을 시키고 취사부, 간병부를 통해 먹을 것과 약품을 날라다가 음모에 이용하고 경비원, 세탁부들과 밀회를 가졌지? 어때? 이만하면 빠져나갈 수 없겠지?"

서류의 표지에는 '468번 범칙조서'라고 씌어 있었다. 정찬우는 완강하고 냉담하게 부정했다.

"세포를 만들다니요? 전혀 그런 사실 없습니다. 꿈속 같은 일입니다."

"전혀 모른단 말이야?"

신경질이 난 임부장은 공판정에서 사형수들에게 채우는 뒷수정을 채워 정찬우를 1사 3방에 처넣어버렸다. 일반 미결수 세명만 들어 있는 방이었다.

"무엇 때문에 뒷수정이 채워졌소?"

미남형의 미결수가 조용히 물었다.

"글쎄요, 나도 이유를 모르고 있습니다."

정말 알 수 없는 일이었다. 하루 한가지씩 공부를 하여 사회에 나가서 써먹을 수 있도록 하자고 가르친 적은 있지만 벌써 마음이 떠난 지 오래인 이북 정권의 지시를 받아 조선노동당의 지하세포를 만들었다니 황당하기만 했다.

"이곳에도 모략이 있구만."

뚱뚱한 미결수가 참견하고 나섰다. 수용소에서 박창섭 같은 이들에게 여러번 당했던 정찬우는 자신의 입에서 나오는 모든 말이 모함에 이용될 수 있다는 생각에 그만 입을 다물어버렸다.

저녁이 나왔으나 등 뒤로 수갑을 차고 있어 먹을 수가 없었다. 미남형의 미결수가 입에 떠넣어주어 겨우 절반가량 먹고 누웠으나 한잠도 잘 수 없었다. 바로 누울 수도 없어 엎어져 잠을 청하자니 가슴이 아파서 숨을 쉬기도 어려웠다.

이튿날 검방을 하러 온 최간수가 정찬우를 알아보고 물었다.

"무슨 사고야?"

최간수는 형무소 내에 강권발동자라는 별칭으로 이름난 간수였다. 사소한 이유만으로도 무참히 재소자를 두들겨패서 '신경질따라지'라는 별명까지 있는 사람이었다.

"저도 영문을 모르겠습니다. 취조받은 후에라야 죄명이 뭔지 알 것 같습니다."

정찬우가 대답하자 최간수는 한바탕 웃고 가버렸다.

아침을 먹은 후 다시 특경대 사무실로 불려갔다. 침상 위에는 전날과 달리 금테를 두른 정간수장이 앉아 있었다. 정찬우를 데려온 잡무담당 간수는 돌아서기 전에 딱한 듯 그에게 충고했다.

"간수장께 사실을 고백하고 용서를 받도록 해."

둥근 얼굴에 부드러운 인상을 가진 정간수장은 뒷수정이 채워진 정찬우를 아래위로 훑어보고 물었다.

"괴롭지?"

"네."

"김일성이를 봤나?"

"네."

"진짜인가, 가짜인가?"

짧은 기간이었지만 조선의용군 금주지대 소대장이었던 정찬우는 무정 사령관 직계라고 할 수 있었다. 김일성은 조선의용군과는 계보가 다른 사람으로 해방 전 소련에 가서 수년간 소련군으로 복무해 그와 함께할 기회는 없었다. 하지만 정찬우의 직속상관이었던 김일과 낙동강 전선까지 동행했던 전선사령관 김책 모두 한때 김일성과 항일빨치산을 했던 인물이었다. 이제 와서 존경하든 저주를 퍼붓든 지금의 김일성이 1930년대 항일빨치산으로 유명했던 김일성 장군과 동일인이라는 것은 의심의 여지가 없었다. 그러나 감히 간수장이 틀렸다고 대답할 수가 없었다.

"거기까지는 모르고 있습니다."

"이승엽을 아는가?"

"네."

"살았나, 죽었나?"

개전 직후 서울 시청에서 만났던 이승엽과 박헌영, 임화가 휴전 무렵 미국의 간첩으로 몰려 처형되었다는 소식은 들어 알고 있었다. 김일성이 만주 항일투쟁의 영웅이라면 박헌영은 국내 항일투쟁의 영웅이었다. 이북에 사회주의 공화국이 수립되자 월북해 최고위층이 된 그들이 미국의 간첩이었다는 이야기는 감방의 좌익수들에게 큰 충격이었다. 김일성을 추종하는 좌익수들은 이북 정권의 발표를 곧이곧대로 믿고 박헌영과 이승엽은 간첩이었으니 죽어 마땅하다고 비난하고 다녔다. 하지만 박헌영과 함께 지난한 항일투쟁을 했던 이남 출신 좌익수들은 이북의 발표를 믿으려 하지 않았다. 정찬우도 김일성이 권력 장악을 위해 모략했으리라 짐작했지만 정확한 내막을 모르니 함부로 말할 수는 없었다.

"6·25 이후의 일은 알지 못합니다."

"그래?"

엉뚱한 질문만 하던 간수장은 이윽고 본격적인 취조를 하기 시작했다. 말투부터 매서워졌다.

"이곳이 어데라고 공산주의를 선동, 조직하는 거야?"

"선동, 조직을 하다니요?"

"왜, 억울한가?"

"기가 막혀서 말이 나오지 않습니다."

"그래? 사실무근한 보고일 리 없는데?"

간수장은 조서를 펼쳐 확인해보며 심문했다.

"여봐, 468번! 두 사람이 고발한 것을 두 간수부장이 조사해서 나에게 조서를 냈는데 부인한다는 건 안되는 일이야. 실토하고 관용을 구하는 게 상책일 거야."

간수장은 타이르듯 조용히 말했다. 친절한 간수장의 권고에 웬만하면 따르고 싶었으나 너무나 터무니없는 말이라 계속해서 사실 무근이라고 주장하지 않을 수 없었다.

"그렇다면 묻는 말에 대답이나 해봐. 2공장 죄수들에게 사상교양을 시킨 것은 확실한가?"

"학술상 필요한 용어를 가르쳤습니다."

"경비원 이석귀와 세탁잡역 신갑성을 만나보지는 않았나?"

"경비원은 인사만 했고 신갑성은 두번 만나보았습니다."

"취사장이나 병사에서 먹을 것이며 수인복 같은 물건을 받은 건 사실이지?"

"네."

"그 조건은?"

"인간적 동정이라고 생각합니다."

"인간적 동정? 여기가 어디라고, 흥!"

어리석다는 듯 정찬우를 말끄러미 들여다보면서 간수장은 계속 물었다.

"같은 감방 수인들에게 자네가 지나온 자취도 이야기했다면서?"

"사실입니다."

"동기는?"

"아버님이 면회 오신 날 쓸쓸한 감정에 사로잡혀 옛이야기를 하게 되었습니다."

"면회는 자주 오는가?"

"10년 만의 상봉이었습니다."

적당히 질문을 마친 정간수장은 뒤로 찬 수갑을 풀어 앞으로 채워주고 돌려보냈다. 그러나 간수들은 두개 조로 나뉘어 근무하고 있었다. 온화한 정간수장이 퇴근한 후 교대로 들어온 이간수장은 최간수만큼이나 사나운 자였다. 조사 분위기는 돌변했다. 이간수장 밑에서 일하는 간수들도 달랐다. 아침에 검방을 나온 간수들은 감방 밖에 나와 있는 정찬우에게 차례로 욕을 퍼부으며 따귀를 때렸다.

"김일성이가 니 애비인가?"

"스탈린이 느그들 하나님이지?"

간수 하나는 옆차기로 그의 엉덩이를 걷어차며 고함쳤다.

"이런 때가 아님 연무장에서 배운 무술을 언제 써먹겠나?"

정찬우는 간수들이 때릴 때마다 그들의 눈을 쏘아보았다. 맞아 죽더라도 살려달라고 빌거나 비명을 지르지 않겠다고 결심했다.

"노려보면 우짤래? 새끼가, 네 세상이 오면 보자는 겐가?"

흥분한 간수들이 아예 집단으로 구타를 해대자 황해도 출신의 월남민인 박간수가 그들을 만류했다. 박간수는 고등교육을 받은 사람이라 포악하지는 않았다.

감방 안에 있어도 평안치 않았다. 조금이라도 발을 뻗고 있으면 어느 결에 간수가 나타나 똑바로 정좌하라고 고함을 질렀다.

대구에서도 모범 수형자라는 말을 들었던 정찬우였다. 목포에 와서 한 글자라 하더라도 가르치는 것을 천직으로 알고 공부를 시켰던 것뿐이고, 사람들과 우애있게 지내려고 한 것뿐인데 칭찬은

커녕 오히려 갖은 폭행을 다 당하고 있으니 야속하기만 했다.

이 지옥에서 살아 나갈 수 없을 것 같다고 했던 심영숙의 예상이 자신에게 해당되는 게 아닌지 모르겠다는 생각까지 들었다. 정찬우는 원통해서 잠을 이룰 수가 없었다. 앞수정으로 바뀌어 몸놀림은 편했지만 얻어맞은 얼굴이 퉁퉁 붓고 팔다리가 저려서 견딜 수가 없었다.

다음 날, 다시 교대해 들어온 정간수장은 정찬우를 호출해서 다음부터는 신중하게 처신하라고 훈계한 후 계호과장에게 데려갔다. 아직까지 직원들의 교대가 끝나지 않아서 사무실에는 많은 간수들이 모여 있었다. 계호과장은 서류를 훑어본 후 위엄있게 훈계했다.

"468번, 잘 들으시오. 우리는 당신의 인격을 믿고 백여명의 수감자 중에서 제일 먼저 기술공장으로 보내주었고 앞으로도 가능한 편의를 보아주려고 생각했소. 그런데 모처럼의 호의를 거역했으니 유감스럽게 생각합니다. 하지만 한번 더 속는 셈 치고 관용을 베풀 테니 당국에 성심껏 협조해주기 바랍니다."

자리에 모인 다른 간수들은 계호과장의 관용을 환영하는 듯했으나 이간수장만은 심기가 몹시 불편한 듯했다.

"잠깐 할 말이 있수다. 이 사건을 나에게 맡겨주시오. 내 반드시 이면에 숨은 곡선을 밝혀내겠수다."

통제사회에서는 강경한 발언이 승리하기 마련이다. 일단락 지은 걸 새삼스럽게 뒤집어엎는 이간수장을 못마땅한 듯 쳐다보던 계호과장이 고개를 끄덕였다.

"이면의 곡선이 있다면 밝혀보시오."

좌익수들에게 온정적이라는 비판을 받지 않으려 함일 것이다.

조서를 받아든 이간수장은 득의만만한 표정으로 말했다.

"이봐, 468! 나는 얌전한 정간수장하고는 다르니까 사실대로 말 안하면 뼈가 부러질 줄 알어!"

이간수장은 정찬우의 앞수정부터 뒷수정으로 바꿔버리고 독방에 가두었다. 숨겨진 비밀을 밝히겠다는 이간수장에 의해 조사가 재개되면서 남종과 고석순 등 2공장 출역수 십여명과 경비원 이석귀, 세탁잡역 신갑성, 취사장 잡부 한인용, 양재공 책임자 남희철, 경리부 정면원 등 스무명 남짓이 수사대상에 올랐다.

수사라기보다 처음부터 끝까지 매질이었다. 간수 휴게실로 불려나간 정찬우가 합법적으로 조사를 받게 해달라고 말하자 이간수장은 자기 안경을 책상에 벗어놓고 어깨를 흔들며 다가왔다.

"뭐이 어드랜? 이 새꺄! 상기 정신을 못 차렸어?"

턱을 추켜올리고 눈을 우람스럽게 뜨면서 고함친 이간수장은 오른손 주먹으로 정찬우의 아래턱을 갈기는 것과 거의 동시에 왼손으로 그의 뺨을 터져라 갈겼다. 정찬우가 몇걸음 뒤로 밀리자 뒤따라가 또 연거푸 양쪽 뺨을 갈겨댔다. 맞을 때마다 눈에 섬광이 번쩍였고 코에서는 비린내가 났다.

"이렇게 덮어놓고 때리는 수도 있소? 대한민국 법이 그렇게 되어 있습니까? 수형자를 때리라는 법이 어디 있소?"

정찬우가 대들자 이간수장은 수갑을 한쪽만 풀어주고는 바닥에 엎드리라고 했다.

"엎드리라는 이유가 뭡니까?"

역시 저항하자 평안도 출신 간수가 거들고 나왔다.

"이유가 무슨 이유야? 무조건 엎델 게지!"

"못 엎드리겠소! 이런 부당한 폭력에는 굴복하지 않겠소!"

정찬우의 목소리가 높아지자 휴게소에 쉬려고 나왔던 다른 간수들은 하나둘 피해버렸다. 이간수장은 삽자루를 집어들고 소매를 걷어붙이며 고함쳤다.

"이 새끼가 입만 살아가지구! 너 같은 빨갱이놈은 얼마든지 때려죽여도 돼!"

분위기가 삭막해지자 평안도 간수는 주저하는 기색이 드러나면서 정찬우에게 충고했다.

"그러지 말고 무조건 빌라우."

말하고 난 뒤 평안도 간수는 슬그머니 나가버렸다. 곧바로 이간수장의 매타작이 시작되었다. 엎드려뻗쳐를 한 정찬우의 엉덩이를 마구 내리쳤다. 둘, 셋, 계속해서 열대를 얻어맞은 엉덩이는 뱀의 허물이 벗겨지듯 부풀어오르고 혈관이 팔딱팔딱 뛰었다. 정찬우는 더 견디지 못하고 엎어지고 말았다.

"이 독종 빨갱이 새끼가 울지도 않어? 빌지도 않고?"

삽자루를 집어던진 이간수장은 자기 얼굴에 흘러내리는 땀을 닦으며 숨을 골랐다.

"맛이 어드런? 내가 일정 때부터 빨갱이 사냥만 20년째야. 너 같은 놈 하나 지옥에 보내는 건 일도 아니야. 두고두고 해보자우. 누가 이기나."

널브러졌던 정찬우는 억지로 몸을 일으켜서 담배를 피워물며 떠들어대는 이간수장을 쏘아보았다.

"아니, 이 종간나 새끼가 누굴 노려봐!"

이간수장은 담배를 던지고 다시 번쩍 삽자루를 집어들었다. 때

마침 계호과장이 휴게실로 들어왔다.

"왜 이리 소란스럽소?"

"저거이 끝까지 반박하고 있수다래."

이간수장의 성격을 잘 아는 계호과장은 일부러 들어온 게 틀림없었다. 그는 엄중히 말했다.

"과학적으로 계단을 밟아 조사해보면 자연히 판명될 것 아니오? 왜 이리 소란케 구는 거요? 진행하려거든 조용히 진행하시오!"

야단치고 나가는 계호과장의 뒷모습을 아니꼽다는 듯 쳐다보던 이간수장은 일단 매질을 멈추고 협박했다.

"내일 자백서를 제대로 써라. 속이면 알지? 멀리 끌고 나가서 녹여줄 테니까."

감방에 돌아온 정찬우는 오한이 나서 점심도 저녁도 못 먹었다. 너무 분하고 수치스러워 눈물조차 나지 않았다.

다른 이들도 차례로 불려가 우선 몽둥이 열대씩 얻어터지고 나서 조사를 받았다. 남이 얻어맞는 비명, 몽둥이에 살점이 으깨어지는 소리를 듣는 게 더 무서웠다. 번호 호출하는 소리, 표통 치는 소리, 잠긴 문 따는 소리만 나도 다들 몸을 떨었다. 조사대상이 스무 명이나 되어 사무실만으로는 감당할 수 없자 징역사의 모든 복도를 고문장으로 활용하니 감방 여기저기서 온종일 자지러지는 비명소리와 울음소리, 울부짖는 소리가 그치지를 않았다.

조사할 사람이 많다보니 정찬우의 차례는 좀처럼 오지 않았다. 처음에는 남의 번호 부르는 소리만 들려도 소름이 끼치더니 너무 방치해두니 이것도 괴로웠다. 비명 소리가 계속될수록 공포는 커져갔고 정찬우는 차라리 어서 매를 맞고 수사를 끝내고 싶은 마음

뿐이었다. 이제 와서는 잘살아보겠다는 마음도, 두려운 생각도 가셔버렸다.

뒷수정을 차고 있으니 육체적 고통은 극심했다. 날이 더워지면서 모기가 앵앵거리며 달라붙었고 사타구니에서는 이가 마구 물어뜯었다. 때마침 지루한 장마에 철창 사이로 빗방울이 새어들어 바닥이 척척했으나 그대로 참고 있을 수밖에 없었다. 몸이 불편하니 정신은 더욱 쇠잔해져서 만사가 귀찮아졌다. 그렇게 28일이나 흘렀을 때였다. 마침내 호출이 왔다.

"468번!"

조사를 받으러 나오라는 소리가 이리도 반가운 적이 없었다. 복도로 불려나간 정찬우의 몰골은 빨치산으로 쫓겨다닐 때보다도 더 처량했다. 볼이 홀쭉하고 눈알이 깊숙이 들어간데다 엉성한 더벅머리, 길게 자란 손톱과 양치를 못해 노래진 이빨, 땀과 때에 전 푸른 수인복, 때 묻은 목덜미와 팔꿈치가 더러워 차마 볼 수가 없을 정도였다.

"어이, 더러워! 저것도 사람인가?"

복도를 지날 때 서울 뒷골목에서 날치기를 일삼아 벌써 세번째 형무소 생활을 하고 있는 소제부가 말하면서 혀를 찼다. 특경대 사무실에 들어서자 간수들도 기겁을 하며 자리를 피했다.

"어드런? 상기 더 버티갔어?"

이간수장은 득의만만하여 빈정거렸다. 잠시도 그를 마주 보기 싫은 정찬우는 일부러 딴 곳을 바라보았다. 이간수장은 최간수에게 고백서를 받으라 하고는 바쁜 걸음으로 나가버렸다.

고백서라는 단어부터 쓰려 했으나 오랫동안 뒷수정이 채워져 있던 손은 움직여지지가 않았다. 돌처럼 굳은 양팔을 교대로 살살 주물러보았다. 좀처럼 부드러워지지 않았다. 정찬우는 철창 밖을 내다보며 한숨을 쉬었다.

이 광경을 지켜보던 최간수가 자신의 만년필을 내어주었다. 만년필을 잡은 정찬우의 손이 벌벌 떨렸다. 할 수 없이 만년필을 내려놓고 말았다.

"이 새끼가 만년필까지 빌려주는데두!"

최간수는 말도 채 맺지 않고 몽둥이로 등짝을 내리쳤다. 뼈가 으스러지는 듯 통증이 밀려왔다.

'이 지경이 되어서까지 살아야 하나?'

정찬우는 순간 심장의 고동을 느꼈다. 반항심이 끓어올랐다. 곁에 있는 수정으로 그의 면상을 후려치며 마음껏 울분을 터뜨리고 싶은 욕구가 솟구쳤다. 그러나 꾹 참았다. 죽음이 두려워서라기보다는, 일개 하급 간수를 때리고 맞아 죽는다면 자신의 생명값이 지나치게 헐값인 것 같아서 스스로의 흥정을 작파하고 말았다. 그런 생각을 하니 자신도 모르게 웃음이 나왔다. 어떠한 노여움이나 서러움보다도 쓸쓸한 웃음이었다.

고백서

목포형무소 재감 468번 정찬우

1952년 10월 15일 광주고등군법회의에서 국방경비법 제32조 위반으로 징역 10년을 언도받고 대구형무소에서 복역하다가 1954년 2월 27일 목포형무소로 이감된 본인은 3월 2일 2공장 지물공으로 취업하여 현재에 이르기까지 행형법에 저촉되는 행위

가 많았습니다. 그 구체적 사례를 들면

1. 작업 중 공장수들에게 학술상 용어를 송판 위에 적어서 외우게 했으며

2. 취사장이나 병감에 무리하게 요청하여 주·부식과 의약품을 비공식적으로 얻었습니다.

3. 세탁잡역에게 수인복을 부탁하였고

4. 금후 편의를 위하여 양화재단공, 경리부 등을 만나보았으며

5. 작업장으로 찾아온 6공장 잡역에게 요석 공주에 대한 이야기를 들려주었습니다.

6. 부친을 면회한 날 밤 과거사를 이야기하였습니다.

이러한 모든 일들은 형무소 규칙을 문란케 하고 생산을 방해하며 교화선도에도 해독을 끼치는 엄중한 과오인 줄 사료되옵니다. 이 점 잘못을 뉘우치며 자의로 고백하오니 연루자는 내어보내시고 본인만을 벌주시기 바랍니다.

1954년 6월 24일

손가락이 말을 안 들어 두시간이나 걸려 한 글자 한 글자 간신히 썼다. 한글을 전용하는 이북과 달리, 이남의 행정서류는 거의 다 한문으로 이뤄져 있었으나 일부러 한글로만 썼다. 한자를 몰라서가 아니었다. 김일성대학에서 이태준, 임화 같은 월북 작가들에게 배운 대로, 한문과 영어 같은 외래어를 거부하고 민족의 문자인 한글을 전용하려는 나름의 신념에서였다.

"다 썼나?"

최간수가 달려와 빼앗듯 낚아채더니 빈정댔다.

"새끼! 한문도 모르는 게 대학을 나왔어?"

최간수는 깔보듯 입술을 비죽거리며 이간수장에게 고백서를 갖다주었다. 읽어내려가던 간수장의 얼굴은 금방 험악해졌다. 절반도 보지 않고 꾸겨 팽개치며 씩씩댔다.

"어데 누가 이기나 보자우!"

웃통을 벗으며 씨근벌떡이는 이간수장을 계호과장이 타일렀다.

"생사람 잡지 마시우."

이간수장은 계호과장의 간섭을 피해 정찬우를 징역사 복도로 끌고 갔다.

"이 새끼가 양을 이리로 만들어?"

최간수는 피식피식 웃어가며 야유를 했다. 곡괭이 자루를 들고 뛰어온 이간수장이 다짜고짜 내려치려 했다. 지난번에 삽자루로 맞던 고통이 소름 끼치게 떠올랐다.

"벌을 주시고 싶거든 순순히 집행하면 그만 아닙니까? 구태여 없는 일을 꾸며내려는 그 뜻을 모르겠습니다."

"닥쳐! 빨갱이들은 입만 살아갖고!"

곡괭이 자루가 춤추기 시작했다. 이간수장은 고통을 견디지 못하는 정찬우가 본능적으로 몸을 이리저리 굴려도 용케 허벅지를 찾아서 허공을 가르는 소리가 나도록 곡괭이 자루를 내리쳤다.

가만히 앉아 있어도 땀이 몸을 적시는 무더운 날씨였다. 곡괭이 자루가 부러질 때까지 난타를 한 이간수장은 온몸에 땀을 뒤집어쓰고 시멘트 바닥에 주저앉아 숨을 헉헉댔다.

"이젠 늙어서 기합도 못 주겠다."

이간수장은 땀을 닦으며 돌아가버렸다. 교대시간이 된 것이다.

이제는 최간수 시간이었다. 그는 부러진 곡괭이 자루와 쓰러진 정찬우를 번갈아 보며 말했다.

"468번, 사나이는 사나이다."

곡괭이 자루가 부러진 후 며칠은 조용히 지났다. 며칠 만에 다시 특경대 사무실에 호출되어 절뚝이며 가보니 이간수장은 없고 최간수가 기다리고 있었다. 최간수는 이번에는 욕도 않고 야유도 하지 않으면서 친절히 말했다.

"괴로울 테니까 속 시원히 써주고 용서받도록 하라우."

이간수장이 특별히 생각해서 주는 것이라며 취사부에 주문해 흰쌀밥과 고깃국까지 가져다주었다. 정찬우는 무엇을 속 시원히 쓰라는 것인지 알 수 없었지만 억지로 꾸밀 수는 없어 현실을 다소 과장해서 썼다.

1954년 6월 24일에 본인이 날인한 고백서 제1호에 몇가지 누락된 점이 있어 첨가합니다. 내용은 무엇보다도 당국에 협조하겠다는 성의가 없었다는 것입니다. 물결치는 대로 둥글둥글 살아보자는 생각에서 작업이야 어찌됐던 배움에 주린 사람들에게 글이나 가르쳐주자는 게 본인의 심정이었습니다. 다음으로 과거사를 논하는 과정에서 10년 징역을 과한 것처럼 표현했으며 목포형무소 관리의 언행이 조촐하다고도 말하였습니다. 이상 몇가지를 보태오니 선처하심을 바랍니다.

보태고 키운 제2고백서를 최간수에게 건넬 때였다. 이간수장이 한결 여유만만한 얼굴로 들어왔다.

"어드랜? 드디어 이면의 곡선을 토핸?"

그러나 고백서를 받아서 읽던 그의 표정은 금방 일그러졌다. 그는 다 읽기도 전에 박박 찢어버리고는 들고 있던 포승줄로 정찬우를 닥치는 대로 갈겼다.

"이런 빨갱이들한텐 신사적 방법이 통하질 않는대두!"

정찬우는 피하지도 저항하지도 않았다. 포승줄을 채찍처럼 휘두르며 땀 흘리는 이간수장을 노려보며 실컷 맞아주었다.

"이 새끼 비끄러매!"

숨 가쁘게 명령하는 이간수장의 구미에 맞게 최간수가 날랜 동작으로 정찬우의 두 팔을 뒤로 젖히고는 포승줄로 칭칭 조여 맸다. 피가 통하지 않자 손등이 금방 통통 부었다. 붉어졌다가 하얘진 얼굴은 새까맣게 되었고 두 팔은 은어처럼 팽팽해지고 얼굴에는 진땀이 빗물처럼 흘러내렸다. 심장은 파열될 듯 아팠다. 견디다 못해 쓰러진 정찬우는 바닥에 뒹굴면서 고함쳤다.

"지나칩니다!"

웃음소리와 야유가 쏟아졌다.

"하하하 지나치다고?"

"새끼, 장사는 장사다."

두 간수의 목소리가 정찬우에게 점점 희미해졌다. 이간수장의 당황한 말소리가 아득히 꿈처럼 들렸다.

"가만히 끌르라우, 가만히."

정찬우가 기절해버린 것이다. 터질 듯하던 혈관이 조금 잔잔해지며 정찬우가 눈을 떴다. 털구멍마다 피가 뭉쳐 오디처럼 빨갛게 되어 있었다.

"내 20년 간수생활에 너같이 지독한 놈은 처음 봤다. 네 고집을 보니 선생질할 때 제자들 많이 죽였겠다."

"학생들에게 욕 한번 제대로 안했습니다."

"내 기어이 너를 항복시키겠다."

"처분만 바랍니다."

"저 새끼 들여보내!"

악에 받친 사람과 얘기해서 이익을 못 보겠는지 이간수장은 최간수에게 호령하고는 부리나케 나가버렸다.

매일 거듭되는 구타와 굶주림으로 정찬우의 몸은 심하게 쇠약해졌다. 그러나 정반대로 반항의 마음은 점점 억세어갔다.

'내가 어째 옥련을 따라 자살하지 못했던가? 아무리 몸부림치며 통곡한들 이 나라는 나를 받아주지 않는 것을……'

이영회처럼 싸우다가 죽거나 최소한 윤성남처럼 체포를 거부하다가 사살되고 말걸, 구차스럽게 살아남아 이 곤욕을 당하게 된 것이 후회스러웠다. 이런 심정을 지니고 쓰는 그의 고백서가 이간수장의 비위에 맞을 리가 없었다. 제3고백서도, 제4고백서도 갈기갈기 찢어지고 말았다.

"내가 졌렸다."

이간수장은 정찬우로부터 직접 곡선을 밝히는 일은 단념했다. 대신 상호대조의 방법을 쓰게 되었다.

"어데 말해보라우."

정찬우가 겪었던 그 지독한 고문을 이제는 고석순이 겪어야 했다. 이간수장은 정찬우가 보는 앞에서 고석순을 심문했다.

"조선노동당 5인조 지하세포를 만들었지?"

"네."

"교양도 받았지?"

"네."

"탈옥 모의는?"

"아이고, 다 했습니다. 포승 좀 끌러주우."

고석순은 끝내 흐느껴 울고 말았다.

"저거 끌러주어. 양심적으로 고백했으니."

명을 받은 최간수는 묶을 때와는 달리 굳었던 피가 천천히 순환되도록 조심스레 풀어주었다.

"자! 이거이 고석순이 자백서다. 이래도 부인할 테냐?"

이간수장은 정찬우를 바라보며 득의에 찬 낯빛으로 물었다. 실신상태에서 깨어난 고석순은 정찬우를 발견하자 눈길을 외면하고는 꺼져가는 목소리로 말하며 흐느꼈다.

"여보시오, 정선생. 우선 살고 봅시다."

이간수장은 득의만만한 표정으로 정찬우에게 물었다.

"또 증인을 불러올까?"

"네."

여전한 정찬우의 반항에 활짝 피었던 이간수장의 얼굴에 그늘이 졌다. 곧바로 신갑성을 불러오게 했다. 신갑성은 그동안 어찌나 괴롭힘을 당했던지 폭행이 시작되기도 전에 정찬우에게 호소했다.

"정선생, 간수장님이 말씀하시는 대로 들어주시오. 당신 때문에 괴로운 시간만 계속되지 않소?"

이간수장은 신갑성을 기특하게 보았는지 고문도 않고 앞수정으로 바꾸어 감방으로 돌려보냈다. 그리고 정찬우에게 물었다.

"어때 계속 증인을 불러보간?"

"네."

정찬우는 그래도 끝까지 진상을 주장하는 사람이 더 많으리라 생각했다. 그러나 현실은 그렇지 않았다.

세번째로 대면시킨 이는 순동이었다. 2공장에 함께 출역한 건 맞지만 감방도 다른데다 작업대도 서로 멀어서 겨우 안면만 있을 뿐, 이야기는 한번 안해본 사이였다. 그가 자신을 무고할 리는 없다고 생각했다.

특경대에 불려온 순동은 이미 얼마나 고문을 당했는지 거의 죽어가고 있었다. 병사에 누운 채 걷지도 못해 다른 죄수에게 업혀온 그는 숨이 차서 말도 제대로 하지 못했다. 이간수장은 때마침 면회를 온 그의 늙은 어머니를 병사까지 들어오게 하는 특전을 주어 아들의 마음을 돌리게 했다. 노모는 죽어가는 아들을 부여안고 서럽게 통곡했다.

"순동아! 너 죽으면 나 못 산다. 이 자식아, 정신 차려라."

서러운 통곡에 함께 눈물을 흘리던 순동은 정찬우를 향해 모깃소리로 말했다.

"정선생, 그저 네, 네, 하시오."

말을 마친 순동은 그대로 정신을 잃어버렸다. 목 놓아 우는 노모를 내보낸 잡무담당 간수는 점점 희미해지는 순동의 맥을 짚어보았다.

"맥이 놀지 않습니다."

잡무담당의 말에 이간수장은 호되게 책망했다.

"치워! 병사로 빨리 보내!"

명령이 떨어지기 바쁘게 간병부가 순동을 업고 병사로 갔으나 그를 구할 수는 없었다. 본래 허약한데다 지독한 고문을 견디지 못한 순동은 결국 다음 날 숨을 거두고 말았다.

"어때 계속하간?"

이간수장의 이죽거림에 정찬우는 마침내 고개를 떨구고 말했다.

"그만두럽니다."

"모두 시인하간?"

"연루자들을 무조건 내보내주신다면 요구대로 다 시인하겠습니다."

"청취서에 날인만 하면 누가 메라간? 일찍 시인했으면 다치지 않았지."

다른 사람들이 써놓은 이른바 양심적인 고백서를 내놓으며 이간수장은 상냥하게 말했다.

"그럼 청취서나 꾸며볼까?"

벗어놓았던 안경을 다시 쓰면서 간수장은 정찬우의 뜻을 물었다. 정찬우가 고개를 끄덕이자 다시 한번 다짐을 주었다.

"좋아. 여기 증거서류가 이십여건이나 있으니까 부인하면 네 몸만 결딴난다."

"네."

이간수장은 심문 용지에 만년필을 들고 질문을 시작했다.

"2공장에서 5인조를 조직한 게 사실인가?"

"네."

"매일 사상교육과 조직훈련을 시킨 게 사실인가?"

"………"

정찬우가 답변을 않자 간수장은 안경을 책상 위에 벗어놓고 소리를 질렀다.

"대답을 하란 말이야!"

"다 읽으시오. 한꺼번에 승인하겠습니다."

"법무부 조서에 그러는 법은 없어."

이렇게 작성된 청취서는 처음부터 이간수장이 주장하던 그대로가 되었다. 정찬우가 주축이 되어 2공장에 5인조 혁명세포를 만들어 반란을 모의했다는 내용이었다.

"무인(拇印) 찍으라우."

썩 만족한 이간수장은 처음으로 부드러운 웃음을 지어 보였다. 정찬우도 웃으면서 무인을 눌러주었다. 빈정거리는 웃음으로 느꼈는지, 이간수장의 미간이 잠깐 찌푸려졌으나 이내 펴졌다.

간수장이 다른 사람들에게서 받은 고백서를 읽어보고 종합적으로 통일성 있게 다시 써달라고 했다. 부탁이었다. 친절해진 간수장이 내놓은 고백서를 훑어보면서 정찬우는 몇번이고 실소를 터뜨렸다. 다섯명에 대한 진술은 모순투성이였다.

신갑성은 5인조의 위원장으로서 고문인 정찬우의 지시를 받았다고 써놓았다. 반면 고석순은 참모장으로서 정찬우에게 사령관이 되기를 간청했다고 써놓았다. 두 사람의 말이 전혀 달랐다. 극본밖에 쓰지 못하는 연극인이 정치참모가 되었고 목수가 군사참모였다. 남종은 순동을 시켜서 맡은 일을 완수했다고 써놓았는데 순동은 반대로 자기가 남종에게서 매주 한번씩 보고를 받았노라고 써놓았다. 이석귀는 한인동을 음악부장으로 임명했다고 쓴 반면, 한인동은 이석귀를 연극부장으로 임명했다고 써놓았다.

모든 진술의 앞뒤가 서로 전혀 맞지 않았다. 아무리 어리석은 사람이라도 모든 진술이 고문에 의해 조작되었음을 알 수 있었다. 이런 진술서를 받아놓고는 북한의 지령을 받은 공산주의자 5인이 목포형무소 내에 조선노동당 세포조직을 만들었다고 두달째 사람을 잡는 이자들을 이해할 수 없었다. 가책을 받지 않는 양심은 참으로 생태가 다르다고밖에는 생각할 수가 없었다.

'좌익 중에서도 극좌파이던 박창섭·이봉춘이나 우익 중에서도 극우파인 이간수장이나 모두 선량하고 약한 사람들의 피를 빨아먹고 사는 기생충 같은 자들이다. 그들은 결코 정신병자들이 아니다. 이기적이고 교활하고 현실적인 인간일 뿐이다. 또 얼마나 가문과 가족에 충실한 인간들인가? 이남이나 이북이나 그런 자들이 권력을 잡고 있는 게 현실 아닌가? 좌익 중에서도 훌륭한 사람이 얼마나 많고 우익 중에서도 훌륭한 사람이 또 얼마나 많은가. 그런데 실권을 잡는 자들은 따로 있다. 이들은 기생충이 아니라 바로 몸뚱이가 되어버렸다.'

우울하고 참담한 현실에 분노밖에 일지 않았다. 하지만 정찬우는 더 버틸 수가 없었다. 시키는 대로 엉터리 고백서와 청취서들을 조합해 종합판 고백서를 썼다. 마지막이기를 바라면서.

고백서

위원장인 신갑성이 비당원이기에 보충당원인 본인이 고문으로 있었으며 참모장 고석순은 무기가 어떻게 생긴지도 모르는 사람이라 본인이 사령관을 승인했습니다. 그밖에 모든 것은 위원장과 참모장의 고백서에 나타난 것과 같으나 단 한가지 탈옥

문제는 지금이 아니라 우리가 위급한 경우에 한해서 비상조치로 결행하자는 복안이었습니다. 온갖 교육, 훈련, 기타 일체의 일에 대한 책임은 본인이 담보한 독단적 조치였으니 모두 용서하시고 본인을 추궁하여주시기 바랍니다.

　1954년 8월 14일 목포형무소 재감 468번 정찬우

큼직하게 써서 무인까지 눌러주었다.

"역시 왕자인지라 혼자 책임지는군."

이간수장은 좋아하며 고백서를 들고 계호과로 달려갔다. 정찬우는 앞수정으로 바뀌어 감방으로 돌아왔다.

이로써 3개월을 끌어온 5인조 세포사건은 마무리되었다. 조사받은 스무명 중 열명은 훈계처분으로 내보내고 열명에게는 두달간의 징벌이 내려졌다. 정찬우가 포함된 징벌자 열명은 접견과 서신 불허, 세면과 운동 중지, 독서 금지, 교회 참석 금지, 작업장 예금 전액 몰수 등 2중 징역의 선고를 받고 징벌방으로 옮겨졌다.

사방이 모두 콘크리트로 만들어진 징벌방은 한방에 두세명이 들어가면 딱 맞았는데 다섯명씩 두 방에 나뉘어 수감되었다. 방에 들어가자마자 이석귀가 신갑성을 몰아쳤다.

"여보, 당신은 도대체 어쩌자는 거요? 왜 말이 없소? 우리가 언제 선동조직을 하자고 했소? 탈옥 모의는 또 뭐요?"

신갑성은 아무 답도 못하고 얼굴이 빨개진 채 시멘트 바닥에 힘없이 주저앉았다. 흥분한 이석귀가 수정 찬 손으로 신갑성을 내리치려 하자 한인동이 만류했다. 분이 풀리지 않은 이석귀는 한인동을 밀쳐내며 계속 화를 냈다.

"저 사람이 극본 꽤나 쓴다고 해서 사귀어볼까 했더니 사람 죽일 극본을 쓰는구만."

한인동은 거의 울상이 되어 이석귀를 진정시켰다.

"몸이 약한데다 오죽 고문을 당했으면 안한 일을 했다고 말했겠소? 순동이가 죽은 걸 보시오. 이해합시다."

분을 가라앉히지 못한 고석순이 정찬우 옆에 앉아 말했다.

"정선생, 정말 면목 없습니다. 처음은 저 신갑성이로 시작됐지만 우리도 당장 죽지 않으려고 시키는 대로 거짓말을 할 수밖에 없었습니다."

"이미 엎지른 물이 아니오. 여러분이 무슨 잘못이 있습니까? 다 이간수장이 꾸며낸 거지요. 우리끼리라도 서로 싸우지 맙시다."

방 안은 조용해졌다. 지난 일이야 어떻든 간에 숨통을 틀어막는 삼복더위에 비좁은 방에서 어떻게 견뎌내는가가 문제였다. 키가 큰 정찬우는 똑바로 누울 수도 없는 좁은 방이었다. 다섯명이 나란히 누워 잘 공간이 없었다. 정찬우는 자진해서 변기통 위에 발을 얹고 누웠다. 가장 몸집이 작은 신갑성은 문 옆 틈바구니에 쪼그리고 들어가고 남은 세 사람은 모로 누웠다.

일주일이 지나도록 다들 말 한마디 없었다. 똥냄새 오줌냄새가 지독한데다 섭씨 30도가 넘는 날씨에 가만히 있어도 땀이 온몸을 적시는데 서로 온종일 살을 맞대다시피 붙어 앉아 있으니 지옥이었다. 지난 세달간 겪은 폭행의 후유증은 온몸에 바늘을 꽂고 있는 듯 쑤셔댔고 무서운 꿈자리가 계속되니 잠을 제대로 이룰 수 없었다.

정찬우의 심정은 누구보다도 처참했다. 모든 일이 자기로부터 비롯되었다는 죄책감, 간수들에게 당했던 치욕과 결국 항복하고 거짓 진술을 해야 했던 수치심과 억울함이 그의 정신을 괴롭혔다. 자기 때문에 서로 알게 되어 뭉쳤던 사람들이 원수가 되어 서로를 증오하는 모습도 견디기 힘들었다. 두달의 징계가 끝나기 전에 미쳐버릴 것만 같았다.

그래도 인간은 적응의 동물이었다. 열흘이 지나자 다시 입들을 열기 시작했다. 9월이 되면서 날씨가 조금씩 선선해진 것도 도움이 되었다. 흥미있는 이야기들이 하나둘 나오기 시작하더니 서로 이야기할 차례를 기다리게 되었다.

유랑극단 생활을 했던 이석귀의 경험담이 그중에서도 인기가 있었다. 목포항을 떠나 대륙을 횡단하고 돌아오기까지의 무대생활, 연애 사연, 사투리 비교 등 하나하나 흉내를 내가며 현장을 재생하자 다들 폭소를 터뜨렸다.

신갑성의 영화촬영 이야기도 좋았다. 처음으로 국산 영화를 촬영할 때의 감격을 눈물이 글썽글썽한 눈으로 이야기할 때면 듣는 이도 코가 시큰했다.

고석순은 노가다끼리 편싸움하던 이야기를 기합을 넣어가며 들려주었고, 가장 말이 없던 한인동은 자기 형님이 작곡한 노래 「인두의 어머니」를 소개해 좌중을 흥겹게 했다.

단 한 사람, 정찬우는 도무지 입을 떼지 않았다. 날마다 눈을 감은 채 수갑 찬 두 손을 소매 속에 집어넣고 이따금 상반신을 꿈틀거리기만 했다.

"정선생도 한마디 하시오."

이석귀가 먼저 권하고 나섰으나 정찬우는 고개를 저었다.

"나는 듣기만 하렵니다. 내가 하는 말마다 문제가 되니 어떤 말도 하고 싶지 않군요."

이석귀는 무거운 대답에 무안해서인지 더 시키지는 않았다. 어떤 즐거움도 느낄 수 없는 상태에서 분노가 여전히 정찬우를 누르고 있었다. 처음에는 배움에 주린 사람들을 가르쳐주는 정찬우를 천사 받들 듯 찬양하다가 종국에는 공산주의자라는 누명을 씌워 잔학한 고문과 구타를 가한 간수들을 생각하면 감았던 눈이 번쩍 떠지고 이가 떨렸다. 자신 때문에 징벌방에 들어온 다른 이들에 대한 미안함도 고개를 못 들게 했다. 정찬우는 도저히 노래하고 떠들 기분이 아니었다.

두달 만에 징벌방에서 나온 정찬우는 두명의 사건 공범과 함께 1사 10방에 배방되었다. 뜻밖에 그 방에는 반가운 인물이 들어와 있었다. 광주 포로수용소에서 박창섭을 흠씬 두들겨패고 자수했던 조관병이었다.

두 사람은 죽이 잘 맞았다. 마음의 병이 든 데다 환절기에 심한 감기 몸살이 걸린 정찬우를 지성으로 돌봐준 이도 조관병이었다. 조관병은 작업장에 나가고 있었는데 저녁에 돌아오기만 하면 종일 굶다시피 한 정찬우를 일으켜 앉혀 음식을 떠먹여주고 위로했다. 몸이 좀 나아진 정찬우가 음식을 먹을 수 있게 되자 자기에게 배당된 밥까지 주었다.

"자네는 굶고?"

"저는 일터에 다니니까요. 거기서 많이 먹으면 됩니다."

"미안하고 고맙소."

"불운한 시대에 태어나 고난을 겪는 우리가 서로 돕지 않으면 누가 돕겠습니까?"

간수들은 지독한 고문과 구타에도 굴복하지 않은 정찬우를 두고 과연 사나이라고 칭찬했지만, 정찬우가 만나본 포로 중에서 사나이는 단연 조관병이란 생각이 들었다. 조관병의 정성으로 하루하루 몸이 회복되고 있을 때였다.

"저건 또 뭐야? 468번이 아직도 왕자 노릇을 하고 있는 겐가?"

순시를 다니던 이간수장이 조관병이 자기 밥을 정찬우에게 덜어주는 장면을 목격했다.

"건방진 새끼! 당장 징벌방에 보내라우!"

정찬우는 다시 징벌방으로 들어가야 했다. 이번엔 단독 수용이었다. 함석으로 된 뒷문 가장자리의 미어진 틈바구니에서 차가운 바람이 사정없이 몰아치는데 담요 한장으로 견디기란 산중에서 노숙하는 것보다도 힘들었다. 산중에서는 옷이라도 두껍게 입거나 아니면 땅을 파서 모닥불을 피우고 그 위에 흙을 덮어 온돌에서처럼 잘 수도 있었다. 허름한 수인복과 얇은 담요로 추위를 견디는 일은 훨씬 고통스러웠다. 몇백번 제자리 뛰기를 해도 소화가 되지를 않았다. 정찬우는 걷잡을 수 없는 분노와 환멸에 빠지게 되었다.

'내가 무슨 죄를 그다지도 많이 지었나? 과연 하나님을 믿지 않는 사람은 영구히 꺼지지 않는 지옥불에 던져진다는 목사의 말이 그대로 실현된 것일까? 그렇다면 천주교 천막에 지성껏 나다니던 이봉춘이나 박창섭은 어째서 구원을 받지 못하였나? 아니, 그들은 비록 현세에서는 최고의 벌을 받았을지라도 영원한 복락을 누릴 수 있는 낙원으로 갔는지도 모르지.'

종교를 가지고 신을 믿으면 조금이라도 나아지지 않을까 하는 생각이 들었다. 한번 얼기 시작한 후 내내 따뜻해지지 않는 콘크리트 방에서 정찬우는 담요 한장을 뒤집어쓰고 신약성경을 읽기 시작했다. 그러나 「마태복음」부터 「요한묵시록」까지 몇번을 읽어보아도 뚜렷한 신앙이 생기지를 않았다.

만일 신이 있다면 이 끔찍한 세상을 만든 것에 욕을 퍼붓고 싶을 뿐이었다. 정찬우는 아무리 성경을 들여다봐도 눈물겹도록 앙모할 그 무엇을 찾을 수가 없었다. 식사 때 마시라고 준 물이 금시에 얼어붙고 벌어진 창틈으로 눈보라가 날아드는 콘크리트 방에서 영원한 진리를 찾아보려는 억지 희망도 사라지고 말았다.

견딜 수 없는 추위에 위아래 이가 마주쳐 턱이 아플 지경이 되고 겨드랑이며 사타구니에서 이가 개미떼처럼 물어뜯던 날 밤, 정찬우는 자살을 생각해보았다. 그가 갇힌 징벌방에서 예전에 한 죄수가 자살했다는 소문이 있었다. 이런 상황에서라면 자살이 비겁한 행동만은 아닌 것 같았다. 그러나 뒷수정으로 묶인 데다 끈 한가닥 없는 곳이었다. 목을 맬 수도 없는 이곳에서 자살을 했다는 말은 믿을 수가 없게 되었다.

결국 이것도 저것도 실행하지 못한 정찬우는 모든 것을 체념한 채 하루 한수씩 옛 시조를 암송하며 질식할 고난을 넘기기 위해서 몸부림쳤다.

"살아 있는가?"

온도계가 영하 18도임을 알려주던 날, 이른 새벽이었다. 새우등이 되어 덜덜 떨고 있는 그에게 이간수장이 나타나 물었다.

"아직 죽지는 않았습니다."

실은 죽은 거나 마찬가지였다. 아직 심장이 뛰고 있을 뿐 마음과 정신은 죽은 거나 마찬가지였다. 그러나 생명은 그 자체가 기적이었다. 콘크리트 방에서 담요 한장으로 이에 뜯기고 눈보라를 맞으며 겨울을 무사히 넘긴 것 자체가 기적이었다.

1955년 3월 2일, 정찬우는 뒷수정을 끄르고 징벌방에서 나와 1사 10방으로 돌아갔다.

14장
가난한 어부들의 노래

　이간수장의 보복 조치로 조관병은 다른 방으로 쫓겨가고, 10방에는 세포조직 사건의 공범으로 등록된 신갑성, 정면원, 고석순, 한인동 등 일곱명이 수용되어 있었다. 처음 보는 인물은 황금 2백근을 숨겨놓고 체포되었다는 황당한 소문의 주인공인 황표뿐이었다.

　동료들은 거의 송장이 다 되어 들어온 정찬우를 무척이나 동정했다. 우선 옷을 벗기고 몸을 담요로 싼 후 채소에 뜨물 엉키듯 새하얗게 살림을 차린 이를 옷에서 털어냈다. 오래도록 수정을 차서 나무 막대처럼 빳빳해진 팔을 주물러주고, 따뜻하게 잘 수 있도록 담요를 여러장 덮어주었다.

　징벌에서는 풀려났어도 아직 작업장에 나가지 못하는 그들에게는 등급이 낮은 작은 밥이 배식되고 있었다. 그래도 모두들 희망을 가지고 명랑하게 지냈다.

"조그만 기다리면 우리도 작업장에 보내주겠지. 그때 든든히 먹을 수 있을 거야."

하지만 두달이 지나갔지만 아무도 취업장에 나가지 못했다. 훈계 처분을 받은 열명만 삼일절부터 복귀했을 뿐, 주동자로 분류된 열명은 일을 나갈 수 없었다. 이간수장은 문 위에 '불취업'이라 쓴 종이까지 붙여놓았다.

정면원이 생각다 못해 전쟁 때 다친 국군 병사들에게 헌금을 하면 반공으로 돌아선 자신들의 마음을 알아주지 않을까라고 제안했다. 다들 좋은 생각이라고 기뻐하며 빈한한 영치금 통장을 털어 육군병원에 수용된 국군 환자에게 보내주었다. 그리고 정면원은 이간수장을 찾아가 눈물을 흘리며 애원했다.

"정말 모범 수형자가 되겠습니다. 일터에 내보내주십시오."

난생처음으로 혀가 닳도록 빌었으나 이간수장은 냉랭했다. 이제는 듣기만 해도 소름 끼치는 북쪽 사투리로 말했다.

"네 따위들 뒈지는 건 개미새끼 없어지는 것만도 못하다우. 만기까지 그러고 있으라우!"

소식을 전해들은 감방원들은 탄식하고 분노했지만 이내 침묵하며 한숨을 내쉬었다. 다들 이제 남은 것은 옥사밖에 없다는 절망에 빠졌다. 날마다 짓는 한숨 소리가 암담한 생활을 더욱 보탰다.

이간수장은 10방 죄수들에게 예배에도 참석하지 못하게 했다. '불취업' 위편에 붉은 페인트로 쓴 '요시찰'이란 패찰까지 붙여놓았다. 인간생활의 가장 비참한 영어의 삶, 그중에서도 제일 막다른 골목인 2중 징역을 치르는 이들에게 유일한 외출이던 예배까지 금지되고 보니 하루하루가 지옥이었다.

그래도 시간은 흘러 6월도 저물어가는 25일이 되었다. 5년 전 전쟁이 발발한 이날은 매년 비상경계를 실시하는 날로, 삼엄한 형무소 분위기에 좌익수들은 더욱 기가 죽곤 했다.

아침을 먹자마자 계호과에 정면원을 호출해갔다. 저녁밥을 먹은 후에야 돌아온 그는 얻어맞은 흔적도 없는데 몹시 언짢은 기색을 보였다. 취침 후에도 한편 구석에 앉아서 입맛을 쩝쩝 다셨다. 성급한 신갑성이 참다못해 물었다.

"계호과에서 무슨 일이 있었소?"

"무어, 별로……"

정면원은 말끝을 얼버무렸다. 정찬우는 별안간 달라진 그의 거동을 유심히 살펴보았다. 계호과에서 다른 사람들의 비행을 고발하라는 요구를 받았으리라 추측되었다. 양쪽에 발을 디뎌놓고 어느 쪽으로도 옮겨서지 못해 고민하는 표정이었다.

새날이 밝았다. 다들 일어나기 바쁘게 담요를 개고 변기를 내놓는 등 바쁜 중에도 마음을 다잡지 못해 건성으로 움직이던 정면원이 드디어 할 말이 있으니 모두 모이라고 했다. 그러고는 의아스러운 눈초리로 자신을 바라보는 이들과 눈을 마주치지 않으면서 말을 꺼냈다.

"저는 여태껏 제 위치를 몰랐습니다. 헌금을 한다든가 애걸을 한다든가 이 모두가 제 위치를 모르기 때문에 한 일이었습니다. 모든 충성을 다할지라도 대한민국은 저를 받아주지 않으리라는 엄연한 사실을 이제야 비로소 깨달았습니다. 그러니 손을 높이 들 수밖에 없습니다."

이때 복도에서 간수들의 구둣발 소리가 나더니 누군가 힐끗 들여다보고서는 아무 말도 없이 가버렸다. 식사시간 외에 둥글게 모여 있으면 당장에 야단치던 평상시와는 달랐다. 뭔가 특별한 명령이 떨어졌을 거라는 느낌이 들었다. 정면원도 간수들이 오거나 말거나 의식하지 않고 말했다.

"저는 한마디로 잘라서 말하고 싶습니다. 앉아서 죽느니 서서 싸우자고. 이번엔 우리가 진짜 조직을 결성해서 투쟁하자, 이 말입니다."

제안을 마친 정면원은 매서운 눈길로 감방원들을 한명씩 바라보았다. 맨 먼저 신갑성이 침묵을 깼다.

"옳습니다. 살길을 찾아야지요."

박태승도 호응했다.

"사실 이대로 짓밟혀 죽기는 억울하오."

고석순까지 기를 쓰고 나섰다.

"살고 죽는 건 운명에 맡기고, 전사로 돌아갑시다!"

단 한 사람, 정찬우만 가만히 있었다. 정면원의 속셈이 훤히 들여다보였기 때문이었다. 이간수장으로부터 이번엔 진짜로 노동당 세포조직을 만들어 밀고하면 전향을 인정해주겠다는 제안을 받았을 게 뻔했다. 지긋지긋한 모략이었다. 정면원은 영문도 모르고 떠들어대는 동료들을 바라보다가 마지막에 정찬우의 뜻을 물었다.

"정선생, 책임지고 이끌어주시오."

이 역시 예상대로였다.

"좀더 생각해봅시다."

정찬우는 호되게 책망해줄까 하다가 그저 생각해보자고 말하고는 눈을 감아버렸다. 정찬우에 대한 기대가 컸던 감방원들은 그가 아무 말도 않자 자기들끼리 이야기하기 시작했다. 정면원이 이야기를 꺼냈지만 다른 이들도 발언의 비중은 거의 같았다. 정찬우는 금방 탈옥의 길이 열리기라도 할 듯 기대에 들떠 떠드는 감방원들을 외면한 채 책만 읽었다.

기대에 들뜬 하루가 지나고 취침시간이 왔다. 소변보러 일어난 정찬우는 잠들어 있는 창백한 얼굴들을 내려다보았다. 자기도 그랬지만, 이들 역시 사회주의의 기본 정신에는 찬동했을지 몰라도 전쟁을 원하지는 않았으리라는 생각이 들었다. 이북 정권은 그러나 이들을 참혹한 전쟁터로 내몰았고, 이남 정부는 이들을 끝까지 단죄하려고 이토록 끈질기게 괴롭히고 있었다.

'도대체 이남이나 이북이나 뭐가 서로 다르단 말인가? 제도는 껍데기에 불과하다. 사람 사는 세상은 어디나 같아서, 돈과 권력을 차지한 악마 같은 인간들에게 지배당할 뿐이다.'

앉아서 죽느니 싸우다 죽는 게 낫겠다는 결심이 섰다. 이간수장과 정면원이 파놓은 함정인 줄 알면서도 스스로 걸어들어가자고, 비장한 결심을 했다.

다음 날 아침이 되어도 감방원들의 흥분은 가시지 않았다. 기상하기 바쁘게 서로 방을 쓸겠다고 야단이었다.

"정선생, 어떻게 하시렵니까?"

정면원은 간수들이 인원 점검을 나오기 전에 정찬우의 결심을 재촉했다.

"조반이나 먹고 이야기합시다."

정찬우의 목소리는 무거웠다. 이런 그의 모습에 감방원들은 걷잡을 수 없는 조바심으로 안절부절 어찌할 바를 몰랐다. 전에 없이 번호 외치는 소리가 우렁찼고 삽시간에 식사를 끝마쳤다. 그릇을 씻는 둥 마는 둥 하고 다시 원형으로 둘러앉았다.

정찬우는 기상한 다음부터 나무젓가락 하나를 시멘트 벽에 갈았다. 그가 원형 대열에 끼자 다들 반가운 표정을 하며 시선을 모았다. 정찬우는 뾰족해진 젓가락을 치켜들어 수인들 한가운데의 마루에 힘껏 내리꽂았다. 젓가락은 나무에 푹 박혀 야무지게 섰다. 일동은 놀라고 긴장된 얼굴로 젓가락과 정찬우의 얼굴을 번갈아 보았다. 정찬우가 말했다.

"맹세합시다. 죽음의 위협은 우리를 피할 수 없는 궁지로 몰아넣고 있습니다. 민중의 뜻과 무관하게 전쟁을 일으켜 수백만을 살상한 이북의 집권자들이나, 강제로 전쟁터에 끌려나왔고 반성까지 한 우리를 끝까지 죽이겠다고 날뛰는 저 이간수장 같은 자들은 다를 게 없습니다. 우리를 구해줄 사람은 아무도 없습니다. 이남이나 이북이나 국가는 우리를 버렸습니다. 가만히 복종해도 이렇게 당할 바에야 차라리 저항하다 죽읍시다. 심장에 피가 끓고 정신이 멀쩡한 우리들이 이대로 개죽음을 해서야 되겠습니까? 할 수 있는 데까지는 하다가 죽어도 죽읍시다. 반성과 애원과 충성은 이미 소용없는 연극이 될 수밖에 없습니다. 길은 하나! 오직 우리를 죽이려는 자들과 우리를 전쟁의 속죄양이자 희생양으로 삼으려는 자들과 맞서 싸우는 것뿐입니다."

여기에서 일단 말을 끊은 그는 동료들을 훑어보았다. 모두들 흥분으로 눈이 빛났다. 신갑성의 관자놀이가 뛰었고 박태승의 콧잔등이가 실룩거렸다. 정면원도 흥분으로 눈썹을 떨었다. 정찬우는 무겁게 말을 이었다.

"옛날 기사들은 싸움에 나가기 전에 모닥불을 피워놓고 그 가운데에 칼을 꽂고 죽음을 맹서했다고 합니다. 우리는 이 젓가락을 칼로, 타는 가슴을 모닥불로 인정합시다. 이 이상 바랄 것이 없고 더는 참을 수 없으며 아무리 생각해보아도 살아서 나갈 길이 없는 우리들이 죽음의 장막을 뚫기 위한 투쟁은 어떠한 싸움보다도 신성한 싸움이라고 생각합니다."

정찬우의 말이 끝나자 감방원들의 눈에서는 이상한 불길이 일었다. 서로 서로 잡은 손과 손이 떨렸다. 그들은 만장일치로 정찬우를 지도자로 받들고 명령 하나에 생명을 깃털처럼 던질 것을 선서했다. 전원의 선서를 받은 정찬우는 즉시 창립회의를 열어 '동지구출위원회' 창립에 관한 보고를 청취케 했다. 이어서 전략적 규정인 강령을 토론해 결정했다.

동지구출위원회 강령

생죽음을 시키려는 응보주의 행형의 장막을 뚫음으로써 귀중한 동지들을 구출함에 목적을 둔 본 조직위원회는 과업을 달성하기 위하여 아래와 같이 투쟁한다.

제1조. 1사 10방에 수용된 동지들의 생명을 끊으려는 이간수장 일당의 음모를 폭로, 분쇄할 것.

제2조. 소위 이면의 곡선 운운하며 선량한 재소자를 지옥에 빠뜨리는 이간수장 일당에 대해 사필귀정의 원리에 입각해서 공명정대히 판명토록 모든 관리를 동원할 것.

제3조. 이미 안정된 동료들에게 해가 되지 않도록 재소자를 상대로 하는 온갖 활동은 일절 금지할 것.

제4조. 가정 및 사회와 연휴하여 경제적 원조를 받는 일방, 언론계와 법조계에 호소할 것.

제5조. 최단시일 내에 취업토록 하며 자유인이 될 수 있는 가능한 수법을 연구, 실천할 것.

제6조. 전반적 활동이 기술적으로 되지 않으면 단식, 데모, 소란, 탈옥 등 일체의 최후 수단을 다 동원하여 뼈에 사무친 원한을 풀면서 노래하며 죽을 것.

일상사업의 집행을 위한 임원도 선임했다. 정찬우는 고문을 맡았고 위원장 겸 외교부장은 정면원이 맡았다. 선전부장은 신갑성, 구출부장은 한인동, 규율부장은 박태승, 경리부장은 황표, 군사부장은 고석순이 맡았다.

마침내 이간수장이 그토록 캐내려고 했던 '세포조직'이 탄생한 것이다. 굳이 비밀을 유지하지도 않고 드러내놓고 활동하는 기묘한 지하조직이었다.

동지구출위원회 회원들은 아침에 일어나면 간수들이 듣고 있는 줄 뻔히 알면서도 이북에서 배운 혁명가를 불렀고, 식사시간과 취침시간마다 '싸우자'는 구호를 외쳤다. 오전시간에는 일반교양 강좌를 개설해 정찬우가 문장강화, 문예사조사, 국사, 세계사, 경제지리 같은 과목을 가르쳤다. 오후에는 군사교양 시간으로 정해 인민군 출신들이 전략과 전술, 역대 장군의 개선기, 유격운동 같은 과목을 강의했다. 식사 후 쉬는 시간에는 민요와 명곡 등을 함께 불렀고, 야간에는 자기반성과 상호충고로 하루 일과를 평가했다.

간수들은 모든 것을 지켜보면서도 아무 소리도 하지 않았다. 이

상할 것은 없었다. 대형 사건으로 무르익을 때까지 일절 건드리지
말고 지켜보라는 이간수장의 지시에 따른 방관이었다. 동지구출위
원회 회원들은 간수들이 언제까지 두고 보려나, 때가 되면 목숨 걸
고 싸우리라 다짐을 하며 더욱 보란 듯이 목청을 높였다.

혁명간부학교 수준의 일과를 한달 가까이 진행했을 때, 경리부
장 황표가 황홀한 꿈을 선사했다. 자신이 아무도 모르게 비장하고
있는 황금 2백근과 아편 20상자, 권총 두자루를 동지구출위원회에
바치겠다고 한 것이었다.

"고맙소."

누구보다 감격한 것은 신갑성이었다.

"이토록 훌륭한 동지를 가지게 된 것을 영광으로 생각합니다."

박태승도 찬양을 아끼지 않았다. 오래전부터 형무소에 떠돈 전
설 같은 황당한 이야기임에도 일동 중 누구도 그의 말을 무시하지
않았다. 동지구출위원회가 만들어지게 된 동기부터 이후 과정 모
두가 한편의 연극 같았고, 그들 모두 출연배우들 같았다. 극도의 압
박이 모두를 정신쇠약과 망상증에 빠뜨려놓은 것이었다. 보물이
존재한다는 전제하에 구체적인 심문이 시작되었다.

"좋소! 그렇다면 먼저 우리에게 황금과 아편을 입수하게 된 과
정을 솔직히 털어놓으시오."

신갑성의 말에 황표는 비밀을 털어놓아야 할지 말아야 할지 망
설이는 표정으로 정찬우를 바라보았다. 정찬우가 고개를 끄덕여
보였다.

"제가 목포 해양경비대에 있을 때 일입니다……"

황표의 이야기는 간단했다. 전쟁 발발 직후, 서울과 대전에서 내

려온 피난민들이 남해안 다도해까지 밀려왔을 때였다. 해양경비대원으로 피난민의 소지품 조사를 맡고 있던 황표는 뜻밖에 막대한 황금과 아편덩이를 발견했다. 사치품과 약용의 범위를 벗어난 어마어마한 양이라 일단 압수하고 중앙에 보고했다. 그런데 국군이 패주하게 되어 아무 지시도 내려오지 않았다. 급한 대로 자기만 아는 비밀장소에 묻고 피난길에 올랐다가 사기와 횡령으로 구속되는 바람에 오늘에 이르렀다는 이야기였다.

"그 많은 보물을 혼자서 운반하기 어려웠을 터인데?"

"경비대장과 그의 연락병이 함께 운반했습니다. 그런데 피난길에 모두 죽었습니다."

황표는 법관 앞인 듯 순순히 대답했다. 이번에는 정면원이 캐물었다.

"형무소에 난 소문에는 당신이 어떤 관리에게 팔았다던데?"

"팔려고 했던 건 사실이오. 그런데 너무 아까워서 후에 관리에게 내가 거짓말을 했다고 거짓말을 하고 취소했지요."

"그렇다면 앞뒤가 딱 들어맞는구려. 좋소! 황동지의 기증을 기쁘게 받아들이겠소!"

설사 황당무계한 거짓말이라고 해도 누구도 진실이 드러나길 바라지 않았을 거였다. 정찬우까지 모두 기립박수로 그의 헌납에 감사를 표하고 이 막대한 돈을 어디에 쓸 것인지 궁리에 들어갔다.

보물을 찾으면 권총 두자루를 구해 감방의 동지들을 구출하는 데 활용할 것, 정찬우가 지명하는 주요 좌익수들에게 최고의 변호사를 붙여 석방시킨 후 해외망명 비용을 대줄 것 등을 결정했다.

살벌한 감방 안에서 공개적으로 혁명조직을 결성하고 혁명가와

투쟁구호를 외치는 일 자체가 비현실적인 희극 같았는데 여기에 황금 2백근과 아편이 등장하고 그 돈으로 다른 구속자들까지 석방 시킨다는 계획은 황당무계하기까지 했다. 그럼에도 어디에 어떻게 돈을 쓸 것인가, 돈을 써서 조기 석방되면 사회에 나가 무엇을 할 것인가를 가지고 갑론을박하는 회원들의 표정은 진지했다.

황표의 비밀연락을 받은 이들이 10월 20일부터 황금 발굴에 착 수했다는 소식이 전해지면서 다들 만세까지 불렀다. 국가로부터 버림받고 형무소에서마저 빨갱이라고 따돌림당하는 이들은 대부 분 집안에서도 배척되는 처지였다. 그런데 출소만 하면 아무 돈 걱 정 없이 살 수 있다는 상상에 빠지고 보니 그 감격은 형용할 수 없 었다. 무엇보다도 자기들을 똥 치운 막대기 취급하는 바깥 사람들 이나 가족들에게 보란 듯 돈 자랑을 하며 살아보겠다는 희망에 불 탔다. 이간수장을 비롯해 자기들을 혹독하게 다루었던 형무관들에 대한 복수심은 이미 관심사항도 아니었다.

"기어코 한번 만나보아야겠어."

본래 감상적인 면이 있는 신갑성은 이따금 홀로 중얼거리며 눈 물을 머금었다.

"누구를 만나본단 말이오?"

자주 흥분하는 신갑성의 비위를 맞추기 위함인지 자기도 그와 비슷한 심경이어서인지 박태승이 말을 걸었다.

"내 여편네 말이오."

"부인께서 어떻게 됐소?"

"내가 아주 죽을 줄 알고 배신했다오."

"나하고 똑같은 형편이네요."

박태승이 긴 한숨을 쉬며 말하자 정면원이 활짝 웃으며 말했다.

"촌색시인 우리 마누라가 제일 낫구나. 나가게 되면 덩실덩실 업어줘야겠다. 여태껏 못났다고 푸대접했던 거 사죄도 하구."

정찬우가 신갑성에게 권했다.

"편지라도 해보시지?"

"이미 늦었습니다."

"직접 장본인을 만나는 것도 아닌데 편지도 못 쓰나?"

"벌써부터 하고 다니는 꼴이 바람이 불었읍디다. 사나이가 없는 년이 분 바르고 꼬까 입고……"

"그야 면회 갈 때 남편에게 예쁘게 보이려고 그랬겠지."

"아니요. 누이가 함께 가자고 하니까 여비가 없어 못 간다고 하더랍니다."

"정말 여비가 없었는지 누가 알아요?"

한인동이 마음을 달래주려고 말했으나 신갑성은 마침내 짜증을 내고 말았다.

"아니라고 해두! 살림이 그리 어렵지도 않구, 또 누이가 여비를 주겠다고 해두 들은 체도 않고 화장만 하더라네."

고석순이 모처럼 입을 떼었다.

"상대방이 누군지 짐작이 가시우?"

신갑성은 비로소 그동안 수치스러워서 하지 못했던 이야기를 꺼내놓았다.

"나의 친구 녀석이라오."

다들 한숨을 내쉬며 위로의 말을 찾지 못했지만 황표가 어깨를 두드리며 말했다.

"복수하시오. 성공이 복수요."

정찬우도 의례적인 말밖에 해줄 게 없었다.

"신동지, 기운 내시오. 우리에겐 원대한 계획이 있잖소."

계획은 확실히 있었다. 그러나 거짓 위에 세워진 계획이었다. 그토록 믿고 기다리던 황금 발굴이 허사였다는 소식이 전해진 것은 두달 만인 1955년 12월 초순이었다. 황표가 처음부터 끝까지 거짓말임을 실토하면서 모든 꿈은 사라지고 말았다. 동지구출위원회도 그 소식을 듣는 순간 깨졌다. 결성 반년 만이었다.

천장 모르고 날아오르던 감방원들의 사기는 벼랑에서 미끄러지듯 추락해버렸다. 황표는 거짓말쟁이 협잡꾼으로 전락해 외면을 받았다. 감방원들 간에는 희망을 잃은 충격으로 대화가 사라져버렸다. 감방생활은 다시 쓸쓸해졌다. 감방원들은 다들 무릎 사이에 머리를 파묻고 종일 시간 가기만 기다렸다.

다만 한 사람, 정면원만은 미주알고주알 떠들어댔다. 번연히 드러날 엄청난 거짓말을 했음에도 아무 가책을 보이지 않는 천하의 사기꾼 황표가 첫번째 공격대상이었다. 기회만 있으면 황표 곁에 앉아 빈정대기 시작해 기어이 욕설까지 퍼부어댔다. 원망의 화살은 정찬우에게도 향해졌다. 아무 이유 없이 생트집을 잡아가며 정찬우에게 시비를 걸었다. 다른 사람들에 대해서도 마찬가지였다. 사람들이 무슨 이야기만 하려고 하면 우렁차게 유행가를 불러 방해했고 공연한 시비로 부아를 돋우었다.

정면원이 안절부절못하는 모습을 보면서, 정찬우는 이제 때가 되었구나 싶었다. 예상대로였다. 정면원은 어느날 아침, 충혈된 눈알을 들이밀며 정찬우에게 시비를 걸었다.

"정선생에게 할 말이 있습니다만."

정찬우는 반년 전 공손히 말하던 때와는 너무나 다른 그의 무례하고 오만한 눈빛과 말투를 물끄러미 보았다. 그런 태도에 기분이 더 상했던지 정면원은 입술을 떨며 언성을 높였다.

"정선생! 일동을 대표해서 나에게 비시오. 동지구출위원회니 황금 2백근이니 하는 환상으로 동지들을 유혹하고 사기 친 죄를 인정하고 죽을죄를 지었으니 살려달라고 비시오. 단 무릎을 꿇고 비시오. 그렇다면 아량을 베풀어주려니와 꿋꿋이 버틴다면 즉시로 계호과에 보고하겠소."

말이 끝날 즈음 정면원의 목소리는 높을 대로 높아져 복도에까지 왕왕 울려댔다. 언제나 싸움을 말리는 편인 한인동이 나섰다.

"그 일이 어찌 정찬우 선생 탓이오? 시작은 정면원 씨가 했고 우리가 모두 동조해 벌인 일이니 그만 좋게 화해하고 맙시다."

정면원의 목소리는 오히려 높아졌다.

"누구든 참견하지 마시오. 나도 주관이 있는 인간이오!"

신갑성과 박태승도 정면원을 간절히 만류했다.

"지난 역경을 생각할 때 고발할 수 있겠소?"

"감방 전원의 생명이 정면원 씨에게 달려 있소."

정면원은 누가 붙잡기라도 한 듯 뿌리치면서 소리쳤다.

"대장부가 어찌 뽑았던 칼을 다시 꽂겠소?"

"정말로 다시 생각할 여지가 없소?"

고석순이 마지막으로 종용했으나 정면원은 듣기 싫다는 듯 미간의 주름살을 모으며 정찬우를 노려보았다. 정찬우는 벽에 비스듬히 기댄 채 그를 뚫어지게 바라보았다. 정면원의 눈망울이 아래로 갈릴 때 정찬우는 조용히 웃고는 비로소 입을 떼었다.

"어쩌면 이렇게도 용기가 없을까?"

다들 무슨 말인가 어리둥절해했다. 정찬우는 계속 웃는 얼굴로 정면원을 보며 말했다.

"오히려 반년이나 끌어온 게 신기하오. 처음부터 우리를 궁지에 몰려고 이간수장과 당신이 계획했던 일인데 왜 빨리 신고를 안했던 거요? 황금 발굴 때문이었소? 이제 때가 되었다니 맘대로 하시오. 다만, 한가지 부탁할 것은 당신만 출역을 희망하는 게 아니니 다른 동료들까지 혜택을 볼 수 있도록 모든 책임을 나에게 돌리시오."

다른 수인들은 그제야 상황을 이해했다. 6·25기념일에 정면원이 종일 나갔다가 들어와서 갑자기 목숨 걸고 투쟁하자고 과격한 발언을 한 것이 이간수장의 계획이었음을 깨달은 것이다. 의혹과 분노에 끓는 감방원들의 얼굴을 본 정면원은 화살이 자기에게 날아올까봐 서둘러 말했다.

"그러지 말고 정선생이 용서를 구하는 것으로 끝낼 수는 없소?"

순간, 정찬우는 만지작거리고 있던 젓가락을 번쩍 들었다. 첫 모임 때 마루에 꽂았던 그 뾰족한 젓가락이었다. 정찬우는 세차게 젓가락을 마루에 다시 꽂으며 고함쳤다.

"죽기를 각오한 사람이 당신에게 무릎을 꿇겠소?"

"빌 수 없다구? 젓가락까지 꽂고!"

놀란 정면원은 온몸을 부르르 떨며 표통을 향해 달려가려고 했다. 신갑성이 얼른 그의 소매를 잡았다.

"잠깐 참으시오."

정찬우가 말했다.

"여러분은 내가 시키는 대로 움직였을 뿐이니 염려할 것 없습니다."

정면원이 이를 갈며 신갑성의 팔을 뿌리치고 표통으로 가려 하자 한인동이 그를 가로막았다. 몸싸움이 벌어졌다. 돌연 황표가 일어나더니 표통을 치며 말했다.

"터질 것은 일찍 터져야 해!"

간수가 시찰구로 들여다보며 물었다.

"무슨 문제인가?"

"사상문제입니다."

황표는 재빨리 대답했다. 간수는 정면원을 데리고 나가더니 조금 후에는 황표를 불러 데려갔다. 감방원들은 파랗게 질려 벌벌 떨었다.

석양이 이슥해지자 이번에는 정찬우를 호출하러 왔다. 정찬우는 방문을 나서며 죽은 사람들처럼 멍하니 쳐다보는 감방원들에게 말했다.

"모든 책임은 나에게 돌리시오. 그것만이 우리가 살길입니다."

이간수장에게 끌려갈 줄 알았는데 징벌방이었다. 반년 만에 다시 징벌방에 갇힌 정찬우의 머릿속에 한동안 잊혔던 화두가 떠올랐다. 죽음이 그의 뇌리에서 떠나지 않았다.

'죽음? 이번에는 진짜 죽을 수 있을까? 차라리 죽고 싶다. 태중에서 아무런 준비 없이 세상에 나왔다가 모진 풍파를 다 겪고 이슬처럼 스러지는 게 인생이라지만 정말로 이건 너무 허무한 인생 아닌가? 이렇게 살 바에야 죽는 게 낫지 않을까?'

그러나 죽음은 생각뿐이었다. 죽을 수도 없는 독방에 그를 가둬놓은 이간수장은 더욱 교활해져 있었다. 지난번 수사에서 얻은 교훈대로 정찬우를 내버려둔 채 다른 사람들부터 조사하기 시작했다. 날마다 10방 죄수들이 교대로 불려가 모진 구타와 고문을 당했다.

언제 돌아올지 모르는 차례를 기다리며, 정찬우는 감방에서 유일하게 볼 수 있는 책인 성경만 읽었다. 읽고 또 읽어 외워버릴 정도로 성경만 보았다. 모든 문장을 외우다시피 하니 점점 흥미도 생기고 이해도 되는 것 같았다. 「시편」이나 「잠언」의 비교적 철학적이고 문학적인 구절에 마음이 끌려 당장 불이 떨어지더라도 동요하지 않을 정도로 열중했다. 그러다보니 영생에 대한 희미한 희망까지도 가져보게 되었다. 설사 환상에 그친다 하더라도 죽지 않고 살아나가기만 한다면 학리적 소득이 있을 것 같아서 온정신을 다 바쳤다.

혹독한 추위가 계속되던 1955년 12월 21일, 징벌방으로 옮긴 지 2주일째 되던 날 한밤중이었다. 정찬우는 전등이 침침한 통로를 지나 계호과 사무실에 불려갔다.

장작불에 벌겋게 달궈진 난로가 추위에 움츠러든 그의 눈을 끌었다. 난로 앞에 놓인 안락의자에는 계호주임인 윤간수장이 앉아 있었고 그 곁에 당직인 박간수장이 책상에 기대어 졸고 있었다.

정찬우는 잡무담당 간수가 시키는 대로 윤간수장 앞에 섰으나 간수장은 그의 출현에 관심이 없는 듯 한동안 그냥 내버려두었다. 정찬우의 몸은 오랜만에 열기를 받아 녹느라 부르르 떨렸다.

"10방 생활을 솔직히 말해봐."

이글대는 장작불이 뜨거워 약간 뒤로 물러앉은 정찬우를 조용히 바라보던 윤간수장이 말했다. 졸던 박간수장도 눈을 떴다.

"모두 알고 계실 것 아닙니까?"

정찬우의 담담한 대답에 야근하던 다른 직원들도 시선을 모았다.

"한쪽 말만 듣고 송사를 진행할 수는 없지."

"지난번에는 전부 이간수장님의 조작이었으나 이번만은 사실입니다. 지난 6월 26일부터 반기를 들어서 7월 2일부로 동지구출위원회라는 조직을 결성했습니다."

"동지 구출? 승산이 보이던가?"

"승산이 있으면 최후의 발악을 하겠습니까? 가만히 있어도 죽을 판이니 사는 날까지 싸워보자고 한 거지요."

"솔직은 하군."

박간수장이 야유조로 말하고는 관심 없다는 투로 다시 눈을 감고 잠을 청했다.

"자네 독단적으로 조직한 게 사실인가?"

"네."

"정면원이 그거 간교한 인물이지?"

".........."

"자네가 정면원이 앞에 무릎을 꿇었더라면 고발하지 않았으리라 생각하는가?"

".........."

정찬우가 답을 않자 윤간수장은 책상 위에 놓여 있는 문서를 들여다보면서 물었다.

"자네 몸이 쇠약해졌지?"

"십육 킬로 줄었습니다."

정찬우가 서글픈 한숨을 내쉬며 대답하자 윤간수장이 다른 사람들을 조사한 청취서를 펼쳐서 보며 말했다.

"순순히 자백하면 다치지 않을 터이니 그렇게 알고 청취서나 잘 써보자구."

모든 질문에 아무 숨김없는 순순한 답변이 이뤄졌다. 윤간수장도 거짓 진술 아니냐는 추궁 한번 없이 정찬우가 말하는 그대로 기입해나갔다. 그러고는 조서에 정찬우의 지장을 받은 후 담담히 말했다.

"용서할 수 없지만 해벌되면 당국에서 동정해줄 터이니 두번 다시 반기를 들지 말어."

"네."

청취서 작성은 간단히 끝났다. 정찬우는 금치(禁置) 2개월의 선고를 받았다. 반공법 위반으로 추가 재판을 받아 형기가 연장될 줄 예상했던 그에게는 뜻밖의 관대한 처분이었다. 애초에 사건을 기획한 이간수장이 이번에 다른 형무소의 소장으로 영전되어 갔다는 것은 다음 날에서야 알았다.

이제는 횟수도 헤아리기 어려울 정도로 드나든 징벌방이었다. 지난번에는 억울해 미칠 것 같았으나 이번에는 예상 외의 관대한 처분에 감화되었다. 계호과장은 보름 만에 수갑을 풀어주고 한달 만에 콘크리트 방에서 마루방으로 옮겨주었을 뿐 아니라 담요까지 넉넉히 넣어주었다.

터질 것 같은 절망과 반항심으로 굳었던 정찬우의 가슴속 응어리는 두번째 금치생활을 하면서 다 녹아버리고 말았다. 아무리 회개해도 이 나라는 받아주지 않을 것이라는 회의는 사라지고, 자기 자신의 반성 여하에 따라서 얼마든지 앞길이 열릴 수 있겠다는 희망을 다시 품게 되었다.

2월 하순에 해벌된 정찬우는 5공장 보철공으로 출역하라는 명령까지 받았다. 새로 배정된 1사 12방은 작업장에 나가는 죄수들만 스무명이나 있는 커다란 방이었다. 모든 게 윤간수장의 배려였다. 윤간수장은 따뜻한 위로의 말도 해주었다.

"소가 엷은 얼음 위를 지나가듯 조심해서 살아야 하우. 무사히 살아서 부모님 품에 돌아가야 하지 않겠수?"

울컥 눈물이 솟아 윤간수장을 마주 볼 수가 없었다. 목이 메어 감사의 말도 할 수가 없었다.

다음 날인 1956년 3월 1일, 정찬우는 오랜만에 교회에 나갔다. 관리자, 재소자 할 것 없이 신기한 듯 그를 바라보았다.

마침 기미독립운동 기념일이었는데 여자 죄수들도 나와 있었다. 혹시 심영숙이 나왔나 하고 뒤를 돌아보았으나 눈에 띄지 않았다. 길고 지루한 소장의 훈화와 예배가 끝나고, 다들 두 팔을 올려 만세삼창을 마친 후에야 퇴장하는 여죄수들 사이에서 심영숙을 발견할 수 있었다.

심영숙은 다른 여죄수의 부축을 받아 나가고 있었다. 병실에 있다가 온 듯, 푸른 죄수복이 아닌 하얀 환자복을 입은 그녀는 여러 번 죽을 고비를 넘긴 정찬우보다도 더 수척해져 있었다. 눈에 총기가 없고 어깨가 축 늘어진 모습이 아무리 보아도 오래 살 것 같지가 않았다.

감방에 돌아온 정찬우는 간신히 계단을 내려가며 정기 없는 눈으로 자신을 바라보던 심영숙의 구슬픈 인상을 떠올리며 연거푸 한숨을 쉬었다. 큼직한 삼일절 떡을 두개나 먹고 기분이 좋아진 감방원들은 유쾌한 노래들을 불렀으나 정찬우는 좀처럼 명랑한 기분을 회복할 수가 없었다.

"재청!"

포로수용소에서 정훈부 음악부원으로 명성을 날렸던 최홍인의 감미로운 노래는 열광적인 환영을 받았다. 그는 거듭되는 재청 요구를 받아 다섯곡이나 해야 했다. 메마른 몸집에 가는 목덜미와 푹 파인 눈을 가진 약골이 그토록 풍부한 성량과 고상한 해조(解調)를 드러낸다는 게 신기했다. 실컷 듣고 난 사람들이 정찬우에게 눈길을 돌렸다.

"정선생도 한곡 부르시오."

정찬우는 노래하고 싶은 심정이 아니어서 몇차례 사양했으나 모두들 요청하니 뿌리칠 수가 없었다. 그래서 만주에서 배운 중국 노래를 중국어로 불렀다. 내용은 가난한 어부들의 노래였다.

하늘 위에 떠도는 구름과 물속에서 헤엄치는 고기
이른 아침 햇빛을 쪼이며 그물을 말리노라니
해풍이 얼굴을 스치고 지나간다
조수는 뛰고 물결은 춤추는데
어선들은 동서로 떠서 간다
고기는 잡히지 않고 세금은 무거워
고기잡이들은 대대로 궁해만 간다
할아버지 아래를 보소서 그물이 째졌구려
다시 고쳐 조심해야 겨울을 나겠다

새로 배치된 방에 유일한 문제가 있다면 정면원도 그 방에 동숙하고 있다는 것이었다. 정찬우가 징벌을 받고 온 후 다시는 동료들을 선동하지 말라고 훈계하던 정면원이었다. 노래하는 정찬우를 매섭게 노려보던 그는 박수 소리가 끝나기 무섭게 시비를 걸었다.

"정선생! 그 많은 노래 중에 공산주의 나라의 노래를 택한 이유가 뭐요?"

상상도 못했던 질문에 정찬우가 무어라 대꾸를 못하고 있으니 강원도 인제 출신의 죄수가 대신 변명을 해주었다.

"자유곡이니까 아무거나 부른 게지요."

"제삼자는 가만히 있어요!"

정면원은 그 죄수의 말을 끊고는 커다란 소리로 외쳤다.

"당신 같은 빨갱이를 그냥 둬선 안돼!"

정면원은 벌떡 일어나더니 표통을 쳤다. 감방원들의 얼굴은 순식간에 공포에 질렸다. 특히 최홍인은 겁에 질려 덜덜 떨었다. 정찬우는 그러나 여유있게 웃고만 있었다. 전쟁의 상처로 정신착란과 망상에 빠진 사람들처럼 정면원도 미쳐버렸구나 하는 동정심까지 일었다.

"무슨 소란이야?"

"468번이 사상이 의심스러운 중국 노래를 불렀습니다."

"이 사람들아, 좋게 지내요."

예전과 달리 간수는 한심하다는 듯 질책하고 가버렸다. 그러나 정면원의 기세는 꺾이지 않았다.

"나를 누구로 보고. 며칠 전만 해두 최홍인이의 붉은 노래를 적발한 사람이오. 내 앞에서 초를 쏠려구? 최홍인의 노래도 가사만 보고선 알기 어렵지."

최홍인이 불렀다가 신고당한 노래는 어느 소련 시인의 서정시에 곡을 붙인 것이었다. 정치색이라고는 전혀 없는 서정적인 민요였음에도 정면원은 소련 시인이 쓴 가사라는 이유로 담당에게 보고해 최홍인을 조사받게 만들었다. 소련 노래라는 사실을 알아차린 것은 정면원 자신이 예전에 열렬한 노동당 청년조직 활동을 했기 때문인데, 그는 자신의 경험을 이용해 동료를 고발함으로써 어떻게든 전향을 인정받아 석방되고자 발버둥쳤다.

"이번에는 계호과에 직접 보고하겠소."

정면원은 기고만장해서 우쭐댔다. 감방원들은 무당굿을 보듯 넋을 잃고 그의 거품 문 입술을 바라보았다.

15장
귀향

 징벌방에서 풀려 출역까지 하게 되니 반은 출소한 거나 다름없었다. 보철공장은 어촌에서 쓰는 그물이나 농촌에서 쓰는 대나무 망태기를 만드는 곳이었다. 꼴망태 몇개 만지작거리거나 그물을 몇코 뜨면 어느새 해가 저물었다. 처음 해보는 일이라 실수를 자주 했고 다시 고치다보면 하루가 빠르게 지나갔다. 일을 못한다고 야단을 맞거나 징벌을 받지 않으니 부담은 없었다.

 꿈결같이 3월이 지나갔다. 4월이 되자 봄비가 종종 내렸다. 그날은 장맛비처럼 굵은 빗방울이 철창에 부딪쳐 공장 안으로 물을 뿌려대던 날이었다. 운동시간이 되었지만 나갈 수 없게 된 70여 출역수들은 저마다 검은 하늘만 올려다보고 있었다. 빗방울이 모여 시냇물처럼 흘러가는 운동장을 바라보고 있는 죄수들의 표정은 구슬퍼 보였다. 출역수들의 마음을 잘 아는 공장담당이 말했다.

"운동도 못하게 되었으니 노래나 부르지?"

흔치 않은 특전이었다. 죄수들은 환호하며 좋아했다. 담당은 우선 노래 잘하기로 이름난 죄수 몇을 지명해 자유곡을 부르게 했다. 그중에서 최홍인이 부른 노래가 가장 열렬한 박수를 받았다.

여기 산골짝에 부는 바람은 숲속에 풀잎과 속삭여
고요히 꾀꼬리 노래 들으니 그대 생각 더욱 간절하다
아름답구나 5월의 밤아 꾀꼬리 노래 처량하다
아아 맑은 그대 눈동자여, 그리운 그대여

노래를 듣던 정찬우는 우울해졌다. 이옥련이 곧잘 부르던 노래였기 때문이었다. 둘이 군경과 빨치산 양쪽을 피해 다니며 깊은 숲속에서 노숙할 때, 추위에 떨며 껴안고 있다가 그녀가 정찬우 혼자만 들을 수 있도록 조용히 불러주던 노래였다. 추녀 끝에 매달려 몸부림치다 떨어져서 흘러가는 빗물을 보고 있노라니 더욱 이옥련 생각이 났다.

"468번!"

추억에 잠겨 멍하니 앉아 있던 정찬우는 담당의 호명에 놀라 깨어났다. 자기에게 노래를 시킬 줄은 생각하지 못했기 때문에 사양하고 있자니 거듭 재촉했다. 사양할 수 없는 상황이었다. 이옥련이 즐겨 불렀던 「금강산 팔선녀의 노래」 중에서 2절만 불렀다. 옷을 잃고 슬퍼하는 선녀의 구슬픈 노래는 가뜩이나 처량한 재소자들의 심정을 울려주었다. 담당까지도 처량하게 말했다.

"내가 다 눈물이 나네."

다음 날 정찬우는 계호과에 불려갔다. 잡무담당의 뒤를 따라 들어온 정찬우를 계호과장은 못 본 체했다. 윤간수장이 자기 책상으로 불렀다.

"감방과 공장에서 부른 노래를 적어보아."

정찬우는 먼저 감방에서 불렀던 중국 고기잡이 노래 「어광곡(漁光曲)」과 전날 작업장에서 부른 「금강산 팔선녀의 노래」 가사를 적어주었다.

"어느 때에 지은 노래인가?"

"「어광곡」은 청조 말엽에 지어진 노래이고 「금강산 팔선녀의 노래」는 어릴 때 배워서 잘 기억나지 않습니다."

"그렇다면 공산주의 노래는 아니구만?"

"두곡 다 공산주의가 이 세상에 생겨나기 전의 노래입니다."

윤간수장은 계호과장을 바라보며 어이없다는 듯 말했다.

"정면원이 그 자식 정신병자 아닌가?"

정면원이 계호과에 또다시 정찬우가 공산주의자들의 노래를 불렀다고 고발한 것이었다. 외면하고 있던 계호과장이 말했다.

"이 사람하고 떼어놓도록 하시오."

"전쟁 때문인가, 온 사방에 미친놈들이 깔렸네그려."

윤간수장은 정찬우를 호출한 김에 백반과 고깃국을 배불리 먹인 다음 정면원이 일하는 5공장에서 빼내 3공장으로 배치했다.

실을 짜는 3공장 일은 한결 수월했다. 앉아서 일하지 않고 서서 일하니 건강에도 유리했고 밥의 등급도 한 등급 높아졌다. 인원도 적어서 오순도순했다. 많은 수가 출역 나오는 것을 싫어하던 2공장 출역수들의 심정을 알 것 같았다.

"관에서 보살펴줄 터이니 착실히 하고 있어."

정찬우를 새 작업장에 배치한 후 윤간수장은 이렇게 말했으나 이후 윤간수장은 다시 볼 수 없었다. 웬일일까 궁금해하던 차에 수원형무소로 전근 갔다는 말을 듣게 되었다. 얼마나 섭섭한지 몰랐다. 답답한 마음에 공장 철창을 부여잡고 먼 북쪽 하늘을 올려다보았다.

이때 운반부 죄수들이 손수레를 밀고 남문 쪽으로 가는 모습이 눈에 들어왔다. 가마니에 덮힌 것은 분명 시체였다. 많은 죄수가 죽어나가는 형무소에서 그리 낯선 풍경은 아니었다. 그런데 왠지 가슴이 철커덩 내려앉는 듯한 기분이었다.

"누가 죽었습니까?"

간수에게 불필요한 질문을 해서는 안되는 규칙도 잊은 채 무심코 계호담당에게 물었다. 계호담당은 아니꼽게 정찬우를 훑어보며 쏘아붙였다.

"그건 알아서 뭘 하려구?"

정찬우는 이상하게 가슴을 타고 들어오는 불길함을 견딜 수 없었다. 용기를 내어 한번 더 물어보았다.

"좀 가르쳐주시오."

"이 사람 보게. 처녀야, 처녀! 자네 마누라가 아니야."

"혹시 여죄수 심영숙 아닙니까?"

"용케 이름까지 아네."

아찔해서 바로 서 있을 수가 없었다. 간신히 철창을 부여잡은 채 한순간이라도 놓치지 않으려고 손수레 쪽을 바라보았다. 아무것도 할 수 없었다. 눈물 너머로 바라보는 사이, 심영숙의 시신을 덮은 손수레는 남문 밖으로 나가버렸다. 전쟁의 한복판에서 아낌없이 서로 위해주던 또 한사람의 벗이 허망하게 사라져버린 것이다.

정찬우는 종일 서성거리기만 할 뿐 도무지 일을 하지 못했다. 저녁밥도 이튿날 아침밥도 먹지 못했다. 하룻밤 만에 눈이 퀭해지고 기운을 잃게 된 그는 일도 나가지 않고 감방 벽에 기대어 옥중고혼이 된 그녀의 명복을 빌었다. 어쩐지 자신이 없다고, 이제는 마지막인 것 같다고 하던 심영숙의 마지막 말들이 자꾸만 맴돌았다.

전향서를 쓴 것은 심영숙이 죽고 얼마 지나지 않아서였다. 이미 많은 좌익수들이 전향서를 쓰고 석방되거나 조금은 편하게 옥살이를 하고 있었지만, 일체의 사상 전향을 완고하게 거부해온 정찬우의 변화는 교도당국의 큰 환영을 받았다. 전쟁 당시의 직위만으로도 다른 전향자들과는 비교가 안되게 선전 효과가 있었다. 전향서를 쓰게 된 정찬우의 소감문은 전국 관공서에 배부되는 교도소 소식지에도 실려 널리 알려졌다.

내가 전향서를 쓰게 된 것은 남이야 무어라고 하든 나로서는 완전히 공산주의와 절연할 뿐만 아니라 민족진영에서 굳세게 살겠다는 확고한 결심이 섰기 때문이다. 고로 이미 공산주의 진영에서는 이탈자가 된 것이며, 반겨하건 푸대접하건 자유진영으로 갈 수밖에 없는 것이다. 바로 이렇기 때문에 나로서는 심각히 생각한 끝에 새로운 각오로 전향서를 썼다. 내가 전향한 동기는 이러하다.

첫째로 5년간의 북한생활에서 대내적으로 지주와 자본가를 타도하는 무자비한 모습과 소위 사상과 의식 개혁이라는 명목하에 기독교 신자와 인텔리를 괴롭히는 정황을 역력히 보았고 내부의 분파투쟁으로 언제나 불안과 초조에 잠겨 있는 지도층의 생활, 그리고 자주성과 독립적 주장이 전혀 없이 소련에 무조건적으로 복종하는 위성국가임을 여실히 보았기 때문이다.

둘째로 6·25동란과 그후 소위 반동 타도의 잔인성과 빨치산의 보급투쟁의 약탈적 성격에 소름이 끼쳤고, 간부 토론회에서 '부강한 민주국가를 창건함에 있어 이러한 흉포성은 제거되어야 할 것이다'라고 주장했다가 엄중경고의 책벌을 받았을 때 조선노동당은 결코 인민을 위한 당이 아님을 알았기 때문이다.

셋째로 포로수용소에서 자유와 인권을 선양하며 평화를 숭상하는 대한민국을 알게 되었다. 트루먼 만세나 미국 국가의 주악이 없이도 기념행사나 공공사업을 할 수 있는 것을 보고 자주독립국가임을 알 수 있었다.

넷째로 앙드레 지드의 소련 방문기와 아서 쾨슬러의 소련에서의 경험은 너무나 나의 심금을 울려주었고 박헌영, 이승엽, 임화에 대한 숙청은 한층 나의 용기를 부채질했다.

전향을 했다고 해서 출세를 바라거나 그러한 가능성을 내다보는 것은 결코 아니다. 반대로 빨치산 출신의 전과자인 내게 이러한 가능성이 없음을 잘 안다. 나의 진정을 몰라주고 의혹을 품거나 손가락질을 하려는 사람이 있을지도 모른다. 남과 북을 지지하는 양쪽에서 모두 그러리라는 것을 잘 안다.

그러나 나는 손가락질에 조금도 구애되지 않으련다. 모든 판단은 오로지 시간에 미루고 성실에 성실을 거듭하련다. 시간은 모든 것을 판정하는 가장 위대한 스승이기 때문이다. 자유세계로 나간 후 어떠한 직업을 갖게 될는지 알 수 없으나 행복은 마음에 있다는 신념을 길이 간직하여 무슨 일이나 만족하면서 힘차게 하련다.

교도소 소식지에 전향서를 쓰게 된 소감문이 게재된 덕분에 약간의 상금도 받았다. 책 세권을 사고 나머지는 3공장 출역수들과 과자를 사서 나눠먹었다. 서른명의 출역수가 고작 2천환어치 과자를 나눠먹는데도 다들 어린아이들처럼 기뻐했다.

성경연구반도 지루한 옥살이 시계를 앞으로 돌리는 또다른 즐거움이었다. 여전히 진솔한 신앙인이 되지는 못했지만 성경에 나오는 지명이며 인명, 역사적 사실 등을 비교 분석하고 토론하는 일이 여간 재밌지 않았다.

그런데 웬일인지 1960년 3월 하순이 되면서 성경연구반이 열리지 않았다. 주일예배 시간까지 사라져버렸다. 정찬우만이 아니라 다른 재소자들도 이상하게 생각하고 섭섭해했다. 일주일에 한번 돌아오는 예배시간은 많은 죄수들을 한꺼번에 볼 수 있는 즐거운 시간이었기 때문이다.

주일예배가 다시 열린 것은 4월 하순이 되어서였다. 오랜만의 예배여서 평상시에 예배에 흥미가 없던 재소자들까지 서로 먼저 나가려고 제비뽑기를 했다. 하지만 예배란 언제나 같았다. 오랜만에 각 출역장의 재소자들을 한자리에 모아놓은 교무과장 장목사는 즐거움에 넘쳐 한시간 동안 열변을 토했으나 죄수들은 여기저기서 옆 사람과 속닥이거나 꾸벅꾸벅 졸기만 했다.

"아멘."

장목사의 마지막 기도가 끝나고 졸음에서 깬 재소자들이 왁자지껄 떠들어대며 돌아갈 준비를 하고 있을 때였다. 평소와 달리 아무 예고도 없이 형무소장이 단상에 올랐다.

"그동안 세계정세에는 별다른 변동이 없었습니다마는 국내 형편은 6·25동란 이래 가장 큰 변란이 있었습니다."

소란스럽던 실내가 갑자기 고요해졌다. 소장은 3·15부정선거를 규탄하는 학생들의 시위가 마산에서 시작되어 전국을 휩쓸었으며, 경찰이 총을 발사해 2백명이나 죽고 정치깡패들이 난동을 부렸지만 끝내 학생들의 영웅적인 투쟁을 꺾지 못했다고 말했다. 다만 소장은 자유당이 무너지고 이승만 대통령이 하야해 미국 하와이로 망명했다는 말은 하지 않았다. 오직 학생들의 영용을 치하하고 그들의 승리를 축복하며 거룩한 죽음을 찬양했다. 하지만 죄수들은 흥분했다.

"장하다, 학생의거!"

누군가 외치자 박수가 일었다.

"학생들 만세!"

다들 어찌나 흥분되었던지 감방에 돌아와서나 출역을 나가서도, 다음 날이나 그 다음 날에도 학생혁명 얘기만 했다. 면회객을 통해서 정보가 들어와 이승만이 달아났다는 소식은 이제 비밀이 아니게 되었다. 좌익수들을 제외하면 대다수는 정치와 아무 상관이 없는 이들이었음에도 다들 흥분해서 세상이 바뀌었다고 좋아했다.

한동안 어수선하던 형무소가 평정을 찾으면서 죄수들은 자신의 신상문제로 관심을 돌렸다.

"새 정권이 들어서면 특사가 있을 거라네."

"올해 안에 가석방 은사(恩赦)가 이뤄질까?"

무어니 무어니 해도 죄수들의 최고 관심사는 석방이었다. 형기가 얼마 안 남은 출역수들은 더욱 은사 유무에 신경을 곤두세웠다. 감방마다 서로 머리를 맞대고 가석방 조건이 되지 않을까 날짜를 세는 모습을 볼 수 있었다. 정찬우는 뒤숭숭한 마음을 가라앉히려고 동생 훈성에게 편지를 썼다.

햇볕이 따가우면 바람이나 시원하면 좋을 것을 태양은 태양대로 땅김은 땅김대로 숨 막히는 더위만 자아내고 있구나. 귀여운 아우 훈성아, 몸 성히 잘 있느냐? 힘에 겨운 농사일에 지쳐 아래위로 마구 쏟아지는 땀방울을 씻을 기운마저 없을 너의 처지를 이슬 머금은 눈망울로 분명히 본다. 그러나 훈성아, 폭양, 지열, 피로, 권태, 질식할 이 괴로움을 과감히 박차고 나아가거라. 옛날에는 피서라는 말을 즐겨 썼지만 지금은 단련이란 새로운 용어를 추앙하는 모양이더라…… 세상이 바뀌어 나도 곧 은사를 받을지도 모르겠다. 은사가 된다면 얼마나 좋겠느냐……

정작 편지를 쓰고 나니 집 생각이 더욱 나서 도무지 마음의 안정을 이룰 수가 없었다.

다른 죄수들도 마찬가지였다. 도무지 일손이 잡히지 않고 마음이 들떠 식사를 제대로 못하고 병감에 보내달라는 출역수까지 생겨났다. 민주당 장면 정부가 10월 1일부로 발족한다는 말을 들은 9월 중순부터는 입술이 타고 살이 빠지는 재소자가 많아졌다. 한밤중까지 감방마다 잠 못 이루는 죄수들의 기침 소리와 말소리가 끊이지 않았다. 죄수들 사이에 '만기병'이라 불리는 조급증이 유행하기 시작한 것이다.

정찬우는 공상을 피하려고 억지로 일거리를 찾아서 했다. 10월분의 작업일과표를 미리 준비하여두고 각종 통계양식과 조견표도 미리 인쇄했다. 그러나 3분의 2 이상 복역한 사람과 5분의 4 이상 복역한 사람의 명단을 조사해간 후로는 도저히 일손을 잡을 수가 없었다. 1951년 체포되어 2년간의 수용소 생활을 제외하고도 8년을 살았으니 5분의 4 이상을 복역했을 뿐 아니라 행장이 1급이라 최우선 은사대상자였다.

'만약 나가게 된다면?'

사면이 아주 없다면 몰라도 있기만 하면 틀림없이 해당되는 자격을 구비한 만큼 더욱 애가 탔다.

운명의 9월 30일이 왔다. 만약 은사대상에 해당된다면 이날이 마지막 날이었다. 아무리 마음을 진정시키려 하여도 소용이 없었다. 억지로 잊어버리려고 3공장 관리를 위한 지침을 쓰기 시작했다. 하지만 잠시뿐, 몇자 쓰지도 못하고 다시 공상에 빠져들었다.

'틀림없이 나갈 것이다. 아냐, 좌익수는 해당이 되지 않을 거야.'

온갖 상상 속에서도 일단 자신의 소지품을 가까운 벗들에게 나눠줄 수 있도록 정리해두었다. 낮 시간은 그렇게 간신히 넘겼지만 밤 시간은 어떻게 할 도리가 없었다. 도무지 잠을 이룰 수 없어 차라리 못 잘 바에는 필요한 궁리나 해보자고, 먼저 자신을 끝까지 기억하여준 사람을 생각해보았다.

16년간 아들을 못 잊어 애간장이 다 녹았을 부모님을 내놓고는 누이가 으뜸이었다. 순님은 옥살이 8년간 달마다 편지해주고 눈물

겨운 피난살이를 하면서도 잊지 않고 용돈과 함께 미숫가루·간유구 등 건강에 좋은 물품을 부쳐주었다. 오빠를 구출하고서야 출가하겠다고, 시집가라는 말만 하면 펄쩍 뛰더니 온 집안에서 떠들어대는 바람에 작년에 결혼했는데 시가에 가서도 오빠를 못 잊어 새벽마다 기도를 올린다고 했다. 긴 세월을 하루같이 그 지극한 정성을 바쳐왔기에 감방 동료들과 간수들까지 누이 이름을 알고 있었다.

'다음은 누구일까? 「마을의 여선생」처럼 기다리겠다던 허인숙?'

허인숙의 소식을 전해준 이는 동생 순님이었다. 전쟁이 한창일 때 고창 집에 한 여자가 찾아와 정찬우의 소식을 물었고 모른다고 하니 울며 돌아간 적이 있는데 그녀가 나중에 알고 보니 허인숙이라고 했다. 허인숙은 전쟁의 와중에 아버지가 죽자 열성당원인 언니를 평양에 놔둔 채 홀로 월남한 것이었다. 이후 소식이 없던 그녀는 다른 남자와 결혼해 살면서 소설가로 등단했고, 잡지에 실린 그녀의 이름과 사진을 순님이 보았던 것이다.

낙동강에서 목숨 건 사랑을 나눴던 의사 임상욱과 결혼해 아이를 여러명 낳고 행복하게 사는 전애심도 간간이 편지와 영치금을 보내왔다. 애들 때문에 면회를 가기 어려운 아내를 대신해 임상욱이 먹을 것을 잔뜩 싸들고 오기도 했다. 이북에서 받은 면허증만 있던 그는 남한에서 다시 의사 면허를 따서 전주 근처 소읍에서 소아과를 운영하고 있었다.

아름다운 기억으로 남은 이들만 아니라, 마음속의 원한이 풀리지 않는 사람들도 떠올려보았다. 막상 수를 헤아려보니 박창섭, 이봉춘, 배철, 이간수장, 최간수 등 몇명이 되질 않았다. 지금까지 살면서 만난 그 나머지 사람들은 거의 모두가 좋은 사람들, 좋은 추억으로 남아 있었다.

'이 세상에는 악인보다 선인이 훨씬 많다. 몇 안되는 악인으로 인한 상처를 되새기며 살 이유가 뭐가 있겠나. 악인들은 산 사람이든 죽은 사람이든 모든 과거지사를 깨끗이 잊어버리자.'

정찬우는 자기에게 잘못한 모든 이를 용서해주어야겠다고 생각했다. 이제 자유인이 되어 그들을 용서해줄 수 있게 되었다고 생각하니 뿌듯하기도 했고 후련하기도 했다. 이런저런 상상에 빠져 잠 못 이루는 사이, 9월 30일 밤을 하얗게 새고 말았다.

10월 1일, 새 정부 수립과 대통령 취임을 축하하기 위한 기념식을 한다고 형무소는 새벽부터 야단법석이었다. 무엇보다도 가석방 대상자를 발표하는 아침이었다. 해당자가 아닌 죄수들까지도 다른 사람이 나가는 것을 축복하고 기뻐해주었다.

"2사 주목! 호명된 사람은 표통을 치시오."

마침내 관리과 경비원의 커다란 목소리가 복도를 울렸다. 시끄럽던 감방들이 일시에 고요해졌다. 경비원은 목청껏 수번을 부르기 시작했다. 죄수들은 밥을 넣어주는 식구통을 열어놓고 모여들어 귀를 기울였다.

"앗! 10년짜리 나간다!"

호명이 계속되면서 여기저기서 환호성이 터졌다. 정찬우의 감방에도 두명이 불렸다. 그러나 정찬우의 이름은 불리지 않았다. 호명된 두 사람은 너무나 흥분한 나머지 얼굴이 벌게져서 멍하니 앉아 있을 뿐 소지품을 챙길 생각도 하지 못했다.

"나와!"

담당이 문을 열고 소리쳐서야 정신이 든 두 사람은 연신 눈물을 씻었다.

"부디 몸조심하시오."

비틀걸음으로 나가면서 던지는 말에는 눈물이 젖어 있었다.

"사면 해당자는 2층으로!"

담당의 구령이 떨어지자 2사에서 호명된 서른명 남짓은 교회당으로 올라가기 시작했다. 정찬우는 밖을 볼 생각도 않고 타고르 시집만 뒤적였다.

"정선생, 좀더 고생하여봅시다."

친하게 지내는 박봉일이 위로해주었다. 정찬우는 애써 티를 내지 않으려 했으나 얼굴에는 금방 눈물이 쏟아질 듯 비애가 서려 있었다. 하필 타고르의 시 한 구절이 초점 잃은 그의 눈에 어른거렸다.

나에게 자유를 다오
머리 풀어 산발하고
알지 못하는 목적지를 향하여
맹진하는 태풍과도 같이

평소에 그다지 탐탁하게 여기지 않던 구절이 유달리 가슴에 맺혀왔다. 힘없이 시집을 떨어뜨리고 벽에 기댄 채 눈을 감았다. 아무 생각도 할 수 없는 혼미한 상태가 되어버렸다. 그때 어떤 죄수가 그를 흔들었다.

"정선생을 찾습니다."

번쩍 눈을 떠보니 열린 감방문 앞에 김간수가 흐물흐물 웃고 서 있었다. 정찬우가 김일성대학 출신 빨갱이라며 별나게 미워하던 사람이었다. 어리둥절해하는 정찬우에게 김간수가 놀리듯 말했다.

"자네도 나가봐야지."

"정말이오?"

김간수는 웃기만 했다. 위층에서 커다란 고함 소리가 들려왔다.

"468번 빨리 불러와!"

김간수는 묘한 웃음을 거두고는 어서 나오라며 턱짓을 했다. 정찬우는 미처 인사도 못하고 허둥지둥 김간수의 뒤를 따라갔다. 교회당 안에는 백여명의 출옥수들이 정렬해 있었다.

"왜 늦었어?"

관구부장의 사나운 말에 김간수는 유들유들 답했다.

"인계 사무 때문에 늦었습니다."

끝까지 미운 정찬우를 골탕 먹이려고 일부러 호명을 하지 않았던 것이다. 정찬우가 올라와서 인원 점검이 끝나자 계호주임이 번호와 성명을 대조해가면서 사면장을 나눠주었다. 이어서 소장이 일장 연설을 했다.

"새 정부가 세워지고 대통령이 취임하는 오늘, 자유의 문이 열리는 여러분의 앞길에 행복이 있기를 빕니다. 세파를 헤쳐나가는 동안 애로가 없지 않을 것이나 그때마다 역경 속에서 다진 굳은 뜻을 굽히지 마시고 억세게 싸워 이기시기 바랍니다."

얽매던 사슬이 풀려졌다. 어떤 말로도 이 감정을 표현할 수가 없었다. 다른 이들과 마찬가지로 정찬우는 감격에 겨워 실신하다시피 주저앉고 말았다. 뺨을 타고 흐른 눈물이 마룻바닥에 뚝뚝 떨어졌다. 옆의 한 출소자는 마룻바닥을 두드리며 목메어 울었다. 아버지가 반년 전에 사망한 이였다.

"아버지! 반년만 더 살아계시지 그랬어요……"

간수들도 통곡하는 그의 모습을 보고 손수건을 꺼냈다. 흐느끼는 중에서도 몇가지 수속을 마친 일행은 연무장으로 향했다.

"정선생님!"

복도를 지날 때 여러 사람이 그에게 인사했으나 정찬우는 너무 흥분된 상태여서 인사한 사람이 누구인지 알아차리지도 못하고 제대로 인사를 건네지도 못했다. 신분장과 사면장을 나눠준 계호주임도 내내 흐뭇한 얼굴이었다. 푸른 죄수복을 벗고, 동생 순님이 예전에 넣어준 신사복으로 갈아입는데 다시 눈물이 마구 쏟아졌다. 몇번이고 넥타이를 고쳐 메고 맞춘 구두가 어색한 것 같아 걷는 연습을 했다.

'철커덩!' 하는 소리와 함께 옥문이 열리자 갑자기 천지가 밝아지는 것 같아 아찔했다. 한참 만에 정신을 가다듬은 그는 가방을 내려놓고 뒤를 돌아보았다. 높은 돌담과 삼엄한 철창, 동화책 속 등대 같은 망대가 눈을 찔렀다.

'저 무시무시한 곳에서 청춘을 썩혔구나.'

가장 못된 놈이 있는가 하면 보기 드문 양심가도 있고, 무서운 범죄자들이 수용된 곳인 반면 동정할 가치가 있는 경범자도 수용된 곳이었다. 나가서 도적질할 방법을 날마다 연구하는 상습절도범들이 있는가 하면 피눈물로 회개하는 갸륵한 사람들도 있는 곳이었다.

가방을 들고 몇걸음 걸었을 때였다. 햇볕에 얼굴이 까맣게 탄 시골청년이 달려오며 외쳤다.

"형님! 형님!"

예상은 했지만 하나뿐인 남동생 훈성이었다. 따로 연락을 안했음에도 윤보선 대통령 취임식날 대사면이 있으리라는 신문을 보고 전날 목포에 와서 여관 잠을 잤다고 했다.

"와주었구나, 고맙다."

끌어안고 또 얼굴을 만지며 기뻐했다. 아버지와 함께 면회를 온적이 있어 얼굴은 익었지만 밝은 햇살 아래 보니 원숙한 청년이 되어 있었다. 자신이 32세가 된 사실이 새삼스러웠다.

동생을 따라 전남여객 정류장에서 버스를 탔다. 형무소 안에서만 살았을 뿐 거리를 한번도 걸어본 적 없는 한 맺힌 목포를 뒤로하고, 버스는 흙먼지를 날리며 시골길을 질주하기 시작했다. 벼이삭을 헤치며 메뚜기를 잡는 아이들, 뱀의 몸뚱이 같은 지름길로 광주리를 이고 가는 노파들, 앞에다 색시를 태우고 자전거를 모는 남정네의 모습이 무성영화를 보는 듯 신기했다.

해가 저물어서야 읍내에 내린 형제는 밤길을 걸을 수 없어 여관에서 자고 다음 날 아침에야 방장산 방향으로 걷기 시작했다. 오랜만에 구두를 신은 까닭에 발에 물집이 잡혀 운동화를 사 신었지만 10년이나 제대로 쓰지 않은 다리 근육에 생긴 통증은 도리가 없었다. 양다리를 모두 절뚝거리다 못해 나무 지팡이를 짚으며 걸어간 끝에 어렴풋이 기억에 남아 있는 풍광들을 만났다.

"형님, 기억나세요? 우리가 어렸을 때 놀던 곳이에요."

"기억나고말고. 그런데 모든 게 축소된 것처럼 보이는구나."

한 굽이를 돌아서니 여섯살 나이로 한해 동안 다녔던, 식민지시대에 지었던 조그마한 학교 건물이 나타났다. 반가움에 발길을 재촉해 운동장에 들어가보니 건물이 너무 작아진 느낌이었지만 느티

나무며 벚나무는 훌쩍 커서 어렸을 때보다 우람해 보였다. 교실에서 아이들이 재잘대는 소리가 운동장까지 들려왔다. 저절로 웃음이 나왔다.

"얼마 만에 듣는 아이들의 목소리인지 모르겠다."

학교는 무사했지만 산천은 바뀌어 있었다. 학교 뒤에 울창했던 산은 헐벗어 붉은 흙산이 되어 있었다. 전쟁이 끝난 지 7년이 지났건만 자연이 입은 상처는 회복되지 않은 것이다. 방장산 일대에도 큰 전투가 벌어졌던 듯, 학교에서 마을로 이어지는 울창했던 야산들은 다복솔만 띄엄띄엄 서 있는 민둥산으로 변해 있었다.

점점 높아지는 산길을 힘겹게 걸어 오르며 정찬우는 색동저고리에 꽃신을 신고 뛰어다니던 어린 시절을 떠올려보았다. 모두 잊힌 줄 알았는데, 윤곽조차 흐려졌던 추억들이 구름을 벗어난 달처럼 선명하게 떠올랐다. 기억에서 사라진 줄 알았던 어릴 적 친구들의 이름도 하나둘씩 떠올랐다.

"강물처럼 흘러가버린 줄 알았던 옛일들이 어제 일처럼 눈앞에 선연한데 변모한 저 풍광이 자꾸만 추억을 가로막는구나."

기억도 생생한 길가의 집 몇채는 미군 폭격을 당해서인지, 빨치산 토벌을 위해 소각해서인지 무너져 왕성하게 자라나는 봄날의 풀에 덮이고 있었다. 익숙한 고갯마루에 올라선 정찬우는 또 한번 놀랐다. 반듯한 논과 마을이 자리하고 있던 골짜기는 시퍼런 저수지 물에 잠겨 사라져버린 것이다. 아름드리 소나무가 빼곡히 들어차 있던 방장산은 얼마나 폭격을 맞았는지 시뻘건 민둥산이 되어 있었다.

다만, 팔정자는 옛 모습 그대로 그 자리에 서 있었다. 할아버지

때부터 모든 내력을 알고 있는 방장산 팔정자였다. 천재만난(天災萬難)을 다 겪었을 이끼 낀 바위와 우람한 정자나무 사이로 흐르는 옥 같은 시내도 그대로였다.

"이제 제자리로 돌아왔구나. 25년 만에……"

중얼거리던 정찬우는 팔정자를 향해 털썩 무릎을 꿇었다. 그대로 흙 위에 엎어져 길고 긴 오열을 시작했다.

바람 부는 숲에는 괴물이 산다

한국 현대사를 소재로 한 역사소설과 인물평전을 주로 써온 내게는 희귀한 자료나 고급 정보를 제공해오는 분들이 간혹 있어 귀하게 활용하곤 한다. 정찬우(鄭燦宇, 1929~1970)라는 실존 인물의 실명 수기를 입수하게 된 것도 우연만은 아니었다. 고인의 유일한 자손으로, 평생 남몰래 보관해온 수기를 내게 전해준 이는 본래 절친한 사이이기도 했지만 착하다는 말보다 더 잘 어울릴 수식어가 없을 만큼, 주변 모든 사람에게 아낌없이 베풀며 살아온 사람이었다. 상당한 사회적 직위에 올랐음에도 겸손하고 따뜻한 성품으로 사랑과 존경을 받아온 그가 마음속 깊이 숨겨놓고 아무에게도 말하지 못한 출생의 비밀을 내게 털어놓은 것은 재작년, 그가 인생의 결정적인 전환기를 맞던 때였다. 한국 현대사를 기록하는 작가로서의 나를 찾은 것이다.

장롱 깊은 곳에 50년간 처박혀 있던 원고지는 누렇게 바래고 건조해져 손만 대면 귀퉁이가 떨어져나갔다. 글씨는 유려했으나 수차례 가필을 하느라 어지러워진 기록을 컴퓨터 파일로 옮기는 일은 여간 조심스럽지 않았다. 서술된 날짜와 등장인물의 이름, 사건 등을 실제 역사적 사실과 맞춰보는 일도 간단치 않았다. 그럼에도 소설로 각색하는 작업을 하는 내내, 흥분으로 잠을 제대로 이루지 못했다.

한국 현대사의 희귀한 자료라 할 수 있는 수기가 이토록 오랫동안 숨겨진 이유는 정찬우가 북한 정권의 고위 관리로 전쟁에 참가했다가 포로로 잡힌 인물이기 때문이다. 전북 고창 출신인 그는 일제 말기 만주에서 항일 무장투쟁에 가담했다가 평양으로 귀환하는 바람에 운명이 바뀌었다. 정찬우는 전쟁의 무자비한 참상을 생생히 기록했지만, 그의 존재 자체를 감추고 싶었던 가족들에 의해 수기는 어두운 옷장 속에 가두어질 수밖에 없었다.

불행했던 우리 역사의 숨겨지거나 외면된 진실을 복원하고 비극적으로 숨겨간 영혼들을 달래는 글 무당처럼 살아온 내게 정찬우의 증언은 흥미로웠다. 동족상잔의 참혹한 전쟁이 미시적으로 생생히 묘사되었을 뿐 아니라, 현대사 공부를 깊이 한 사람만이 알 수 있을 당대의 전설적 인물들이 조연처럼 잠깐씩 등장하는 것도 재미있었다. 피해자이자 동시에 가해자로서 이념 전쟁의 속죄양이 되어야 했던 정찬우라는 인물의 기구한 운명에도 동정이 갔다.

내가 이전에 다룬 역사적 인물에는 한국 현대사에 큰 영향을 미친 사회주의 계열의 지도자가 여럿 있다. 젊은 시절을 일본 제국주의와의 투쟁으로 보냈기에 해방과 함께 들어온 미국을 또다른 제국주의 침략자로 간주했던 그들은, 전쟁을 반대해야 할 위치에 있었으나 막지 않았으며 스스로 전쟁을 일으키기도 했다.

반면, 정찬우를 비롯한 전쟁 참가자 대다수는 개전의 새벽까지도 전쟁이 일어나리라는 사실조차 몰랐다. 전쟁의 주모자 그 누구도 이들에게 전쟁을 하겠느냐는 의사를 물어본 적도 없고 사전에 고지를 하지도 않은 채, 자신들의 결정이 곧 인민의 뜻이라고 합리화해버렸기 때문이다. 전쟁을 원한 적도 없이 강제로 동원된 그들은 대의명분을 위해 최선을 다해 싸우다가 죽거나 포로가 된다.

그렇게 포로가 된 사람 중 하나인 정찬우의 수기는 전쟁을 일으킨 사람들의 관념적인 작전명령과 실제 전선에서 전쟁의 고통을 겪어야 하는 이들 간의 괴리가 얼마나 큰가를 잘 보여준다. 그리고 '어떤 전쟁은 옳다'고 주장하는 이들에게 정찬우는 말한다. '정의의 전쟁 따위는 없다'고.

바람 부는 숲에는 괴물이 산다. 고요하고 아름답던 숲도 돌풍이 불어대면 잠들었던 괴물이 깨어난 듯 무섭게 요동친다. 전쟁은 개개인의 이기적인 생존 본능을 극대화시켜 평범하던 보통 사람들을 무서운 괴물로 만든다. 자유평화나 민족해방 같은 그 어떤 위대한 명분을 내세우든 상관없이, 오랜 교육과 훈련을 통해 쌓아온 사회적, 개인적 교양과 양심과 인간애를 근원에서 해체시켜버린다.

강경파 인민군 고급 장교들이 포로가 되자 반공주의자로 돌변해 옛 동료들을 핍박하는 장면은 전쟁이 인간성을 어디까지 파괴하는가를 보여준다. 반대로 정찬우는, 집에서는 따뜻한 가장이자 착한 효자일 보수우익들의 무자비한 폭력행위도 생생히 증언한다. 평화시대라면 좌우 극단주의자들의 추악한 본성이 그토록 적나라하게 드러날 일이 없었을지 모른다. 전쟁이 그들의 마성을 일깨운 것이다.

그러나 또 많은 사람들은 괴물이 되지 않기 위해 스스로 고난을 택하기도 한다. 정찬우도 선량한 본성을 지키기 위해 부단히 애쓴다. 빨치산이 되어 쫓기면서도 김일성으로부터 받은 권총을 한방도 쏘지 않는가 하면, 위기에 빠진 사람들을 여럿 구해준다. 이 '온정주의' 때문에 자아비판을 받고 징계를 당하기도 한다. 그의 수기는 처음부터 끝까지, 지구상에 어떠한 전쟁도 있어서는 안된다는 교훈에 맞춰져 있다. 그의 수기에서 단순한 전쟁 체험기 이상의 가치를 발견하고 소설화해 널리 알리고자 결심한 이유이다.

오늘날 태어났다면 어느 분야에서든 커다란 족적을 남겼을, 그러나 불행한 시대에 태어나 고난으로 점철된 청년기를 보내야 했던 한 수재의 짧은 생애가 마음 아프다. 우리 역사상 가장 참혹한 전쟁을 일으킨 사람들은 지금까지도 대를 이어 권세를 누리는데, 그들을 대신해 죽거나 속죄양이 되어 긴 감옥살이를 해야 했던 이들은 역사에 족적도 없이 사라져버렸으니 서글픈 일이다.

더욱 슬프고도 안타까운 이야기는 남겨진 가족의 후일담이다. 모진 고생의 후유증 때문인지 정찬우는 마흔을 갓 넘긴 나이에 병명도 모르는 채 숨진다. 유일한 아이가 생후 5개월밖에 되지 않았을 때였다. 이후 그가 겪은 길고 긴 이야기는 언젠가 당사자 스스로 쓸 수 있도록, 이 소설에서는 다루지 않기로 한다. 아버지의 문학적 재능을 이어받아 뛰어난 글재주를 가진 그가 인생의 전환기를 무사히 넘기고 지금의 모진 고통을 승화시켜 또 하나의 유의미한 인간사의 기록을 남길 수 있으리라 기대하며……

2018년 3월
안재성

아무도 기억하지 않았다

초판 1쇄 발행 • 2018년 3월 15일
초판 8쇄 발행 • 2024년 10월 21일

지은이 / 안재성
펴낸이 / 염종선
책임편집 / 이선엽
조판 / 박지현 황숙화
펴낸곳 / (주)창비
등록 / 1986년 8월 5일 제85호
주소 / 10881 경기도 파주시 회동길 184
전화 / 031-955-3333
팩시밀리 / 영업 031-955-3399 · 편집 031-955-3400
홈페이지 / www.changbi.com
전자우편 / lit@changbi.com

ⓒ 안재성 2018
ISBN 978-89-364-3429-8 03810